À LA LISIÈRE
DU MONDE

Ronald Lavallée

À LA LISIÈRE DU MONDE

Les Presses de la Cité

Publié au Canada sous le titre original TOUS DES LOUPS
par les éditions Fides en 2022.

Ce livre est une œuvre de fiction. Les noms, les personnages, les lieux et les événements sont le fruit de l'imagination de l'auteur ou sont utilisés fictivement. Toute ressemblance avec des personnes réelles, vivantes ou mortes, serait pure coïncidence.

Les Presses de la Cité, un département Place des Éditeurs
92, avenue de France – 75013 Paris

ISBN 978-2-258-20694-6
Dépôt légal : janvier 2024

1

Un homme est debout sur le quai et crie dans le vent.

— *What the hell?* Je vous croyais au fond du lac. J'aurais préféré !

Le grand lac est agité. L'eau brune sent le poisson. Le vent roule de la bave crème sur le sable. Un canot de fret vient d'accoster.

— Qu'est-ce que vous dites ?

Le jeune policier qui débarque a du mal à tenir sur le quai bringuebalant. Ses jambes sont engourdies. Douze heures sur un banc de bois, brassé par les vagues et arrosé d'eau glacée. Le pilote, un immigrant scandinave, coupe le moteur. La pétarade va leur rester dans les oreilles un bon moment.

— Comment voulez-vous que je parte à cette heure ? vocifère l'homme sur le quai.

Le policier le dévisage avec curiosité. L'autre a le même âge que lui, le même uniforme, en plus débraillé. La tunique entrouverte laisse voir une combinaison jaunie. Des mocassins lui tiennent lieu de bottes.

— C'est l'uniforme, ici ? ironise le nouveau.

— Je t'en ferai voir, des uniformes. Te crois-tu à la parade ?

L'arrivant se présente :

— Matthew Callwood, dit-il en tendant la main. Tu es Suchenko ?

— Tout juste. Je peux t'appeler Matt ?

— Tu peux m'appeler constable Callwood.

— Ah, je vois…

— Nous avons eu du mauvais temps. Désolé. Nous sommes sur le lac depuis 4 heures ce matin. Tu pourras partir demain. Un jour de plus ou de moins…

— On verra si tu dis la même chose dans deux ans…

Callwood lève les yeux sur le village. Une poignée de huttes basses se déploient sur une berge de cailloux. Des cabanes grises en bois rond déjetées par le gel, accompagnées de bécosses[1] qui poussent de guingois dans les broussailles. Des squelettes de canots et des traîneaux à chiens sont éparpillés un peu partout. Des trembles efflanqués se balancent entre les maisons. Un Union Jack effiloché se démène furieusement au bout d'une épinette ébranchée.

— C'est tout ? C'est le village ?

Suchenko ricane.

— Non, c'est la banlieue. Le centre-ville est plus loin. Bien sûr que c'est tout. Tu t'attendais à quoi ?

Callwood n'aime pas ces manières. Mais Suchenko n'est pas son subordonné, il ne peut pas le reprendre. Apparemment, ils vont passer la soirée ensemble. Autant se montrer amical.

---

1. Latrines extérieures. *(N.d.É.)*

— Attends, je prends mes affaires… Où est le poste ?

— Suis-moi.

Ils passent devant une grande baraque délabrée arborant des armoiries. Une partie du bâtiment est sur le point de basculer dans l'eau.

— Qu'est-ce que c'est ?

— Magasin de la Compagnie de la baie d'Hudson. Ça sert deux fois par année. Nous y voici.

Le poste de police est une cabane plus cossue que les autres, la seule dotée d'un étage. Le blason à tête de bison trône au-dessus de la porte. Suchenko laisse entrer le nouveau dans une parodie de cérémonie.

— Vos quartiers, mon général…

L'intérieur est obscur. Ça sent le lac. La moitié de la salle de garde est sacrifiée aux cellules, deux cages aux barreaux huilés contre l'humidité. Un bureau et un classeur occupent le reste de l'espace. Le parquet grince sous les bottes. Les fenêtres sont minuscules. La saleté des vitres tamise la lumière.

— Cuisine à côté, dortoir à l'étage, dit Suchenko. Chiottes au grand air.

— Où est ton partenaire ?

— À la chasse. Ou à la pêche. J'en sais rien. T'as faim ?

Ils prennent un souper hâtif composé de sardines en boîte et de patates germées.

— Je t'offrirais bien le rhum de l'amitié, dit Suchenko, mais nous pratiquons l'abstinence. L'alcool est interdit dans le secteur.

— La consigne est respectée ?

— D'après toi ?

Les deux policiers se servent un café. La pluie fouette les vitres. Dehors, les rouleaux s'écrasent sur la berge. Les grands peupliers respirent à pleins poumons au-dessus du toit.

— Finalement, lance Suchenko, j'ai bien fait de pas partir ce soir. Manquerait plus que je me noie après deux ans dans ce trou.

— C'est si terrible que ça ?

— Tu verras.

— Qu'est-ce qui te fait rire ?

Suchenko se passe la main dans la brosse qui lui sert de tignasse et rit de bon cœur, comme quelqu'un à qui on aurait joué un sacré tour.

— Je suis entré dans la police parce que j'en pouvais plus de la ferme bouseuse de mon vieux. Et c'est ici que je me retrouve ! Pas mal, non ? Enfin, peu importe. J'ai purgé ma peine. À ton tour.

— Où est-ce qu'on t'envoie ?

— À Regina.

— Félicitations. Tu as tiré le bon numéro.

— C'est la vraie vie qui commence, mon *chum* !

Le pilote scandinave pénètre dans le poste en portant une couverture roulée sous le bras. C'est un homme décharné au visage sec et brun. Tout le monde l'appelle Siggy. C'est peut-être même son nom.

— Vous allez mettre quelqu'un en cage ce soir ? demande-t-il avec un fort accent nordique.

— Personne, capitaine.

— Je peux coucher dans la cellule ?

— Autant que ça serve… En passant, c'est quoi ce machin à l'arrière de ton canot ?

— Un hors-bord, fait le pilote. À gazoline. C'est un Norvégien qui l'a inventé, dit-il avec une fierté éclatante. Un monsieur Ole Evinrude.

— T'es norvégien, toi aussi ?

— *Ya, sure !*

— Eh ben, quand tu le verras, ton Evin… comment ?

— Evinrude !

— Tu lui diras d'inventer un silencieux pour son engin. Vous allez assourdir les poissons !

— *Ja, ja !*

Siggy entre dans la cellule, déroule sa couverture sur la couchette, puis referme soigneusement la porte de la cage. Suchenko l'observe d'un œil amusé.

— Tu veux que je ferme à clé ?

Le vieux paraît y réfléchir, puis chasse la suggestion de la main avant de s'allonger.

— Pourquoi il s'enferme comme ça ? chuchote Callwood.

— Il a peur des Indiens. Cigarette ?

Callwood fait non de la tête. Il fixe les vitres assombries.

— Il va faire nuit. Où est ton partenaire ?

— À l'autre bout du village, chez Fran.

— C'est sa copine ?

— Oui, et ce sera la tienne, moyennant un dollar le coup.

Le nouveau paraît offusqué.

— Je m'en passerai !

— Pendant un temps, dit Suchenko en roulant une cigarette. Ensuite tu iras, comme tout le monde. Fran, c'est pas une déesse. Mais ça soulage.

— Foutaise, grommelle Callwood.

Mais on le sent ébranlé. Il promène un regard inquiet dans le petit poste qui s'emplit d'ombres. Deux ans, qu'il doit se dire. Suchenko réprime un sourire et attend la suite.

Enfin, le nouveau demande :

— Quelles sont nos fonctions, ici ?

— Nos fonctions ? C'est-à-dire… ?

— À quoi passes-tu tes journées ?

— T'as vu le drapeau dehors ? fait Suchenko. Le matin, tu le hisses. Le soir, tu le descends.

— Ensuite ?

— Une fois par an, le Jour du Traité, tu cires tes bottes, tu te mets en grand uniforme et tu accompagnes le représentant du commissaire aux Affaires indiennes dans les villages environnants. Vous distribuez des billets de cinq dollars à tous les membres de la tribu, hommes, femmes et enfants. Au nom de Sa Gracieuse Majesté. Enfin, quand je dis *vous*… Toi, tu fais rien, t'es là pour ajouter un peu de couleur. Comme un arbre de Noël.

— Ensuite ?

— Tu fais de même dans les autres villages. Il y en a une dizaine. Ça t'occupe une bonne semaine.

— Ensuite ?

Suchenko fait mine de réfléchir.

— Ben, ensuite… Non, c'est à peu près tout.

— Tu plaisantes !

— Oh, je te dis pas qu'y a pas du grabuge de temps en temps, dit Suchenko, l'air enthousiaste. Ah, oui ! Parfois ça brasse, ici ! Il peut très bien arriver qu'un homme se soûle de trop et tape sur sa vieille. Ça s'est vu ! Alors, tu le prends par le collet et tu le fourres dans la cage qui est là. Au matin, sa femme vient le réclamer. Encore heureux si elle t'accuse pas d'enlèvement.

— Les vols ?

— S'il y a des vols, c'est pas à toi qu'on viendra le dire.

— Homicides ?

— Jamais. Ou alors c'est maquillé en accident de chasse.

— Et les trafiquants d'alcool ?

— Ceux-là, tu les laisses tranquilles.

— Pourquoi ?

— C'est pas des enfants de chœur.

— Raison de plus…

— Oublie ça. Ils ont des gars partout. Tu pourras jamais les surprendre.

— Alors, qu'est-ce qu'on fait là ? demande Callwood qui paraît sur le point de s'inquiéter.

— Je te l'ai dit. On arbore le drapeau. T'es le représentant de Sa-Majesté-en-Conseil-au-nord-du-lac. Tu fais rien. Tu es. Comme Dieu.

Callwood l'observe un moment, puis paraît se secouer. Il doit se dire que l'autre se paie sa tête.

— En somme, vous n'arrêtez jamais personne ?

— Ben, le moins possible. Parce qu'une fois en cage, ils veulent plus repartir. Et c'est toi qui fais la popote.

Callwood affiche un sourire en coin pour bien marquer qu'il ne se laisse pas avoir. Il se lève, défait son paquetage et commence à ranger ses affaires.

— Qu'est-ce que c'est ? demande Suchenko.

— Des livres.

— Je vois bien. Mais c'est quoi, comme livres ?

Callwood lui montre la couverture.

— Les *Pensées* de Marc Aurèle.

— C'est qui ?

— Empereur romain et philosophe, premier siècle.

— Et le gros bouquin ?

— Blackstone. *Commentaires sur les lois britanniques.*

Suchenko s'est avancé sur le bord de sa chaise et contemple les volumes, l'air médusé.

— Et ça ?

— *L'Esprit des lois.* Montesquieu.

— *In French?*

— Bien sûr.

— Tu lis le français ?

— Oui. Et alors ?

Suchenko se frotte le cuir chevelu, comme pour se stimuler le cerveau.

— Mais… Ça veut dire que t'as fait des études ?

— Le droit. Osgoode Hall.

La bouche de Suchenko s'ouvre toute grande. Puis il éclate de rire.

— Mais qu'est-ce que tu fous là, bon sang ! T'es avocat, et tu rentres dans la police ?

— Pas tout à fait avocat…

— Tu pourrais travailler au QG, à tout le moins !

— Je me suis porté volontaire pour ce poste.

Là, c'est trop. Suchenko le regarde, sidéré, la main sur le front, comme s'il craignait d'avoir de la fièvre.

— Tu t'es porté volontaire ? *Vo-lon-taire ?* On te montre le trou de cul du Canada, tu lèves la main et tu dis : « Moi, moi, envoyez-moi ! »

— Je crois à la mission civilisatrice de la police.

Le nouveau s'est raidi pour lancer cette énormité. Suchenko le contemple, fasciné.

— C'est Harvey qui va être content, murmure-t-il.

— Qui est Harvey ?

— Mon partenaire. Enfin, le tien, dorénavant. Et je t'assure qu'il va trouver très chouette d'avoir à vivre avec un fou furieux.

— Je ne suis pas fou, dit Callwood en poursuivant son rangement. Et je ne crois pas que nous n'ayons rien à faire ici. On m'a parlé d'un certain Corneau.

— Moïse Corneau ? De mieux en mieux...

— Un homme tue sa femme, son bébé, puis toute une famille, il se cache dans ton secteur, et tu me dis qu'il n'y a rien à faire ?

Suchenko réprime un mouvement d'énervement.

— Corneau est une légende. C'est un peu notre Bonhomme Sept Heures local, tu vois. Un lapin se fait bouffer dans un piège, c'est Corneau. Une fille se fait engrosser et sait plus par qui, c'est Corneau.

— Il est recherché en Ontario pour le meurtre de deux filles publiques.

— Ici, on dit *putes*.

— Victimes, tout de même.

— Mais putes. Comme crime, y a plus grave.

— Et cette famille de chasseurs assassinée ?

— Qui t'a raconté ces balivernes ?

— On n'a pas trouvé des squelettes ?

— Avant mon arrivée. Mais oui, il paraît.

— Des squelettes sans crânes.

— Faux. On a un crâne. Celui de la mère.

— Mais pas les restes de la fille.

— On peut mourir de bien des façons en forêt. Ensuite, les animaux emportent.

— Les animaux, ou Corneau.

— Ton Corneau a le dos large.

— Mais tu ne l'as pas cherché, si j'ai bien compris.

Exaspéré, Suchenko saisit la lampe à pétrole et se déplace jusqu'à la grande carte épinglée au mur.

— Tu vois, dit-il en la pointant, nous sommes ici. Et là, c'est la baie d'Hudson. Et entre les deux, y a ton Corneau, ou les quelques lambeaux de cuir qui en restent. Un territoire grand comme... Je sais pas au juste. C'est grand.

— Où l'a-t-on vu, la dernière fois ?

— Vers la rivière aux Esprits. Là ! Et c'est pas sûr.

— Vous n'êtes pas allés voir ?

Suchenko explose.

— Nom de Dieu, mais où est-ce que tu te crois ? Tu penses que c'est la douce Angleterre, là-haut ? Il fait –50 l'hiver. L'été, tu baisses ta culotte pour te soulager et les moustiques te vident de la moitié de ton sang. Aucun homme blanc peut vivre là !

— Il est canadien-français.

— Oui, bon... Presque blanc. Mais je te le dis, moi : ton Corneau, ou il s'est poussé et il vend des saucisses à Chicago, ou les loups se sont curé les dents avec ses os et c'est pas d'hier.

Callwood laisse passer un moment avant de conclure doucement :

— Mais tu n'es pas allé voir.

— VOIR QUOI ?

Il a crié si fort que le Norvégien s'arrête à mi-ronflement et se met à tousser. Suchenko se calme, respire bruyamment par le nez.

— Pourquoi un homme blanc resterait-il vingt ans dans un enfer à mouches ? Qu'est-ce qui le retiendrait ici ?

— Je ne sais pas, Suchenko.

— Mais oui, tu le sais. La réponse, c'est *rien*. Rien le retient. Ou il est mort, ou il s'est poussé. C'est simple.

— Malgré tout, dit Callwood en triant des chaussettes neuves qu'il sort de son sac, malgré tout, je crois qu'un policier doit faire passer le respect de la loi avant son confort personnel. Avant sa sécurité. Peut-être même sa vie. N'es-tu pas de cet avis ?

Suchenko ne se donne pas la peine de répondre. Il est sonné. Et comme travaillé par un doute. Après un moment, il demande :

— Qu'est-ce qu'il fait dans la vie, ton bonhomme ?

— Mon père ?

— Ouais. Il fait quoi ?

— Juge. À Kingston.

— *Okaaay*, souffle Suchenko. Kingston ! On est loin de Poil-d'Aisselle, Saskatchewan…

— Je sais ce que tu penses, dit Callwood en refermant son sac.

— Ça m'étonnerait…

— Tu penses que je suis un fils à papa. Mais j'ai été élevé à la dure. À 17 ans, j'ai traversé l'Atlantique en sloop.

— Houlà… Tu raconteras ça aux Indiens. Ça va les impressionner.

Callwood le fixe avec sévérité.

— Je ne dis pas ça pour me vanter, Suchenko, mais pour que nous nous comprenions bien. À propos, quelle image ont-ils de nous ?

— Qui ça, les Indiens ? J'en sais rien.

— Tu vis avec eux depuis deux ans et tu ne sais pas ce qu'ils pensent de la police ?

— On s'en fout !

— Tu leur as parlé, quand même ?

— Comme ça. Je crois qu'ils nous voient comme la tuberculose. Ou les hémorroïdes. Une fatalité. Enfin, moi, du moment qu'ils se tiennent tranquilles…

— J'ai l'intention d'établir des relations égalitaires avec eux. Qu'est-ce que tu en penses ?

— Ils seront très touchés.

— Vraiment ?

— Non.

Callwood paraît sur le point de s'impatienter.

— À part les Indiens, il y a qui ?

— Des Métis. Des Blancs, pas toujours recommandables. Quelques détraqués qui vivent en forêt et se mêlent à personne. Un certain Corbutt, entre autres, dont t'auras des nouvelles tôt ou tard. Un maniaque breveté…

— Je n'ai pas vu de clocher, en débarquant. Pourtant, c'est bien la Mission Saint-Paul ?

— La chapelle a brûlé.

— Il n'y a donc pas de missionnaire ?

— Un pasteur méthodiste passe de temps en temps. C'est un ivrogne. Y a aussi un père catholique qui vient au printemps et à l'automne. Lui, il est plus drôle. C'est un Breton. Également ivrogne.

— Je vois que vous faites respecter à la lettre la loi sur l'alcool.

— Tu me permets d'aller me coucher ? demande Suchenko. Je me rends compte qu'il reste dix grandes heures avant mon départ et ça me paraît une éternité.

— Bonne nuit. Ah, une dernière chose ! Avez-vous un dossier sur Corneau ?

Suchenko rit en montant l'escalier.

— Un dossier ? Un dossier sur un fantôme. Bien sûr…

Resté seul, Callwood déambule dans la pièce, soulève une feuille de papier par-ci par-là. De la poussière partout, même sur les lettres du divisionnaire. Le plancher est maculé de graisse. Tout à l'heure, en ouvrant la boîte de sardines, Suchenko a fait tomber de l'huile et a marché dedans. Il en a mis partout. Callwood ose à peine imaginer dans quel état se trouvent les archives. Il s'arrête un moment devant le portrait d'Édouard VII qui exhibe son gros ventre orné d'étoiles. Voilà quatre ans que le roi est mort. Callwood se dit, irrité, qu'il aurait pu apporter une image du nouveau souverain. Si la police manque d'égards envers la Couronne, que peut-on attendre des Indigènes ?

Il tourne en rond. Il n'a pas l'habitude de l'oisiveté. Mais où est le second, ce Harvey ? Va-t-il passer toute la nuit chez la prostituée ?

Callwood s'assoit enfin, puis ouvre au hasard les *Commentaires* de Blackstone. *L'être humain*, écrit le grand juriste, *a été doté par la Nature d'une sauvage liberté. Mais tout homme qui réfléchit acceptera de troquer cette liberté contre l'obéissance aux lois. Car s'il conserve le droit de faire tout ce qu'il veut, les autres feront de même et, alors, qui sera en sécurité ?*

Callwood lève les yeux sur les vitres noires, fouettées par la pluie. Et s'il y avait, malgré tout, des hommes qui ne souscrivaient pas à cette pensée ? À quoi pourraient-ils ressembler ?

Le vent s'essouffle vers la fin de la nuit. La vague est clapoteuse, désorganisée. Une nappe d'embruns et de grésil stationne au bout du quai. Ça n'invite pas à la croisière. Peu importe, le Norvégien veut partir. On lui offre le déjeuner : il refuse. Dans sa poche fermente un sac de poisson séché. Ça suffit. Callwood porte au quai les affaires de Suchenko qui s'est rasé pour l'occasion. Un jeune homme blond vient vers eux, la tunique entrouverte. Il a l'air amoché et empeste l'alcool. Suchenko le saisit par la jaquette et lui boutonne le col.

— Tu vas attraper la crève, imbécile !

Le jeunot sourit. Il prend une voix d'enfant et lui souffle au nez :

— Harvey a fait *bouaaark* ! C'était mo-nu-men-tal !

— Fais gaffe ! dit Suchenko, en jetant un coup d'œil vers Callwood.

Mais le constable Harvey Gruber est trop mal en point pour capter l'avertissement.

Le moteur de monsieur Evinrude prend vie. Il faut crier pour s'entendre. Suchenko se tourne vers Callwood.

— Un dernier conseil, dit-il. C'est pas le country-club, ici. Vas-y doucement. La plupart des villageois voudront rien savoir de toi. Méfie-toi des autres, ceux qui t'approchent d'eux-mêmes. Et puis, tiens...

— Qu'est-ce que c'est ?

— Un rapport sur Corneau.

— Le fantôme ? Tu m'as dit qu'il n'y avait pas de dossier.

— T'emballe pas : y a plus de fantaisie que de faits là-dedans. C'est mon prédécesseur qui l'a rédigé.

— Il est où, à présent, ton prédécesseur ?

— Garçon boucher à Toronto. Bonne chance !

Le canot s'éloigne en dansotant sur les vagues. Suchenko jette un dernier regard sur la Mission. Ses deux collègues, debout sur le quai, lui font au revoir de la main. Harvey, affligé, a l'air d'un chien abandonné. Callwood est très droit, sûr de lui. Beau gars, tout de même. Suchenko se demande quelle frasque un fils de juge a pu commettre pour se retrouver dans un trou pareil. Une histoire de mœurs, probablement. Une jeune fille de bonne famille engrossée hors saison. Des jeux de collégiens s'étant poursuivis après le collège. Quelque chose dans le genre. Il ne croit pas un instant que Callwood ait pu se porter volontaire pour ce poste. Personne n'est aussi bête. Suchenko leur envoie un salut militaire moqueur, puis se retourne vers la proue du canot. Il décide d'effacer de sa mémoire, séance tenante et pour toujours, ces deux minables années à la Mission. Il a donné. La vraie vie l'attend.

Le canot se dissout dans les embruns. Le grognement du moteur n'arrive plus que par intermittence.

Sur le quai, Callwood examine son second, qui tient à peine debout. C'est un homme de belle taille. Jeune. Encore toutes ses dents. 18, 19 ans. La moustache en guidon est pommadée, soignée. Le reste du visage disparaît sous une broussaille de poils.

— Constable Gruber, je vous attends pour déjeuner dans vingt minutes. Rasé, peigné et en uniforme !

Le jeune homme, qui semble sur le point de vomir, s'éloigne en traînant les pieds.

— Quand je vous donne un ordre, aboie Callwood, j'entends que vous le reconnaissiez !

Le second, l'air malheureux, se met au garde-à-vous, salue, puis court se changer.

Callwood a établi son programme. Ils passeront une première semaine à nettoyer le poste. Si la police ne donne pas l'exemple, qui le fera ? Ils creuseront une nouvelle latrine : celle qu'il a visitée ce matin est d'une saleté révoltante. Dès que possible, Callwood se présentera au chef de la communauté indienne et aux aînés. Puis il dressera le plan de surveillance des dix villages du secteur. Il entend mettre un terme au trafic de l'alcool. Et tant pis s'il doit remplir les cellules. Ses soirées, il les passera à étudier Blackstone et Montesquieu.

Il détaille son programme devant Harvey, au déjeuner. Le second a la mine ahurie d'un homme qui reçoit le plafond sur la tête et se demande si c'est de sa faute.

— Et nous bâtirons une chapelle, conclut Callwood en beurrant des toasts.

— Une chapelle ! s'écrie Harvey. En quoi ça nous regarde ?

— Nous ne pourrons jamais rétablir l'ordre dans cette communauté sans le concours de la religion.

— Mais… quel ordre veux-tu rétablir ?

— Eh bien, commençons par nous-mêmes. Est-il normal qu'un constable se soûle chez une péripatéticienne ?

— Une quoi ?

— Une fille publique.

— Tu parles de Fran ? C'est une pute.

— La prostitution est un crime. Ça t'avait échappé ? Je veux bien fermer les yeux pour aujourd'hui, dit Callwood. Mais la prochaine fois, je devrai faire un rapport.

Une lueur de colère passe dans les yeux rougis de Gruber. Il commence à piger. Mais il ne dit rien. Callwood glisse vers lui une assiettée de toasts.

— Profites-en. L'intendance nous a envoyé quarante-huit boîtes de beurre en conserve. Et du pain pour une semaine.

2

La patrouille, c'est sacré. La patrouille, c'est l'aventure, le devoir, le sacrifice. Certaines sont entrées dans la légende. Celles, en particulier, où tout le monde est mort. Pour une première sortie, Callwood n'en demande pas tant. Il met vingt jours à faire le tour des villages sous sa garde. Les communautés forment un chapelet ténu entre le grand lac et les forêts marécageuses qui s'étendent à l'infini vers l'est. Des villages minuscules. Certains n'abritent qu'une seule famille élargie. Tous sont aux trois quarts déserts. Les habitants sont à la pêche, ou à la chasse. On n'y trouve que des vieillards et de très jeunes enfants. Quelques Blancs par-ci par-là, qui déguerpissent en voyant la bande jaune sur le pantalon du policier. Partout, on reçoit le *simakanis* avec une aimable indifférence. Les Cris n'ont que faire d'un policier, mais ils reconnaissent en lui le représentant du roi, garant de leurs traités. Partant, la présence de Callwood leur paraît normale. Une sorte de politesse de la part de la Couronne. Dans les cabanes, les vieillards s'enquièrent de la santé du souverain. Médusé, Callwood donne des nouvelles de George V, comme s'il avait pris le thé au palais avant son départ. À l'extrême limite de son territoire, dans une hutte basse chargée de mousse, un chasseur voûté, édenté, incroyablement ridé, déplie un chiffon de cuir pour révéler un médaillon à l'effigie de la reine Anne. La pièce est conservée comme une relique depuis deux cents ans.

Callwood a tout le mal du monde à rencontrer des chefs. Quand il croit tenir un homme d'influence, il annonce son intention de faire la guerre aux trafiquants. On l'écoute d'un air méditatif. Tous conviennent que ce serait une bonne chose d'éradiquer la traite de l'alcool.

— Mais ça ne suffit pas d'être d'accord, proteste Callwood par la voix de son interprète. Il me faut votre collaboration. Les trafiquants ont des complices dans vos communautés. Il faut les dénoncer !

Les vieux paraissent réfléchir en fumant, puis d'un lent hochement de tête reconnaissent que l'alcool est un poison terrible. Autrefois, il y en avait moins. C'était mieux.

— Alors, aidez-moi !

Nouveaux hochements de tête.

— Que vous m'aidiez ou non, conclut Callwood, je vais passer les menottes à ces mauvais hommes. Faites-le savoir autour de vous. Je serai de retour !

On le remercie avec solennité de les débarrasser des trafiquants, comme si c'était chose faite. Callwood sort de ces rencontres en se demandant s'il s'est bien fait comprendre.

Le temps reste gris. La neige a presque entièrement fondu dans les bois, mais il ne faudrait qu'un degré de moins au thermomètre pour que les flocons se remettent à danser. Des colonnes de pluie glacée dérivent sur le grand lac. Callwood et son guide pagaient à trente mètres du rivage, derrière les brisants. Le vent les oblige à faire relâche souvent. Alors les deux hommes mettent pied à terre, renversent le canot sur le sable, l'amarrent à des débris d'arbres, et allument de grands feux de bois flotté. Le QG leur promet un bateau à vapeur pour bientôt, peut-être même un de ces hors-bord pétaradants. Mais Callwood aime le canot. Il aime l'effort physique. Il pagaie avec bonheur, le visage offert au vent. Le pays sent la sève neuve.

Son guide, Antoine Duncan, est un trappeur qui vient de relever les derniers pièges de l'hiver. C'est un homme mûr, ayant femme et enfants. Il a appris l'anglais dans les factoreries[1] et se loue comme interprète durant les périodes creuses. Callwood le paie en dollars du Dominion et en balles de .22. Il s'étonne de voir son guide porter une arme aussi légère. Callwood, pour sa part, trimbale un Martini-Henry lourd, puissant, et largement démodé.

— Si tu te perds en forêt, dit le trappeur, ton gros fusil te servira à rien. Tu vas mourir de faim.

— J'abattrai un orignal, dit Callwood.

— Y a plus de lapins que d'orignaux.

— Alors j'abattrai un lapin.

— Avec ce calibre ? Il en restera que le trou du cul.

Et Duncan montre les dents comme s'il venait de se faire pincer par une balle aux fesses. Callwood s'habitue

1. Comptoir commercial dans les colonies. *(N.d.É.)*

à l'humour des Indigènes. Il trouve plus difficile leur silence. Le soir, à côté du feu qui vomit des étincelles, le policier crible son guide de questions et ne reçoit que des réponses évasives.

— Le meilleur moyen de surprendre les trafiquants ?

— Des cœurs noirs. Il faut s'en méfier.

— Où sont débarquées les boîtes de métal blanc ?

— Ici et là, un peu partout.

— Qui sont leurs complices dans la communauté ?

Silence. Et puis :

— Connaissez-vous Moïse Corneau ?

Le trappeur lui lance un regard curieux.

— Donc vous le connaissez ?

— Des histoires à faire peur aux enfants.

— Vous l'avez déjà vu ?

Le guide plisse les lèvres comme si on l'obligeait à parler de choses insignifiantes. Il pige une brindille dans le feu et allume sa pipe.

— Je vais arrêter ce Corneau, affirme Callwood. Il a tué sa femme et son enfant. Peut-être même une famille de chasseurs.

Le guide fixe les flammes sans rien dire.

— Vous ne croyez pas utile d'arrêter un homme qui a tué sa femme ?

— Utile à quoi ?

— Vous pourriez m'aider.

— En quoi ça me regarde ?

— C'est le devoir de tout citoyen, répond Callwood, d'aider à appréhender des criminels.

— Je suis citoyen ?

— Oui. Et sujet de Sa Majesté. Nous le sommes tous. Même Corneau.

— Faudrait le lui dire.

— Donc il est vivant ?

— Il l'a déjà été.

— Vous pouvez m'aider ?

— Non.

— Je vous offre soixante dollars par mois et les rations. C'est bien payé.

— *Naméo* va bientôt remonter la rivière.

— *Naméo* ?

— L'esturgeon. Il vient pondre ses œufs. Je veux fumer sa viande pour la famille.

— Et après la pêche ?

L'homme hausse les épaules. Après, il y aura les oies, le poisson blanc. Puis la truite grise, et encore les oies. Ensuite, ce sera à nouveau la saison des fourrures.

— Vous avez peur de Corneau ? demande Callwood, qui pense le piquer dans son orgueil de mâle.

Le visage du guide s'éclaire d'un grand sourire.

— Sacrédié que oui ! fait-il.

Il a appris quelques jurons en français pour faire sourciller le père breton quand il passe.

Une semaine plus tard, Callwood est de retour à la Mission. Il a mené sa première patrouille. Une patrouille, c'est sacré. C'est l'heure de rédiger son rapport. Le rapport, c'est sacré.

Il n'a rien à mettre dans son rapport.

Suchenko n'a pas menti. Il ne se passe rien dans le pays. Pourquoi y avoir créé un détachement ? Un troisième policier va bientôt les rejoindre. À quoi bon ?

Il accoste à la Mission sans avoir résolu le problème. Harvey descend vers le quai, les mains dans les poches.

— Alors, chef, bonne patrouille ?

— Pas mal, dit Callwood en rangeant son aviron. Ici ? Du nouveau ?

Harvey rit.

— Notre nouvelle chiotte fait un tabac. Tout le monde a voulu l'essayer.

— Ces installations nous sont réservées, constable.

— C'est bien ce que je leur ai dit. C'est une chiotte du gouvernement, que j'ai dit. Propriété de la Couronne ! Mais tu les connais…

— Pas vraiment, non.

À 18 heures tapantes, ils se rencontrent pour le dîner, cols fermés, boutons astiqués, bottes lacées.

— On va faire ça tous les jours ? demande Harvey, malheureux dans son col militaire.

— Tous les jours. Je commence à penser que notre seul rôle véritable, ici, est de donner l'exemple.

— L'exemple de quoi ?

— La discipline. La régularité. L'esprit de corps.

— Ah, oui ! dit Harvey, en glissant le doigt sous son col. L'esprit de corps. Ils adorent, les Indiens.

— Je suppose que t'as vu ta Fran, pendant mon absence.

— Quand tu dis *vu*…

— Oui, ça. La prochaine fois que tu la *verras*, tâche donc de savoir par où rentre l'alcool.

— Bien sûr, chef. Sans faute, chef.

— Pourquoi ce ton ? Il est exclu qu'elle nous aide ?

— D'après toi ? fait Harvey.

Et voyant que l'autre va s'énerver, le grand blond s'explique :

— Comprends donc. Dans un an, trois cent quarante-huit jours, pour être exact, je me tire. Dans deux ans, ce sera ton tour. Mais Fran va rester. Où est-ce qu'elle irait ? Elle est coincée. Pourquoi veux-tu qu'elle se mette les trafiquants à dos ?

— Et le chef du village ?

— Beeen, le chef... Il est nommé par le gouvernement, le chef. Pas sûr qu'il ait beaucoup d'autorité.

— Alors qui dirige la communauté ?

Harvey a l'air d'un écolier qui se fait poser une colle.

— Beeen... J'ai toujours pensé que c'était nous. C'est pas nous ?

Après le souper, Callwood s'installe au bureau, feuillette les circulaires du QG. On signale des vols de chevaux à 1 000 kilomètres. Des évasions de pénitencier en Ontario. On rappelle les dispositions à prendre contre les immigrants chinois clandestins. Interdiction absolue de chasser le bœuf musqué dans l'Arctique. *Copie vous est livrée de la Loi sur les douanes.* Et puis, après chaque avis : *Prendre toutes mesures nécessaires.* Chaque circulaire exige un accusé de réception et porte la date à laquelle a été expédiée la réponse. Avant qu'elle n'arrive, il peut s'écouler des mois.

Callwood tombe sur une lettre du commissaire aux Affaires indiennes qui ordonne de comptabiliser toutes les arrestations pour possession d'alcool, secteur par secteur. Suchenko a répondu : *Aucune*.

— Il est culotté, marmonne Callwood.

L'alcool coule comme de l'eau dans le pays et il se vante de n'avoir arrêté personne. Pourtant, le divisionnaire a fermé les yeux.

Il ouvre un imposant livre de bord portant les chiffres *1914*. La couverture noire impressionne. On s'attend à trouver là des arrêts de mort. C'est la météo. Trois fois par jour, Harvey fait un relevé des conditions météorologiques. Qui n'est envoyé nulle part : le télégraphe n'arrive pas jusqu'à eux.

On est en juin. Le coucher du soleil est prévu à 22 h 01. Les journées sont inépuisables. Callwood tourne en rond dans la salle de garde. Des moustiques le piquent à la nuque. Des mouches bourdonnent sur les carreaux. Il s'assène des coups de poing dans la paume, de plus en plus fort, pour faire un peu de bruit. Mais ça ne change rien. Le doute fait son chemin. Et s'il s'était trompé de voie ? Va-t-il vraiment passer deux ans à chercher de la besogne ? C'est à peine concevable. Les années de jeunesse ne se rattrapent pas, tout le monde le dit. Alors qu'est-ce qu'ils ont dans la tête, au QG ?

3

Le bateau de ravitaillement est là. Le *Jackfish* est un voilier de trente-deux pieds muni d'un monocylindre à gazoline, placide et increvable. La coque est ouverte, sans pont. La proue retroussée peut braver tous les temps. Siggy est à la barre et chique du poisson séché. Il ne se donne pas la peine de saluer. En décachetant les ordres, Callwood apprend que le voilier est à sa disposition jusqu'à l'hiver. Il doit lutter contre le braconnage des espèces protégées, l'esturgeon en particulier. *Copie vous est livrée de la Loi sur les poissons et la faune. Prendre toutes mesures nécessaires…*

En vieux yachtsman, Callwood saute à bord et prend plaisir à sentir la coque se dérober sous ses pieds. Harvey reste sur le quai, l'air catastrophé.

— C'est pas vrai ! gémit-il. Il va falloir vivre sur ce rafiot ?

— T'aimes pas la voile ?

— J'ai le mal de mer. Tu sais pourquoi je suis entré dans la police montée ?

— Dis toujours.

— Pour les chevaux.

— Logique.

Siggy donne à signer le connaissement, fourre sa copie sous sa chemise, puis saute dans son propre canot qu'il a remorqué derrière le *Jackfish*.

— Vous ne restez pas à souper ? hurle Callwood tandis que détone le hors-bord.

— *Nei ! Nei !* s'irrite le vieux, comme s'il en avait plein le dos d'être invité à souper.

Les deux policiers déchargent seuls les provisions : café, sucre, farine, raisins secs, viandes et fruits en conserve, pains de savon, lait condensé, soupe et œufs en poudre, et dix mille huit cents cigarettes.

— C'est beaucoup, souffle Callwood en consultant ses papiers.

— Normal. On a prévu pour trois hommes.

— Il n'y aura pas de troisième policier. Le surintendant m'en informe dans sa lettre. Nous renverrons l'excédent de tabac à la fin de l'été.

Harvey ne dit rien. Il sait, lui, que le tabac est une devise plus utile que la monnaie. Renvoyer ces cigarettes serait une bêtise innommable.

On dépose sur le quai une boîte lourde portant la mention *Remington* et qui fait un tintement de cloche en touchant le bois. Harvey retrouve le sourire.

— De nouveaux flingues !

— Une machine à écrire, dit Callwood.

— Hein ? Non !

Callwood lui tend le connaissement.

— Dorénavant, nos rapports doivent être dactylographiés.

Harvey lève sur lui un regard douloureux.

— On va taper à la machine ? Comme des filles ?

Callwood fouille dans la grande sacoche frappée des chiffres de la police.

— Il y a du courrier. Et des journaux !

— T'as vu ? demande Harvey. Encore du beurre ! Y a quelqu'un au QG qui touche une commission, c'est sûr.

Il reste une montagne de vivres à mettre à l'abri, mais Callwood ne peut s'empêcher de jeter un œil sur les manchettes des journaux. C'est plus fort que lui. Il est assoiffé de nouvelles. Ce qui se passe ailleurs dans le monde lui paraît rafraîchissant comme une bonne bière froide. Il décachète des journaux, les uns après les autres, puis bute contre une manchette qui le retient longtemps.

— Harvey ! crie-t-il sans lever les yeux du papier.

— Qu'est-ce qu'il y a ?

— C'est la guerre en Europe. Enfin, ça en a tout l'air…

— Bah ! Ça fait vingt ans qu'ils nous la font, celle-là.

— Ils ont assassiné un archiduc.

— Rien à foutre de l'architruc, dit Harvey en hissant sur son épaule une caisse d'abricots en conserve.

— Tu as tort. Tu serais le premier concerné.

— Comment ça ?

— Penses-tu qu'ils vont nous laisser ici à compter des poissons, en cas de guerre ?

Harvey se retourne.

— Qu'est-ce que tu racontes ?

— Nous sommes gendarmes. Entraînés au maniement des armes. On aura besoin de nous.

— Tu penses qu'ils vont nous envoyer en Europe ?

— Ça me paraît logique.

Un sourire explose sous la belle moustache blonde.

— Vraiment ? Youpi ! Je vais entrer dans la cavalerie ! Quand est-ce qu'on part ?

— Du calme. Il faut l'ordre de mobilisation.

— Mais ça va venir ?

— Ben… je suppose, dit Callwood en tournant les pages. Il n'y a que ça dans le journal.

Harvey pousse un soupir de miraculé.

— Merci, mon Dieu ! J'en pouvais plus d'être ici. Allez, Callwood, on fête ça ! Abricots à volonté ! À moins que Votre Honneur ne nous autorise la goutte ?

— Oublie ça.

— Oh, mais quand je serai dans les buvettes de Paris…

Et se tournant vers le lac, Harvey hurle à pleine gorge :

— Tenez-vous bien, mes p'tites Françaises, mon Canadien est chargé à bloc !

Riant comme un gamin, il monte la côte au pas de charge, vingt livres d'abricots sur chaque épaule. Callwood replie les journaux, sourire aux lèvres. Il ne va pas se mettre à bondir de joie. Mais c'est une excellente nouvelle. Il commençait à se poser de sérieuses questions sur son choix de carrière. Il n'allait pas se défiler, non. Le devoir c'est le devoir. Mais puisque c'est la guerre, puisqu'il faut voler au secours de l'Empire, le destin lui force la main. Et c'est très bien ainsi. Il soulève la Remington, lourde comme une caisse de grenades. Ah, ces Européens, toujours à se taper dessus. Quelle bénédiction !

4

L'été touche à sa fin. On ne les a pas rappelés. La guerre est déclarée, pourtant. Ils l'ont appris des pêcheurs qui remontent du sud. Mais le QG ne leur fait pas signe.

À la barre du voilier, Callwood sillonne le lac, court des bordées à n'en plus finir. Il intercepte des bateaux de pêche, inspecte les cales, émet des avis d'infraction. Parfois, il se chamaille avec les pêcheurs. Les poissons morts dans les cales ne ressemblent pas toujours aux dessins de ses fiches.

Et puis, un jour, il tombe sur une cargaison d'esturgeons. Là, aucune erreur possible. Des bêtes tout droit sorties de la préhistoire. Le pêcheur, un Islandais, fait semblant d'ignorer la loi. Le bateau est saisi. Callwood conduit le prévenu et sa cargaison jusqu'à Fond-du-Lac, où vit le magistrat. Ce n'est pas strictement nécessaire. Mais là-bas il y a la tête de télégraphe, et Callwood n'en peut plus d'attendre. Il ne comprend pas qu'on ne les ait pas appelés sous les drapeaux.

Aussitôt le bateau amarré, il se dirige à grands pas vers le poste du télégraphe. C'est dimanche, le QG divisionnaire doit être désert, mais Callwood réussit à lever un officier de garde à Prince Albert. Chaque transmission est suivie d'une attente d'une demi-heure, le temps que l'employé du Canadien Pacifique fasse l'aller-retour vers le QG. L'après-midi y passe. Callwood apprend que les premières recrues vont embarquer pour l'Europe. Le QG national a envisagé de créer un régiment de cavalerie, puis a changé d'avis. Mais pourquoi ? *Requiers directives pour la suite*, a télégraphié Callwood. *Mesures ordinaires*, a répondu la Division.

Mesures ordinaires ? Alors que l'Europe s'embrase ? Callwood insiste.

Demande permission de rejoindre la force expéditionnaire.

Une bonne heure s'écoule avant que le récepteur ne se remette à claquer.

Regagner poste. Attendre suite. Fin transmissions.

En sortant sur le perron, Callwood a la berlue. Mais qu'est-ce qu'ils fichent, là-bas ? Mesures ordinaires ? Vraiment ?

Tandis que le *Jackfish* cingle à pleines voiles vers la Mission, Harvey fait la gueule. Il avait cru finir la journée sous des draps empesés, en wagon-lit, en route pour les ports d'embarquement de l'Est. Il boude comme un gamin.

— Tu m'as dit qu'on nous enverrait à la guerre !

Callwood répond par un haussement d'épaules. Il ne veut pas laisser voir sa déception, mais il est révolté. Les journaux réclament à grands cris des hommes pour le front, et voilà que le QG les renvoie au fin fond des bois. Harvey pousse un gémissement.

— Comment fais-tu pour bâfrer par un temps pareil ?

Debout à la barre, Callwood mâche des fèves au lard à même la boîte. Harvey est pelotonné contre le plat-bord, le teint blafard. Il ne s'est jamais habitué aux mouvements du bateau. Le grand lac est peu profond. À la moindre brise, les vagues se lèvent. Aujourd'hui, ça souffle fort. Penché au-dessus de l'eau, le regard vitreux, Harvey tente de maîtriser sa nausée. Mais il sait qu'il va rendre tripes et boyaux. De temps en temps, l'eau brune le gifle à la joue. C'est la saison des éphémères. Leurs petits cadavres tapissent l'eau. Près des rivages, ça pue à vous soulever le cœur.

— Tu sais, dit Callwood, on finira bien par nous appeler. Je ne peux pas croire…

— Foutaise ! La guerre sera finie avant Noël. Les Fritz reculent déjà. On me l'a dit à la taverne.

— La taverne est ouverte un dimanche ? Et tu n'as pas verbalisé ?

Harvey retrousse les lèvres comme un chien qui va mordre.

Callwood lance sa boîte vide à l'eau.

— Bon. Cherchons un peu de bagarre, nous aussi…

La barre coincée entre les cuisses, il reprend la longue-vue. Depuis plusieurs semaines, il traque les mouvements des trafiquants. De temps à autre, à travers la pluie, ou au milieu de scintillements aveuglants, il voit de petits bonshommes noirs qui filent dans des canots à moteur. Toujours trop loin. Le temps qu'il arrive jusqu'à eux, l'embarcation a disparu, avalée par une embouchure ou par un marais.

— Comment veux-tu qu'on les surprenne avec cette barque ! maugrée Harvey. Ils nous voient à 10 milles !

Il a raison. Le *Jackfish* n'a pas la moindre chance de rattraper un canot à moteur. Pourtant, Callwood aime son voilier. Le bateau lève le nez comme un chalutier et roule comme un tonneau, mais il a les flancs incassables.

Cet après-midi-là, le lac cogne dur. Les paquets d'eau tiède passent par-dessus la proue et tourbillonnent autour de leurs bottes. Les cordages se mettent à siffler. Des nuages noirs accourent de l'ouest et promettent une belle empoignade. Callwood boutonne son col et montre les dents au vent. Pâle et misérable, Harvey observe son supérieur comme un aliéniste étudie un enragé.

— On va pas naviguer toute la nuit, non ?

— On peut être à la maison au lever du jour, crie Callwood.

— On peut être au fond du lac dans trente minutes.

— Impossible, dit Callwood en tapant le franc-bord du poing. C'est du solide, ça !

— C'est une vieille barque pourrie !

Harvey s'interrompt, la gorge gonflée, le visage couleur ventre-de-poisson. Il se détourne et vomit un liquide fortement houblonné. Quand il a fini de cracher, il fixe Callwood d'un regard haineux.

— On se met à l'abri !

— T'as peur ?

— J'ai peur de retrouver mes tripes sur mes bottes, oui. Route sur terre !

— En principe, c'est moi qui commande. Bon, ça va, ne t'énerve pas…

Callwood porte le cap à terre. Une grande île leur barre le chemin. Ils vont se cacher derrière, se mettre à l'abri des vents et des vagues.

— Prends la longue-vue ! crie Callwood. Cherche un ancrage.

— Tu te fous de ma gueule ? rétorque Harvey.

Il a déjà l'estomac au bord des lèvres. Et il mettrait l'œil à la lorgnette ?

La forêt marche vers eux, toute grise d'embruns. Des vagues explosent contre les rochers. Callwood est heureux comme un enfant.

— Ça va être juste ! crie-t-il.

— Comment, juste ?

— Dès qu'on aura doublé la pointe, le vent va tomber. Les vagues vont nous drosser sur la côte.

— Tu peux me mettre ça en langage de tous les jours ?

— Le bateau va se briser sur les roches.

Harvey s'affole. Il a raté deux fois l'épreuve de natation à l'école de police.

— Tu vas nous tuer, imbécile !

— Il y a des chances, oui. Lance le moteur. Allez, on va peut-être s'en tirer !

Harvey s'exécute en jurant comme un dur, mais la terreur se lit dans ses yeux. Callwood grince des dents.

— Attention ! crie-t-il. Je n'arrive plus à la tenir ! Elle dérive ! Aaaah !

La grand-voile se vide d'un coup. Ils ont doublé la pointe de l'île. Le bateau se range sagement sous les épinettes. Callwood fixe son compagnon et sourit d'une oreille à l'autre.

— Espèce de salaud, siffle Harvey.

— Tu te pensais vraiment en danger ?

— T'es un fumier, un vrai !

— Avoue que tu as eu peur…

Il s'interrompt. Deux canots s'engagent dans le chenal par l'autre bout de l'île. Des regards stupéfaits se croisent au-dessus de l'eau. Callwood est le premier à se ressaisir.

— Police ! tonne-t-il. Rangez-vous pour le contrôle !

Des éclats de voix. Les moteurs des canots ronflent. Leurs pinces se détournent. Les trafiquants fuient.

— Pleins gaz, Harvey !

Les canots se dirigent vers une crique, sur la berge opposée. Le *Jackfish* s'est retourné lourdement et les prend en chasse. Callwood se rue sur les écoutes, met les voiles en ciseaux pour capter le vent arrière. C'est sans espoir. Les canots filent déjà entre les quenouilles.

— On peut pas les suivre là-dedans ! crie Harvey.

Callwood a repris la lunette d'approche. Il ne voit plus que les têtes des contrebandiers qui volent au-dessus des hautes herbes. Ils sont quatre. Une silhouette, recroquevillée à l'avant, est peut-être celle d'une femme. Elle est pliée sur un paquet.

— Je vois le fond ! crie Harvey en se penchant par-dessus bord. On va s'échouer !

— Fonce !

Le *Jackfish* pénètre dans la crique, toutes voiles dehors. Les branches grattent la toile. Puis, comme par miracle, l'anse aboutit à une petite chute d'eau infranchissable.

— Harvey, on les tient ! Ils sont piégés ! Regarde, là !

La poupe carrée d'un canot de fret se laisse voir entre les roseaux.

L'étrave du *Jackfish* fait craquer la broussaille, puis s'immobilise dans la vase. Callwood croise le regard de son second. Il y lit de l'exaltation. Lui-même doit avoir cet air survolté. Enfin, un peu d'action !

— On y va !

Ils s'élancent du bateau, plongent jusqu'aux cuisses dans l'eau brune. La vase aspire leurs bottes. Harvey a dégainé son revolver.

— Range ça ! chuchote Callwood. On n'est pas des commandos.

— C'est toi qui voulais la bagarre…

— Range, je te dis !

Ils avancent avec des bruits de succion, avalés jusqu'aux mollets par la fange. En écartant des roseaux, ils découvrent les canots des contrebandiers, chargés de bidons de fer-blanc. Callwood en soulève un.

— Plein !

— Je vois pas d'armes, fait Harvey.

— Et alors ?

— Ils ont leurs fusils.

— Comment sais-tu qu'ils sont armés ?

— Tout le monde est armé par ici.

Ils scrutent la forêt environnante. Rien ne bouge. Pourtant, les trafiquants ne peuvent être loin. Le vent tire une salve au-dessus de leurs têtes. Un moment plus tard, une pluie fumeuse s'écrase sur la crique. Les deux policiers rentrent les épaules d'instinct. Leurs visières pleurent comme des gouttières, l'eau froide s'infiltre par les cols et ruisselle sous les chemises.

— Vois-tu quelque chose ?

— Rien !

La forêt est verte, opaque, lustrée. Elle respire et chuinte. Les vagues grondent sur la berge à l'entrée de l'anse. Et par-dessus ce vacarme, il y a comme un silence narquois. Callwood élève la voix.

— Je suis le constable Matthew Callwood, Police royale du Nord-Ouest. Je vous mets en état d'arrestation pour…

Un miaulement étiré, comme une corde de guitare pincée violemment. Puis le *paf* du coup de feu. Un seul. La balle a dû toucher une roche. Le silence, à nouveau.

Harvey rougit violemment, comme sous l'effet d'une gifle.

— Enfant de pute, crie-t-il, on est des policiers ! Tu veux vraiment finir au bout d'une corde ?

Aucune réponse. Harvey enrage. Ce coup de fusil est une insulte. On se moque d'eux. On les prend pour des gamins. Il se dresse de toute sa grandeur, bombe le torse.

— Montre-toi si t'es un homme, au lieu de fusiller des cailloux !

La pluie cesse. Un épais nuage de mouches et de moustiques se forme autour des visages. Les mains, sur les crosses de revolver, se couvrent d'un feutre gris, mouvant, insupportable. Après quelques minutes, Callwood fait signe à Harvey de se replier vers le voilier.

— Monte à bord. Lance le moteur.

— On les arrête pas ?

— Embarque ! C'est un ordre !

Pendant que Harvey court, plié en deux, vers le *Jackfish*, Callwood entre dans l'eau jusqu'à la ceinture, retrouve les canots chargés d'alcool, les toue jusqu'au voilier et les attache à la poupe. En respirant, il avale un moustique, tousse et crache, les yeux remplis de larmes.

— T'arrives ou quoi ? chuchote Harvey, qui donne de l'épaule contre la proue.

Ils poussent ensemble pour remettre le *Jackfish* à flot.

— Ils vont nous tirer dans le dos, grogne Harvey.

— M'étonnerait. C'est bon. La quille est dégagée. Embarque !

— Et ces crapules ? Ils nous ont tiré dessus !

— Embarque !

Harvey lance le moteur. Le voilier recule vers le grand lac en poussant des *teuf teuf* tranquilles. Une fois sorti de la crique, Callwood met le cap sur l'île d'en face. Les canots chargés d'alcool suivent en bouchonnant sur la vague. Harvey l'observe, furibond.

— Tu peux m'expliquer ce que tu fais ? crie-t-il.

— Tu es colérique, ma foi.

— Un peu, oui ! Ils nous tirent dessus et on file comme des lapins !

— Tu comptais faire quoi ? Charger le sous-bois, l'arme au clair ?

— Par exemple !

— C'est vrai que ta place est dans la cavalerie.

Harvey n'entend pas à rire. Il montre du doigt la crique qui s'éloigne.

— Là-bas, dit-il d'une voix chevrotante, y a des contrebandiers. Ils nous ont tiré dessus.

— Ils ont tiré sur un caillou.

— Notre devoir est de les arrêter. Tu les laisses fuir !

Callwood est impassible.

— Raisonne, Gruber ! Où veux-tu qu'ils aillent ? Le premier village est à 100 milles, à travers les marais.

Aucun être humain n'y arriverait. Tu vois les sacs, dans les canots ? Ce sont leurs vivres. On les tient. Ils n'ont rien à manger. Ils sont trempés. Si ça se trouve, ils n'ont même pas de quoi allumer un feu. Les insectes vont les saigner à blanc. Ils sont piégés. Nous allons jeter l'ancre sous l'île. Et je te garantis qu'aux premières lueurs, ils seront sur la grève à nous faire de grands signes d'amitié. On les tient, t'inquiète.

Harvey, à demi rassuré, paraît se calmer. Ils amarrent le *Jackfish* aux arbres de l'île et jettent une bâche sur la bôme pour créer une tente de fortune. Ils dénichent quelques vêtements secs au fond de leurs sacs, allument le Primus, préparent la soupe en poudre. Ils y trempent du charqui de bœuf et du biscuit sec. Après le repas, ils commencent à transborder les bidons d'alcool des canots vers le voilier.

— À vue de nez, dit Callwood, il y a deux cents gallons. Coupé d'eau, ça donne mille gallons sur le marché noir. Une belle prise.

— Il faut monter la garde, cette nuit ?

— Vaut mieux. Ils pourraient traverser à la nage, détacher les canots.

Mais personne ne vient, hormis les castors qui tournent autour des embarcations par curiosité. Vers 21 heures, un loup esseulé pousse un hurlement triste et, ne recevant pas de réponse, laisse tomber.

Au petit matin, le brouillard tapisse l'eau. La berge, en face, est déserte.

Ils attendent toute la journée. Une pluie fine sature l'air. Les moustiques sont insupportables. Les éphémères en décomposition empestent. Harvey ronchonne.

— On va être fiers, après ça ! Quelle autorité veux-tu qu'on ait maintenant ?

— Qui va le savoir ? On est au milieu de nulle part.

— Nulle part, ça existe pas. Tout se sait, dans ce pays.

Callwood balaie la forêt à la lunette. Il a les joues maculées de sang et de moustiques écrasés.

— Il faut être patient. Ils sont là, c'est sûr. Où veux-tu qu'ils soient ?

Mais une crainte le ronge. Il se tourne vers Harvey.

— Combien de temps une femme peut-elle allaiter sans avoir mangé ?

— Hein ?

— Une femme privée de nourriture, pendant combien de temps peut-elle allaiter son enfant ?

— Mais qu'est-ce que tu racontes ?

Callwood a cru voir une femme dans un des canots, recroquevillée sur son siège. Plus il y pense, plus il lui semble qu'elle se penchait sur un nouveau-né, pour le protéger des embruns. Il scrute à la lunette la berge lointaine, de plus en plus mal à l'aise. Si une jeune mère est là, tapie dans la forêt, sans nourriture, sans feu pour se sécher et éloigner les moustiques, si elle manque de lait, si le bébé vient à mourir, on dira que c'est la police qui a provoqué sa mort.

Vers la fin du jour, les nuages se disloquent, la pluie cesse. Un vent étonnamment frais se lève avec les étoiles. Les policiers doivent revêtir leurs vestes Mackinaw.

— Il va faire froid cette nuit, dit Callwood. Ont-ils des couvertures ?

— Non. Elles sont dans les canots. Pourquoi ?

— Ils sont trempés jusqu'à l'os. Ils n'ont pas de feu. Il fait froid.

— C'est mauvais, ça ?

— S'il y a un bébé, c'est très mauvais.

Harvey tourne sur lui-même, fouette rageusement de la main les moustiques qui essaient de lui entrer dans les oreilles.

— Bon, on fait quoi ? dit-il. On les attend encore ?

— Ce loup, hier soir…

— Oui. J'y ai bien pensé. Un troisième canot.

Callwood a l'air déchiré, incapable de prendre parti. Harvey le toise d'un regard de plus en plus critique. Alors il tranche à sa place.

— Au matin, s'ils sont pas là, on décampe.

Bien avant le lever du jour, Callwood est sur pied, la lunette à l'œil, tâchant d'apercevoir la berge en face. Vers 6 heures, un peu de lumière grise ayant suinté dans la brume, il doit se rendre à l'évidence : il ne viendra personne. Le policier fait claquer la lunette.

— On remet les canots dans la crique. Avec leurs vivres. On garde l'alcool. Et on confisque les hors-bord. Ils vont rentrer à l'aviron.

— S'ils sont encore là.

— Peu importe.

Harvey enroule les câbles d'un air dépité.

— J'espère, dit-il, que t'iras pas mettre tout ça dans ton rapport. On va passer pour de parfaits imbéciles.

Callwood ne dit rien. Justement, il y pensait, au rapport.

5

Le soleil faiblit. Les peupliers jaunissent. Dans les rivières, les algues meurent et sombrent, l'eau brune devient limpide comme de la glace. Les premiers chapelets d'oies longent l'horizon. Les familles reviennent de leurs camps de pêche. Le village s'anime un temps. Le représentant de la Compagnie de la baie d'Hudson est arrivé et a rempli de provisions son magasin décrépit. Un bateau à vapeur est à quai et va emporter les enfants vers les pensionnats du Sud. Callwood et Gruber ont la liste des enfants d'âge scolaire et doivent s'assurer que tous embarquent. Il en manque, parmi les adolescents surtout. Quand Callwood s'en enquiert auprès des familles, il ne récolte que des réponses évasives. *Nohcimihk*, apprend-il. Dans la brousse. Quelque part dans la brousse.

— Où est leur camp de pêche ? insiste Callwood, car il sait que ces gens ne rôdent pas au hasard à travers l'arrière-pays, qu'ils se transmettent les territoires de pêche et de chasse de génération en génération.

— Où sont-ils ?

— Ici et là, répond-on, d'un geste vague.

D'autres parents croient aux promesses des Blancs. Leurs enfants sont au rendez-vous sur le débarcadère. À tous, on a raconté que l'école est indispensable. Qu'on ne fera plus la vie des anciens. Que pour se débrouiller dans le monde des Blancs, il faut se savonner quotidiennement les oreilles, dire ses prières, lire le *masinahikan*[1], se plier à un horaire et s'exprimer en anglais. Ce qu'ils feront de cette langue n'est pas précisé. L'essentiel est qu'ils ne parlent plus le cri.

Le matin du départ, armés de la liste d'embarquement, les deux policiers font une dernière tournée des maisons pour raisonner les parents fautifs, les menacer au besoin en invoquant la Loi sur l'instruction. Ceux-ci font les objections d'usage : le petit dernier est malade, la fille a dépassé l'âge d'aller à l'école.

— Ce n'est pas ce que dit le papier, dit Callwood, impassible, en arborant la fiche.

Et les parents, qui ont appris la futilité de répliquer au *masinahikan,* laissent partir les enfants.

Le vapeur chauffe à quai. Les derniers à embarquer sont à peine des mômes, terrifiés par la perspective de quitter leur mère pour tout un hiver. Callwood a dû prendre une fillette à bras-le-corps pour la faire monter dans le bateau tandis qu'elle lui hurlait dans les oreilles. Un gamin lui a donné des coups de pied dans les tibias. Harvey a la joue griffée jusqu'au sang. Il lâche des bordées d'injures.

— Quelle corvée ! Quel casse-cul !

— Donne la liste.

---

1. Le papier. *(N.d.É.)*

— J'ai demandé à être nounou, moi ? C'est pour ça que je suis entré dans la police ? Pour courir après des morveux ?

— Mais tu n'as pas rayé les noms !

— On s'en fout. Donne l'ordre du départ ! Qu'ils aillent au diable.

— Attends, dit Callwood, les mâchoires serrées, biffant furieusement des noms sur la liste.

— Dire qu'on pourrait être en train de sabrer du Fritz à l'heure qu'il est.

— Il manque quelqu'un.

— Il manque toujours quelqu'un.

— Antoinette Gladu, 7 ans.

Le regard de Harvey se fait évasif.

— Ouais, bon… Vu son âge, tu sais, on pourrait fermer les yeux.

— Tu connais la famille ?

— Gladu, c'est commun dans le coin.

Callwood s'impatiente.

— Cette famille-là, en particulier…

— Au bout du village. Vers le barrage à poissons.

Callwood fait signe au capitaine du bateau d'attendre. Après quelques minutes de marche, les deux policiers découvrent une cabane en bois équarri, blanchie par le vent. Callwood entre après avoir tapé des pieds devant la porte. À l'intérieur, il fait sombre, ses yeux mettent un temps à s'habituer. Ça sent la tripaille. Une femme est penchée sur un castor qu'elle débite par terre, devant le poêle. Une mémé au fichu coloré est assise près de l'unique fenêtre. Pelotonnée contre son flanc, une fillette haute comme trois pommes dévisage les intrus avec des yeux brûlants de colère. Callwood tient sa fugitive. Du coin de l'œil, il perçoit un mouvement près du mur, derrière la porte. Une femme s'avance vers Harvey et lui lance un regard sardonique.

— T'aurais pu laisser faire, pour cette année.

Le constable Gruber ne sait plus où se mettre.

La femme est petite et plutôt jeune, mi-trentaine peut-être. Elle n'a pas l'accent des lieux. Callwood croise son regard et s'étonne de ses iris gris. Mais elle se détourne aussitôt. Non par timidité, mais plutôt par dédain, comme si elle venait de poser les yeux sur un type sans intérêt. Elle s'approche de la fillette et lui tend la main.

— *C'mon*, Toinette. Il faut y aller. Sois une grande fille. Tes cousines vont s'occuper de toi, là-bas.

La petite donne la main, se laisse arracher à sa grand-mère. Gruber veut se montrer serviable envers la jeune femme. Il met la main dans le dos de l'enfant, pour la rassurer. La petite se retourne, vive comme une belette, et le mord férocement.

— Aïe ! Elle a failli m'enlever le doigt !

— Ça te servira de leçon, dit la femme d'un ton posé.

Elle prend la main de Harvey et examine la blessure.

— Ça va. On voit pas l'os. Vous avez de la teinture d'iode au poste, je suppose…

Callwood observe la jeune femme à la dérobée. Ce n'est pas une beauté, mais elle dégage un calme, un aplomb et, peut-être aussi, une promesse de douceur qui l'ébranle. À son tour, il a envie qu'elle le remarque. Il se penche vers la fillette.

— Toinette, si je te prends la main, tu vas me mordre ? Tu as fait très mal au constable Gruber. Et moi, tu vas me faire mal ? Si tu ne me mords pas, j'ai un caramel pour toi.

En se relevant, Callwood croise le regard caustique de la femme. Elle dit :

— C'est elle qui vous ferait mal ? Vraiment ?

Quand le bateau quitte enfin le quai, Callwood rentre au poste, écœuré. Harvey est sur le perron, un sourire torve aux lèvres. Il regarde s'éloigner le bateau à vapeur qui emporte les enfants.

— Comment va le doigt ? demande Callwood en désignant le mouchoir rougi que Harvey s'est entortillé à la main droite.

— Ça chauffe en diable. J'aurais dû lui passer les menottes, à cette démone.

— À une enfant de 7 ans ?

— Rien n'empêche. L'an dernier, à La Ronge…

— C'est pour leur bien, tu sais.

— Rien à foutre de leur bien.

— S'ils ne vont pas à l'école, ils n'auront pas de place dans le monde moderne.

— Ils s'en fichent. Et le monde s'en fiche. De toute manière, ajoute Harvey, les Indiens vont disparaître. C'est prouvé.

Callwood laisse tomber. Harvey a des idées arrêtées là-dessus. Un jour qu'ils étaient coincés par la pluie, son second lui a expliqué qu'un savant britannique avait prouvé sans l'ombre d'un doute qu'il existait une échelle des races.

— Ton grand savant, avait demandé Callwood, ce ne serait pas Charles Darwin ?

— Possible. Peux pas dire.

— Je ne crois pas qu'il ait dit ça exactement.

— Ah, je pense que oui !

— Comment le sais-tu ?

— C'est Suchenko qui me l'a dit.

— Tiens, Suchenko a lu Darwin…

— Peut-être bien ! s'était indigné Harvey. Il est futé, Suchenko !

— Bon. Admettons…

— Mais non, ça m'étonnerait qu'il l'ait lu. Il l'a appris d'un sergent.

— Et le sergent a dit quoi ?

— Que de toutes les races, ce sont les Anglais qui sont les plus évolués.

— Le sergent était anglais ?

— Je suppose. Les Anglais arrivent en première place. Les Allemands et les Scandinaves tout de suite après. Ensuite ça dégringole grave. En passant par les Irlandais et les Noirs qui se trouvent tout en bas de l'échelle. Avec les Indiens. Qui vont disparaître.

Parce qu'il s'ennuyait à mourir ce jour-là, Callwood n'avait pu s'empêcher de le mettre en boîte.

— Concrètement, Harvey, ça veut dire quoi ? Que tu es au-dessus des gens de ce village ? Que tu es d'une espèce… supérieure ?

Il avait cru le désarçonner. Mais le grand blond l'avait fixé de ses yeux tranquilles et avait répondu avec une belle ingénuité :

— Ben, c'est évident, non ? Regarde-les…

Le bateau qui emporte les enfants n'est plus qu'un point gris sous un plumeau d'encre. Les mères et grands-mères des écoliers remontent du quai sans lever les yeux vers les deux *simakanisak* sur le perron du poste de police. Une seule jeune femme, le visage à demi caché par un châle, les regarde du coin de l'œil, avant de se détourner, l'air terrifié.

— Harvey, chuchote Callwood, tu vois cette femme, celle avec le nourrisson ?

— Ouais. Pas mal.

— C'est elle !

— Qui ça, elle ?

— Elle ! Celle qui était dans le canot des trafiquants. Je te le jure !

Harvey fait une grimace et l'envoie promener de sa main blessée.

— Me parle plus de cette histoire, dit-il en dévalant les marches.

Callwood reste seul. Depuis leur retour à la Mission, le constable Gruber ne se donne plus la peine de s'habiller pour le dîner, ne se rase pas tous les matins et découche une nuit sur deux. Callwood laisse faire. Dans tout le pays, Harvey est le seul être qui lui adresse la parole. Il ne veut pas perdre ce dernier contact avec l'humanité.

De temps en temps, Callwood rend visite aux aînés du village. Il apporte des cigarettes que les vieux émiettent dans leurs pipes. On lui fait une place en silence. On lui sert du thé sirupeux à faire grincer les dents. On répond à ses interrogations par de lents hochements de tête. Mais les conversations sont empruntées, entrecoupées d'interminables silences. Il ne sait jamais quand partir et, quand il s'y résout enfin, personne ne le retient, ni même le salue.

Il n'a pas échappé à Matthew que Harvey s'entend mieux avec les Cris que lui. Ce qui est un comble, compte tenu de ses idées.

Il met la main en visière, cherche la fumée du bateau qui touche à l'horizon. Pourquoi ce goût mauvais dans la bouche, comme un pet monté de l'âme ? Bon, d'accord, il a eu tort de faire embarquer la petite Toinette. Il aurait pu fermer les yeux. C'est vrai. Mais il n'a fait que son devoir. Et c'est pour leur bien. Cette femme aux yeux gris, qu'est-ce qu'elle peut bien lui reprocher ? Il revoit ce regard et ça le rapetisse.

Pendant quelques jours encore, il y a du monde au village. Les familles rassemblent les vivres et les munitions avant de s'égailler en forêt pour gagner leurs territoires de piégeage. En passant entre les maisons, Callwood a conscience de traîner derrière lui un cortège de sourires gouailleurs. On rit dans son dos. Harvey a raison. Leur rencontre avec les trafiquants est connue de tous.

Il soupçonne que les Indiens lui ont donné un surnom. Quelque chose comme *a-tchou*, qu'il entend parfois derrière lui. Il a demandé à Harvey ce que ça veut dire. Il ne le sait pas. Ou fait semblant.

— Tu pourrais le demander à Fran.

— Demande toi-même.

— Je ne la connais pas.

— Tu la connais, fait Harvey. C'est elle que t'as rencontrée dans la cabane des Gladu.

— Comment, elle est pros…

Callwood ne peut cacher tout à fait sa déception. Harvey le couvre d'un regard sarcastique.

— Tu t'attendais à quoi ? Du rouge à lèvres ? Des boas de plumes ?

Avant qu'ils ne partent pour leurs camps d'hiver, Callwood convoque les villageois à une petite cérémonie sur la berge du grand lac. Les bidons de fer-blanc, gardés sous clé depuis leur retour, sont alignés sur le sable. Callwood dévisse solennellement les bouchons et, en couchant chaque récipient, fait glouglouter l'alcool dans le lac. Il débite un petit laïus sur les méfaits de la boisson et la volonté affirmée du gouvernement d'en combattre les abus. Les aînés approuvent de la tête sans rien dire. Les rires viennent de plus loin.

Il a croisé Fran. Il passait devant elle quand il a senti ses yeux gris se braquer sur lui. Elle a dit :

— Tu veux mon avis ? Cet alcool t'aurait fait plus de bien qu'aux poissons.

Il s'est retourné, n'a pas compris tout de suite, s'est senti rougir et s'est maudit de rougir.

— Tu devrais venir me voir, a-t-elle dit. Ça te décoincerait.

Elle s'est éloignée en gloussant :

— *Wachusk…*

À présent, le village est désert, le négociant de la Compagnie est reparti, le magasin délabré est à nouveau livré aux mulots, et les policiers sont seuls dans leur petit poste plongé dans le silence.

6

Le Norvégien est venu récupérer le voilier. En entendant le tapage du hors-bord, Callwood s'est précipité sur le quai, nu-tête, la chemise ouverte sur son sous-vêtement.

— Attrape ! dit le vieux, en lui lançant le filin.

Puis il ajoute, l'air réprobateur :

— Y a encore des conserves.

À son visage pincé, on devine qu'il juge scandaleux que deux hommes bâfrent autant d'aliments fins. Des haricots en boîte, des pommes séchées, des sardines à l'huile, des briques de pemmican[1] ; la bombance n'arrête donc jamais dans la police ?

Callwood n'en a cure.

— Avez-vous le courrier ?

— Vous allez m'aider avec les caisses ?

— Le courrier !

Le policier tend une main qui tremble très légèrement. Si on leur envoie encore des vivres, c'est donc…

1. Préparation d'origine amérindienne : pâte mêlant de la viande séchée, de la graisse animale et parfois des baies sauvages. *(N.d.É.)*

Mais non, ce n'est pas possible. Il plonge la main dans la grande sacoche frappée aux armoiries de la police, ouvre le pli du QG divisionnaire, parcourt les ordres. Les talons de Harvey résonnent sur le quai. Il a couru de loin. On dirait qu'il sort du lit. Il s'arrête, essoufflé, plié en deux, la moustache ébouriffée, pas encore cirée. Il observe son chef, les yeux pleins d'espoir. Après un moment, Callwood lève la tête.

— Non. Rien.

— On est pas rappelés ?

— Rien, je te dis.

Harvey est catastrophé.

— On passe l'hiver ici ? Tu leur as bien dit qu'on était volontaires pour la France ?

— Évidemment, je leur ai dit.

— Mais, alors ?

— Alors rien. Ils s'en fichent.

— Grouillez-vous ! dit le vieux batelier. J'passerai pas la nuit ici, moi !

En abordant le village, il a vu des jeunes qui traînaient entre les cabanes. Trop grands, trop bruns. Le vieux a la frousse.

— Ton message s'est peut-être perdu ? fait Harvey.

Callwood secoue la tête. Ça dépasse l'entendement. Le commandant divisionnaire a-t-il bien saisi la situation ? A-t-on conscience, là-bas, que Harvey et lui n'ont strictement rien à faire ? Et pendant ce temps, d'autres se battent et meurent en Flandre.

— Je vais leur écrire ! annonce Callwood.

Le vieux proteste. Mais le policier remonte déjà la pente.

— Interdiction de partir ! Vous allez emporter un pli spécial. J'en ai pour un quart d'heure. Harvey, veille à ce qu'il reste à quai.

— Compte sur moi !

Il rédige une lettre enflammée.

À l'Officier Commandant. J'ai l'honneur de porter à votre attention que notre requête de mobilisation...

Le ton est acide. Les arguments s'enchaînent. Comment peut-on les laisser pourrir dans ce coin perdu alors que le pays réclame des officiers à cor et à cri ? Peut-on espérer que la machine bureaucratique se remue un tout petit peu dans ce dossier ? Jugez de sa déception, lui, descendant d'une famille de loyalistes, empêché de servir la Couronne comme l'ont fait ses ancêtres. Ses aïeuls ont combattu à Châteauguay et à Brockville durant la guerre de 1812 – il n'ajoute pas que son père est haut magistrat, conseiller du roi ; on trouvera admirable qu'il ne s'en vante pas. Enfin, il demande qu'on ne lui tienne pas rigueur du ton de sa lettre, mais les circonstances dramatiques dans lesquelles se trouve l'Empire requièrent, n'est-ce pas, qu'on se dise honnêtement les choses.

En post-scriptum, il ajoute que son collègue, le constable Harvey Gruber, Reg. No. 1518, formule la même requête que lui.

Votre très dévoué, etc., etc.

Quelques instants plus tard, en regardant la barque qui prend le large, Matthew se dit qu'il a commis une faute. Mais il est trop tard pour rappeler le Norvégien qui emporte la lettre sous sa vareuse graisseuse.

— J'y suis allé un peu fort, dit-il à Harvey, qui hausse les épaules.

Callwood tente de se rassurer.

— Ces ronds-de-cuir, si on ne les aiguillonne pas un peu… Enfin, on peut espérer que cette fois, ils vont réagir.

— On aura pas de nouvelles avant six mois, fait Harvey en remuant le contenu d'une caisse.

— Pourquoi ? Ils ont encore le temps de nous rappeler avant les glaces.

Le jeune homme se redresse en exhibant une boîte de conserve.

— T'as vu ? Compote aux canneberges. C'est pour notre souper de Noël.

7

— Ho ! T'as pas fini de nous casser les oreilles ?

Harvey est au bas de l'escalier, pieds nus, la main dans les cheveux. Il vient de se lever. Les bretelles du pantalon lui pendent jusqu'aux tibias.

— T'es obligé de faire ce tapage de si bonne heure ?

Un crayon entre les dents, Callwood fait rouler le tambour de la machine à écrire pour compter les mots qu'il vient d'aligner.

— Je te signale qu'il est 10 heures passées.

Harvey se gratte derrière l'oreille.

— Dix heures, vraiment ? Ah bon. Tu m'as pas réveillé ?

— Vingt mots la minute. Six fautes de frappe. Je m'améliore. Et je ne suis pas ta mère.

Harvey s'approche de la table de travail, l'air méfiant. Il prend le cahier à côté de la machine, le retourne pour lire :

— *Cours de sténodactylographie Longley, méthode des dix doigts*. Ah, misère…

— Ce n'est pas sorcier, finalement. Frappe légère, cadencée, sans regarder les touches. Voilà le secret.

— Y a du café ?

— Non. Tu sais combien de mots à la minute une personne peut écrire au stylo ? Trente. Et c'est un record. À la machine ? Quatre-vingts. C'est l'avenir. Quand est-ce que tu vas t'y mettre ?

— Je vois mon haleine. T'as pas fait de feu ?

— Tu as lu les ordres comme moi. À compter de janvier, les rapports doivent être tapés à la machine.

— Bon, ben, si t'y vois pas d'inconvénient…

Il commence à remonter vers son lit, puis se ravise.

— C'est toi qui tirais au fusil, hier après-midi ? J'étais chez Fran ; on entendait un enragé à l'autre bout du village qui brûlait des cartouches. Tout le monde se demandait qui c'était. En fait, non. On savait très bien qui c'était.

— Exercices de tir, dit Callwood en ajustant une nouvelle feuille dans le cylindre.

— On peut savoir pourquoi ?

— Dans un an, dix mois, quatre jours, mon engagement se termine, je quitte la police et je me porte volontaire pour la France. À la guerre, il peut être avantageux de savoir tirer.

— Et tu sauras écrire à la machine. Les Fritz sont foutus.

Callwood fait à nouveau claquer les touches. Harvey l'observe longuement en se massant le cuir chevelu sous l'épaisse crête de poils blonds et gras.

— C'est possible que j'aie des poux ?

— On a de la poudre dans la penderie du haut.

Harvey reste au pied de l'escalier.

— Qu'est-ce qu'il y a ? demande Callwood, sans lever les yeux.

— J'comprends pas.

— Quoi donc ?

— Au début, tu me houspillais du matin jusqu'au soir. Col agrafé, bottes cirées, couvre-feu… À présent, tu me laisses dormir jusqu'à 10 heures. Je te dis que j'étais chez Fran, tu fais le sourd. Que j'aie des poux, tu t'en fous… J'comprends pas.

Callwood se recule dans son fauteuil.

— La vérité, constable Gruber, c'est que Suchenko avait raison : il n'y a rien à faire, ici. Alors je me suis fixé un programme de perfectionnement personnel. Dactylo, tir, jurisprudence. J'ai l'intention d'apprendre le code Morse, aussi.

— Tu sais que c'est dingue, tout ça, non ? Tu le saisis, au moins ? Le temps qu'on nous sorte de ce trou de merde, mon *chum*, la guerre sera finie depuis belle lurette.

— Je m'en fiche. Je ne peux pas rester à ne rien faire.

Harvey l'observe un moment, la main sur la rampe d'escalier, l'air pensif.

— Ton problème, dit-il d'un ton on ne peut plus sérieux, c'est que t'es riche.

— J'ai le même salaire que toi.

— Merci pour la blague. T'es riche. Et t'es jamais content. Tandis qu'un pauvre comme moi est toujours heureux de rien faire. Parce qu'il sait qu'il en aura pas tous les jours l'occasion. Tu saisis ?

Callwood lui jette un coup d'œil sans répondre.

— Bon. Eh ben, je crois que je vais faire une sieste jusqu'au dîner, lance Harvey en remontant l'escalier.

— Je ne serai pas là à midi. Je vais faire une randonnée. Jusqu'à la pointe aux Cerises, havresac au dos. Soixante livres. C'est le poids du paquetage utilisé en France. Tu peux m'accompagner, si tu veux.

— Pas la peine, dit Harvey en bâillant. Sur la ferme de mon vieux, je me coltinais des sacs d'avoine qui en faisaient le double. Par contre, on peut demander aux Indiens de te canarder en chemin, pour faire réaliste. Non ?

— Tu vas retourner chez Fran, aujourd'hui ?

— Possible, oui.

— Fais attention, tout de même. Elle est de mèche avec les trafiquants, tu sais.

— Ouais, ouais…

Il revient à la Mission à la nuit noire, crevé, glacé de sueur, en rogne contre lui-même. Il s'est perdu, a suivi la grève du grand lac en s'orientant au son des vagues et en trébuchant sur les cailloux vernis de glace. Plutôt que de se casser une jambe, il a sacrifié les soixante livres de gravier qu'il portait sur le dos. Un échec, donc.

Le poste de police est plongé dans l'obscurité. Matthew monte les marches en geignant : ce sont les derniers pas qui coûtent. Les mollets et les quadriceps sont claqués. Personne au rez-de-chaussée : Harvey doit faire l'étalon chez sa maîtresse. Mais non. En montant à l'étage, dans le comble qui leur sert de dortoir, Callwood aperçoit une forme enfouie sous les couvertures, le visage tourné contre le mur. Ce garçon a un talent inouï pour le sommeil. Allez savoir s'il s'est levé de la journée. Callwood prend des vêtements secs, redescend, s'ouvre une boîte de fèves au lard, prépare un demi-litre de café. Puisque sa randonnée s'est soldée par une défaite, il a l'intention de veiller tard sur les commentaires de Blackstone. Il est arrivé au deuxième livre, le droit des biens. *Rien n'excite l'imagination ni n'éveille la passion des hommes comme le droit à la propriété.*

Il se réveille en sursaut, le nez dans le pli du bouquin. Il se frotte les joues, écarquille les yeux, avale une demi-tasse de café froid, reprend le texte, se saisit d'un stylo, bien décidé à noter les paroles du maître.

Enchantés que sommes… nous sommes… possession, nous répugnons à considérer…

Rien à faire. Les yeux se ferment d'eux-mêmes. Le corps penche vers l'avant. Le grand livre ouvert paraît doux comme un oreiller. Considérer quoi, encore ?

… les moyens mis en œuvre…

Nouveau réveil en sursaut, la nuque cassée par le poids de la tête. Dégoûté, Callwood éteint la lampe et monte se coucher. Deux échecs de suite. Une journée à rayer du livre de bord.

Les nuits s'allongent. Quand il se réveille, à 6 heures, la minuscule fenêtre de leur chambre n'est qu'une plaque grise dans un mur noir. En se retournant, il constate que Harvey roupille encore. Ça ne peut pas être bon de dormir autant. On dirait un bouledogue sénile. Callwood descend dans la cuisine sombre, voit son haleine devant la fenêtre givrée, met la main sur le poêle qui conserve un restant de tiédeur. En farfouillant dans les cendres, il découvre quelques tisons vivants, y jette des copeaux d'écorce, souffle, fait naître une flamme. Après quelques minutes, le feu ronfle dans la cheminée de tôle, la bouilloire se met à chuinter. Le jeune policier s'appuie contre la table, les bras croisés pour se protéger du froid, la tête inclinée, attendant que le thé infuse. Il entend des pas dans l'escalier, lève la tête, et voit les pieds nus d'une femme descendant les marches.

Fran se pose dans la cuisine sans le regarder. Elle s'est enroulée dans une couverture qu'elle tient fermée sous le menton, les cheveux en bataille. Apparemment, elle ne porte rien en dessous.

— Il est prêt, ce thé ? demande-t-elle.

Callwood la dévisage, estomaqué.

— T'es pas causant le matin, je me trompe ? J'ai connu des hommes comme ça.

Il se secoue enfin.

— Tu étais couchée là-haut ?

— C'est bien ce qu'on fait dans un lit, non ?

— Mais... C'est un détachement de police, ici !

— Oh, la paix, veux-tu ? C'est quand même pas une première.

— Comment ? Tu as déjà passé la nuit ici ?

Elle vient s'appuyer familièrement contre la table, tout à côté de lui, sa hanche contre la sienne, le menton appuyé au poing qui retient la couverture. Elle pose un pied sur l'autre et fait voir une moitié de jambe nue.

— On gèle dans votre baraque.

— Et Harvey, il est où ?

— Ben, au lit, qu'est-ce que tu crois ?

— Vous étiez couchés ensemble ! À côté de moi ?

— À côté de toi, à côté de toi… T'es tombé comme un sac. On aurait été dix dans l'autre lit que t'aurais rien entendu. Rassure-toi, il s'est rien passé. On avait pas le cœur à la chose.

Après un moment, elle ajoute :

— Je te signale, en passant, que tu ronfles pas. Ce qui est charmant. Le thé est prêt… Y a du sucre ici ?

Elle s'est retournée vers l'armoire et, ce faisant, lui montre le côté gauche de son visage. Elle a été frappée. Une toile d'araignée violacée irradie de la pommette, gagne le tour de l'œil, monte vers le front.

— C'est Harvey qui…

— Sois pas bête.

Elle soupire de lassitude.

— Il est où, ton sucre ? J'ai pas le goût de jouer à la chasse au trésor, ce matin.

— Voilà le sucre. La cuillère est dans le tiroir. Tu ne pourrais pas t'habiller ?

— Pourquoi, je te mets mal à l'aise ?

— Oui, tu me mets mal à l'aise.

— Pourquoi ?

— Je n'ai pas l'habitude de voir des femmes à demi nues dans un détachement.

— Tu me voudrais nue tout court ? On gèle…

— Qui t'a frappée ?

— Je suis tombée dans l'escalier.

— Dans toute la Mission, il n'y a qu'un seul escalier et tu viens de le descendre sans encombre. Qui t'a frappée ? C'est Harvey ?

Une lueur de colère s'allume dans les yeux gris.

— Non, c'est pas Harvey. Et faudrait pas que tu l'embêtes.

Elle se referme sur elle-même, butée, le nez dans la vapeur qui monte de la tasse. Elle est plus menue qu'il ne l'avait cru. Plus maigre aussi. Mais c'est la première fois qu'il l'examine vraiment. Sous la vitre givrée, les cheveux emmêlés paraissent moins fournis que ceux des femmes du village, la couleur plus proche du thé au lait.

— Tu es blanche ou indigène ?

— En quoi ça te regarde ?

— Ça regarde la loi.

— Eh ben, tu diras à la loi d'aller se faire enculer. En supposant que tu saches ce que c'est.

— J'en ai une vague idée.

— Remarque, ajoute-t-elle en sirotant son thé, *indigène* ça fait gentil. Suchenko a une autre façon de le dire.

— Je ne sais pas ce que dit Suchenko. Mais moi je suis policier. Si quelqu'un t'a battue, c'est une infraction criminelle. Même si t'es une…

Elle le dévisage d'un air railleur.

— Dis-le, ça t'empoisonnera pas.

— Peu importe, c'est un crime. Qui t'a frappée ?

— Ah ! T'es assommant ! dit-elle en posant sa tasse. Je vais m'habiller. Tu veux te rincer l'œil ? Non ? Tant pis.

Quelques instants plus tard, elle redescend, habillée de pied en cap, et lui jette un regard courroucé.

— Il est pas en forme, Harvey. Mais c'est un bon garçon. Fous-lui la paix.

Elle lace ses bottes près de la porte, des bottes de bûcheron. Callwood s'avance vers elle.

— Tu ne passeras plus jamais la nuit ici. Entendu ?

Elle lui adresse un regard fulminant.

— On avait pas le choix, dit-elle en détachant les syllabes. Merci pour l'accueil.

Il la regarde sortir sans un mot. Quelqu'un remue à l'étage. Les chaussettes de Harvey se posent sur les planches grises de l'escalier et, après une pause, entreprennent la descente d'un air incertain. Quand apparaît le visage, Callwood serre les mâchoires.

Le constable Gruber a la face démolie. L'œil gauche est enflé, à demi fermé, une plaie à l'arcade sourcilière s'est refermée comme elle a pu, la lèvre inférieure est fendue, la racine du nez est noire, tout le côté gauche du visage est tuméfié. Donc l'agresseur est droitier. Une moitié de la moustache a été plumée, comme si quelqu'un avait voulu l'arracher. Un homme ferait-il ça ?

Harvey passe devant son collègue en l'évitant du regard et s'assoit à table, la main dans les cheveux. Il empeste l'alcool. Respire bruyamment du nez. Il a peut-être le septum dévié.

Callwood laisse passer un long moment. Il demande enfin :

— C'est elle qui t'a fait ça ?

— Sois pas idiot.

— C'est drôle, tout le monde me trouve idiot ce matin. Pourtant, ce n'est pas moi qui ai la tête déglinguée.

Un long silence.

— Harvey, tu es un policier de la Couronne. Si quelqu'un lève la main sur toi, il porte atteinte à la Couronne. Tu le saisis, ça ?

Nouveau silence.

— Si tu te laisses battre dans un village où tout se sait, c'est l'honneur et l'autorité de la police qui sont bafoués.

Gruber semble sur le point de pleurer mais ne dit rien, le regard suspendu dans le vide.

— Qui t'a fait ça ?

— …

— Je suppose qu'il y avait des témoins, que vous n'étiez pas seuls à trinquer.

— …

Callwood soupire d'agacement.

— Tu ne comprends pas, ou tu fais semblant ? Ton devoir est de…

— Tu peux me foutre la paix, non ? hurle Harvey en levant les mains de part et d'autre de son visage massacré. J'ai l'air de vouloir causer ?

— Pas spécialement. Mais prends sur toi, explique-moi. Comment veux-tu qu'on nous respecte si tu te laisses tabasser et qu'on ne réagit pas ?

— T'inquiète. Je vais réagir en temps et lieu.

— Oh, excellent… On se fait justice soi-même. Fallait y penser.

Harvey fait entendre un crachement de dépit et secoue la tête.

— Va faire joujou avec ta machine à écrire, veux-tu ?

Callwood se raidit, le feu lui monte aux joues.

— Constable Gruber, dit-il, la voix chevrotante, je vous pose une dernière fois la question. Si vous ne me répondez pas, je serai dans l'obligation de vous mettre en état d'arrestation…

— Hein ? Tu dérailles ou quoi ?

— … de vous conduire chez le juge dès que les chemins de glace seront formés pour répondre à des accusations d'entrave à la justice et, très probablement, de conspiration en vue de commettre une infraction criminelle.

Callwood respire un bon coup.

— Alors, qui t'a fait ça ?

— C'est rien ! murmure Harvey d'un ton déjà plus conciliant. T'exagères, comme toujours…

— Ce sont les trafiquants, c'est ça ? Pourquoi ? Qu'est-ce qui se passe ?

— Ah ! Tu me les casses, à la fin !

Il s'est levé d'un bond et se dirige à grands pas vers la salle de garde. Une fois là, il ausculte son visage blessé du bout des doigts devant le portrait d'Édouard VII qui lui sert de miroir sombre. Callwood l'a suivi.

— Si on n'arrête pas les personnes qui t'ont attaqué, on n'a plus rien à faire ici.

— Écoute, dit Harvey, on pourrait pas en discuter plus tard ? Là, je suis… J'ai un peu mal.

— Très bien. Plus tard. Une question, cependant. Les gens qui t'ont fait ça sont-ils encore au village ?

— Non.

— Sûr ?

— S'ils l'étaient, ils seraient déjà froids.

Callwood lève les yeux vers les fusils, bien cadenassés dans le râtelier.

— On ne laisse plus les armes sans surveillance. Compris ?

Harvey acquiesce. Il s'affale dans un fauteuil, les jambes écartées.

— T'as déjà fait de la boxe ? dit-il après un moment.
— Un peu, répond Callwood, au lycée.
— Alors tu sais replacer un nez cassé.
— Non.
— Eh ben, tu vas te faire la main.

Une journée splendide. L'air est vif. Une première neige dans les arbres fait de jolies zébrures à travers le ciel bleu. Les feuilles jaunes des trembles s'agitent et scintillent. C'est très beau. Matthew s'en fout.

Il marche à pas forcés à travers les bois, son lourd fusil en bandoulière. Il quadrille la forêt à partir de la rivière, boussole à la main. Les trafiquants ont certainement constitué leur stock pour l'hiver. Il repêche des bribes d'examens de l'école de police. L'alcool pur gèle à – 100 degrés. Mais le rhum et le brandy se perdent à –20. Les trafiquants ne courront pas le risque de laisser les bidons à découvert. Le mieux serait de les enterrer sous une cabane, chauffée de préférence. À proximité du village et des chemins d'hiver. Une cabane qui existe depuis un certain temps, sinon on remarquerait rapidement une nouvelle piste dans la neige.

Matthew s'arrête, hors d'haleine.

J'ai trop laissé faire, se reproche-t-il.

Des écureuils roux filent à toute allure sur la mousse gelée, si pressés d'enfouir leurs graines d'épinette et leurs champignons secs qu'ils passent sur les bottes du policier.

Alors, je fais quoi maintenant ?

S'il dénonce Harvey, il passera pour un piètre chef de poste. On le tiendra responsable de la dérive de son second. S'il se tait, les villageois raconteront l'histoire au prochain policier à s'installer ici. Qui fera son rapport. On saura que Matthew Callwood a permis à des contrebandiers d'attenter à la réputation de la police et qu'il n'a rien fait.

Dans tous les cas, c'est le déshonneur.

Et la moustache blonde, pendant ce temps, soigne son nez et refuse de parler. Vrai, il y a de quoi faire un massacre.

Et l'autre, Fran, avec ce corps étonnamment enfantin pour quelqu'un de sa… profession. Callwood a toujours pensé que les femmes de mauvaise vie avaient de gros bustes, telles les actrices d'Édouard VII qu'on voit dans les boîtes à cigarettes. Quand il pense à Fran, Matthew est pris d'un étrange embarras. Presque un remords. Pourtant il n'a rien fait. Bon, il a reluqué sa jambe nue. Mais il serait prêt à jurer qu'elle n'a pas fait exprès d'écarter la couverture, qu'elle a seulement posé un pied sur l'autre à cause du sol trop froid. Comme une fillette.

Matthew s'est arrêté sur un promontoire qui surplombe le village. La rivière scintille joliment. Les cabanes basses, aux toits couleur d'humus, s'éparpillent le long des berges parmi les peupliers dorés, saupoudrés de neige. Une vieillarde gratte une peau d'orignal tendue sur un cadre. Une autre récupère des poissons séchés sur des claies. Ces vieilles sont certainement au courant. Tout le monde sait de quoi il retourne. Sauf lui.

8

Harvey est sorti tôt pour chasser. Il espère rapporter quelques perdrix tant qu'elles sont encore mangeables. Les oiseaux vont bientôt se nourrir d'aiguilles de conifères et leur viande perdra tout intérêt. Harvey est heureux. Ses contusions changent de couleur. Son visage est effroyable, mais le nez désenfle, ses belles dents sont intactes. Finalement, ce n'est pas si grave. Il a égalisé la moustache aux ciseaux. Ça peut aller. Ce n'est pas sa première raclée et ce ne sera pas sa dernière. De toute manière, personne ne tape comme feu son père.

Il revient au détachement vers midi, avec quatre beaux oiseaux à sa ceinture. En entrant dans le poste, il crie :

— Ho ! Collègue, grand festin ce soir…

Il s'arrête, abasourdi. Derrière les barreaux de la cellule, allongée sur la couchette, Fran s'étire douillettement, comme au sortir d'une sieste.

— Mais… qu'est-ce que tu fous là ?

La prisonnière indique des yeux Matthew Callwood, assis derrière sa machine à écrire.

— Tu peux m'expliquer ? demande Harvey.

— C'est très simple, répond Callwood. Mademoiselle Desjardins…

— *Mademoiselle ?*

— … est arrêtée pour possession d'alcool et refus d'indiquer la source de son approvisionnement, conformément aux dispositions de la Loi sur les Indiens.

— T'es indienne ? demande Harvey en se tournant vers la cage.

Fran appuie sa tête sur un coude et lève joliment l'épaule.

— Elle est indienne ? répète Harvey en se retournant vers son collègue.

— Si elle ne l'est pas, c'est à elle de nous le dire.

— Si elle ne l'est pas, elle a le droit de posséder de l'alcool.

— Mais pas d'en acheter aux Indigènes.

— Tu l'as condamnée à combien ?

— L'ordinaire. Cinquante dollars ou trois mois de prison.

— Cinquante dollars ! s'écrie Harvey. Mais elle a pas cinquante dollars !

— Ou trois mois de prison.

— Mais comprends donc, animal, que c'est nous qui allons devoir la nourrir pendant tout ce temps !

— Hé ! dit Fran, de quoi tu te mêles ? Je me plains pas, moi ! Il fait bien le thé, ton ami.

Harvey, excédé, attrape les clés qui pendent au mur et déverrouille la porte de la cellule.

— Sors de cette cage, et tout de suite !

— Pas question, dit Fran. J'attends mon dîner.

— Mademoiselle Desjardins est en état d'arrestation, proteste Callwood. Elle ne peut pas partir.

— D'abord, arrête de l'appeler *mademoiselle*, je m'y retrouve plus ! Tu penses qu'on te voit pas venir avec tes gros sabots ? Tu penses qu'on va te raconter tout ce qui s'est passé l'autre soir ?

Callwood l'observe en silence.

— Elle pourrait commencer par me dire où est le stock d'alcool, fait-il.

— Le sais-tu ? demande Harvey en s'adressant à Fran. Non ? Moi non plus. Pourquoi on le saurait, d'ailleurs ?

— Je crois que la soupe est prête, dit Fran. Ça sent bon. Vous vivez bien, ici.

— En remets pas, veux-tu ?

Callwood se lève, les poings contre le bureau.

— Je ne sacrifierai pas mon avenir pour te protéger, Harvey. Désolé. Ou tu dénonces tes agresseurs. Ou elle le fait. Ou je t'arrête à ton tour. Je n'ai pas le choix.

Harvey se penche au-dessus du bureau, place son affreux pif vert et noir tout près de celui de son collègue et lui souffle au visage :

— Écoute-moi bien, Callwood. Tu m'écoutes, là ? Y a deux sortes de lois dans la police. Celle des circulaires. Et la vraie. Si tu m'arrêtes, ma carrière est finie. Mais je vais sortir sous les applaudissements. Ta carrière à toi va se poursuivre. Sauf qu'elle vaudra plus rien. Tu vas pourrir dans ce trou. Jusqu'à ce qu'on trouve pire. Les mouchards deviennent jamais officiers. Jamais. Même quand ils ont raison. Jamais !

Callwood est sans voix. Ce que dit Harvey est intolérable. Et peut-être vrai. Il lève les yeux sur Fran qui les observe depuis sa couchette.

— Oh ! Vous arrêtez pas pour moi ! s'écrie-t-elle. Continuez ! Vous êtes passionnants, tous les deux.

— Et quand la relève va arriver ? demande Callwood. Quand le prochain chef de détachement va prendre connaissance de cette affaire ?

— Il va la fermer. Comme moi. Comme Suchenko avant nous. Et comme toi, si tu tiens à mourir glorieusement pour la France.

— T'avais raison, dit Fran d'un ton admiratif. C'est vraiment un phénomène, ton ami.

— Tu vas te lever, oui ou non ? s'énerve Harvey en se retournant vers elle.

— Je peux rester pour la soupe ?

— Oui, bien sûr.

— Je vais mettre la table, dit Fran en passant à la cuisine.

Callwood se laisse retomber dans le fauteuil.

— Qu'est-ce que c'est ? demande Harvey en indiquant un gros cahier sur le bureau.

— Un registre. Je l'ai saisi chez mademoi… chez elle.

Un rire clair leur parvient de la cuisine. Harvey réprime un sourire, pour ne pas étirer sa lèvre fendue.

— Un registre ? Vas-y, ouvre.

Callwood fait sauter la couverture cartonnée, fabriquée avec de la colle maison. Les pages sont des carrés de papier d'emballage reliés avec de la ficelle. Sur chacune d'elles sont collés des photos et des croquis découpés dans des revues. On y voit des cocotiers, une jolie femme avec un hibiscus dans les cheveux, des danseurs couronnés de fleurs, des maisons tressées. Un croissant de lune se mire dans un lagon, sous l'arc gracieux d'un palmier.

Fran est venue s'encadrer dans la porte, la hanche contre le chambranle, une louche à la main. Callwood lève un regard rempli de questions.

— Hawaï, dit-elle. C'est loin d'ici. Un jour, je vais y aller.

Callwood referme l'album, le met de côté.

— Je vais trouver leur cache d'alcool, dit-il.

— Je vais t'aider, dit Harvey. Mais ça changera rien.

— C'est bon, les p'tits gars, dit Fran. À la soupe !

9

Il a insisté pour que Harvey revête l'uniforme.

— Pour bien attacher la preuve, dit-il.

Harvey obtempère sans comprendre.

Ils ont marché une petite heure avant de retrouver la piste. Callwood l'a repérée le jour précédent. En approchant de la cabane, ils voient un homme aux cheveux longs qui fend du bois à la hache. Dès qu'il aperçoit les *pattes jaunes*, il jette l'outil et détale à toutes jambes.

— Ça ne te paraît pas suspect ? demande Callwood.

— Ah, plutôt ! fait Harvey.

— Motif de perquisition suffisant, d'après toi ?

— Et comment !

— Alors on entre.

Ils frappent en se tenant de part et d'autre de la méchante porte en croûtes d'épinette.

— Police, ouvrez !

Aucune réponse. Le contraire eût été étonnant. Harvey pousse la porte et esquisse aussitôt un grand sourire, au mépris de sa lèvre blessée.

— Tiens, tiens, dit-il. Un plancher de bois. Le grand confort.

Callwood a apporté un pied-de-biche. Ils soulèvent des planches et découvrent un épais carré de mousse de sphaigne qui sert d'isolant. Dessous, dans une fosse, des bouteilles et des bidons. De quoi abreuver la région tout entière. En fait, la quantité d'alcool qu'ils ont sous les yeux est ahurissante.

— J'comprends pas, dit Harvey. Ils auraient pu répartir le stock dans plusieurs caches.

— De l'arrogance. Ils se croient intouchables.

— Quand même…

Callwood soulève des bidons pour voir dessous.

— Trois rangées ! Il y en a pour des milliers de dollars.

Harvey pousse un petit sifflement qui s'arrête quelque part entre la surprise et la consternation.

— Ils auraient pu se méfier, quand même, marmonne-t-il.

Callwood lit de l'inquiétude dans ses yeux.

— Qu'est-ce qui ne va pas ?

— Rien.

— Ça t'inquiète ? Tu as peur de leur réaction ?

— Pas du tout ! crâne Harvey.

— Ils ne sont pas assez bêtes pour s'attaquer à un détachement de police. Ils connaissent les règles du jeu. Pas vrai ?

Harvey fait oui de la tête, mais a l'air troublé. Callwood l'observe de près.

— Qu'est-ce qu'ils vont faire, d'après toi ?

— Oh, rien ! répond Harvey avec une assurance surfaite. De toute manière, dès que les chemins d'hiver seront ouverts, ils vont reconstituer leur stock. C'est pas grand-chose, pour eux…

— C'est vrai, ça ? Tu en es sûr ?

Harvey sent tout à coup le besoin d'échapper au regard de son chef. Il se met à plat ventre et fourrage sous le plancher. Il découvre une caisse en bois, dégaine son couteau et fait sauter les lattes du couvercle. Puis, comme un prêtre soulevant l'hostie, il porte à la lumière une bouteille ambrée, étiquetée, cachetée.

— Bon sang, dit-il avec émotion. Bon sang de bon sang. C'est du scotch, Callwood ! Du vrai. Du single malt. De l'Écosse. Doux Jésus !

— Qui peut acheter ça, dans le coin ?

Harvey secoue la tête. Il plonge les mains dans la laine de bois qui remplit la caisse jusqu'au bord, retire une bouteille portant l'inscription *VSOP* en lettres dorées, puis une bordelaise presque noire. Accablé, le constable Gruber. Atterré. Il en bégaie presque.

— C'est cher ? souffle-t-il en montrant l'étiquette à Callwood.

— Très cher. Qui peut se payer ça, dans le coin ?

— Personne, fait Harvey d'une voix éteinte.

— Donc c'est la réserve personnelle des trafiquants. Ou de leur chef. C'est ça ?

Harvey donne l'impression d'être attaqué par des poux.

— Callwood, bredouille-t-il, on se frotte à plus fort que nous…

— Qui est plus fort que nous, Harvey ?

Le second remue les épaules, fait un geste évasif de la main.

— Oh, j'ai pas de nom en tête, dit-il. Je parle comme ça, en général…

— Connais-tu, en général, un certain Monclair ? J'entends ce nom de temps en temps.

— Euh, comme toi. De nom.

C'est ça, pense Callwood. Prends-moi pour une cruche.

Il se relève, s'époussette les genoux, promène les yeux sur la charpente grossière de la cabane. Un seau, dans le coin, empeste : le pot de chambre du gardien. Le poêle est un baril de métal couché sur le côté et chargé de bonnes braises. Voilà qui peut servir. Callwood jette un regard sur le stock d'alcool.

— On ne peut pas emporter tout ça. Alors voilà. On vide l'alcool dans le trou, on met le feu à ce taudis, on rapporte les contenants comme preuves. On fera l'inventaire au détachement. Qu'est-ce que t'en dis ?

— Ben…

Harvey a l'air d'un homme coincé dans un immeuble enfumé et qui cherche la sortie. Il contemple la bouteille dans ses mains, regarde par la porte, ramène les yeux sur Callwood, cherche encore.

— On pourrait peut-être…

— Quoi donc ?

— Je sais pas. Brûler la bibine et laisser les bonnes bouteilles à l'extérieur, dans leur caisse.

— À qui appartiennent ces bouteilles, Harvey ?

— Je sais pas. Honnêtement, je sais pas.

Au fond de lui-même, Callwood se dit : Le pire, c'est qu'il se croit subtil.

Il s'attendait à ce que la nouvelle de la saisie fasse grand bruit. Mais personne, dans le village, ne lui en parle. Callwood a répandu par terre le scotch, le vin et le cognac et, avec les bouteilles vides, a fait une petite haie sur le perron du poste de police. Une vraie provocation. Quelques jours plus tard, ils trouvent une charogne sur leurs marches, une bête dont la décomposition est si avancée qu'on a du mal à l'identifier.

— Une marmotte, fait Harvey.

— Un *wachusk*, observe Callwood.

Harvey prétend que ça ne veut rien dire, que ce serait un rapace qui l'aurait laissée tomber. Il a peut-être raison. Il ne se passe plus rien.

Commence une nuit d'automne, glaçante, humide. La rue principale du village est une piste qui serpente entre les monticules chevelus que sont les cabanes. Un rare fanal, par-ci par-là, s'allume au cœur d'un tumulus. Callwood passe devant l'ancien magasin au toit affaissé quand il entend quelqu'un l'interpeller. Ce qui n'arrive pas tous les jours. En se retournant, il voit venir vers lui un jeune homme portant des lunettes, les cheveux coupés court, mieux habillé que la moyenne des villageois.

— Paraît que tu cherches Moïse Corneau, lance l'inconnu.

Callwood s'arrête, interloqué. Il n'y pensait plus, à Corneau.

— On me dit que c'est une légende.

— Alors j'ai vu une légende.

Il n'est pas grand, plutôt mince, le col ouvert malgré le froid. Ses avant-bras dénudés pourraient être ceux d'une femme. Pourtant, il a la poignée de main solide. Une branche de ses lunettes est attachée avec de la ficelle.

— Archibald Campbell, dit-il. Tu peux m'appeler Archie.

— Tu peux m'appeler constable Callwood.

— Drôle de prénom.

— Corneau existe ?

— Ben oui, tout à fait.

— Quand l'as-tu vu ?

— Y a trois étés. J'étais à la pêche avec mon grand-père. On campait sur la rivière aux Esprits, près du sault[1]. Corneau est passé sur l'autre rive. Mon *nimousum* l'a reconnu. D'après lui, il a dû s'établir sur un lac au nord du sault.

— Ces mêmes rapides où on a découvert la famille assassinée ?

— Ouais, mais ça c'était quelques années plus tôt.

— Ton grand-père accepterait de m'en parler ?

— Il est au cimetière.

— Toi, tu saurais retrouver l'endroit ?

— C'est un point de pêche connu.

— Combien de jours pour y aller ?

— Trois, quatre. Selon le temps. Mais faudrait partir tout de suite, avant le gel.

Il y a dans les manières d'Archie quelque chose de plus souple, de plus communicatif que chez les autres

1. Cascade ou rapides. *(N.d.É.)*

habitants du coin. Il sourit facilement, vous regarde droit dans les yeux, avec un air de collégien farceur. Callwood est enchanté de trouver quelqu'un d'un peu plus démonstratif que la moyenne.

— Comment as-tu appris que je cherchais Corneau ?

— Ton collègue aime parler.

— Ça, oui. Mais pourquoi ça t'intéresse, toi ?

— Il me faut des sous, dit Archie avec un grand sourire. J'ai pas envie de pourrir dans ce trou. Si je sers de guide à la police, je suppose qu'elle va me payer.

— Possible.

— Soixante dollars.

— C'est beaucoup. On verra. Ça ne te gêne pas de traquer un homme pour de l'argent ? Il risque la pendaison.

— Et alors ? C'est un tueur. Je lui dois rien.

— Juste.

— Et c'est un Blanc. Vous réglerez ça entre vous.

— Juste.

Ce soir-là, Matthew met sens dessus dessous les tiroirs de la salle de garde. Il cherche le document que lui a remis Suchenko le matin de son départ. Il avait commencé à le lire et, après quelques pages, l'avait mis de côté, agacé par le ton enfantin.

Pourvu que je ne l'aie pas mis au poêle…

Non, le voilà. Un brouillon de vingt pages, écrit à la main par le premier policier en poste à la Mission et qu'il a dû recopier au propre pour le QG. Le style est pompeux et naïf. Il y a même un prologue. Intitulé *PROLOGUE*. Rien de moins. Apparemment, l'auteur avait du temps à meubler. Suchenko a vu juste : ce rapport, c'est de la littérature de gare. Avec des éléments utiles, tout de même.

Première surprise : Corneau est jeune. Matthew l'avait imaginé en barbon, mais il a tout juste 40 ans. Originaire de l'Est ontarien, issu d'une famille de défricheurs crève-la-faim. Pas d'instruction. Marié à l'âge de 17 ans avec une fille du coin. Relation tumultueuse. Un témoin au procès racontera avoir entendu des hurlements en passant une nuit devant chez eux. La jeune femme a été tuée d'une balle dans la tête. On fouille le puits et on repêche le cadavre d'un bébé. Corneau est arrêté. Accusé de meurtre et d'infanticide, il plaide non coupable, mais ne se défend pas. Condamné à la pendaison, il s'évade durant son transfert vers le pénitencier. Un scandale. Le solliciteur général de l'Ontario est à deux doigts de démissionner. Corneau se volatilise. Un an plus tard, une prostituée de Winnipeg le reconnaît à partir d'un croquis judiciaire. C'est l'homme qui a tenté de l'étrangler, dit-elle. Deux autres prostituées sont mortes par strangulation dans les semaines précédentes. Corneau devient l'homme le plus recherché du pays. Il est introuvable jusqu'au jour où un acheteur de poisson relève sa trace dans un village de l'intérieur. Ici, l'auteur s'exerce à l'ironie : *La légende de Moïse Corneau,* note-t-il, *est si bien enracinée à l'est du grand lac que les Indiens le voient partout.* Pas un chasseur qui ne se vante de l'avoir vu entre chien et loup ou dans une tourmente de neige. Enfin, dernier acte, une famille de pêcheurs disparaît sur la rivière aux Esprits. Les restes de la mère et du père sont découverts le printemps suivant. Les corps semblent avoir été décapités, mais aucune autopsie n'a pu être réalisée. Le cadavre de la fille n'a pas été retrouvé. Elle pouvait avoir 16 ans. L'auteur se laisse aller à de sombres suppositions sur le sort de cette gamine, ravie et violée comme une héroïne de roman, avant d'être décapitée à son tour.

Suivent quelques données anthropométriques sur Corneau. Très brun, cheveux noirs en V sur le front, faciès fruste, taille moyenne, râblé, musculature développée. Le portrait convenu d'un assassin. Une précision cependant : un doigt manque à la main gauche. Pour certains, c'est l'annulaire ; pour d'autres, le majeur. L'auteur du rapport achève : vu le manque de fiabilité des témoignages, il ne peut recommander l'engagement de fonds publics dans une chasse à l'homme qui a toutes les chances de ne pas aboutir. Et de conclure : *Moïse Corneau n'est peut-être, après tout, qu'une légende*.

Badaboum. Et rideau.

Matthew lance le rapport sur le bureau.

On a dû se marrer, au QG, en lisant cette sottise. Ou alors un commandant a tonné : « Foutez-moi cet imbécile aux cuisines ! » Qu'a dit Suchenko, déjà ? Que l'auteur serait aujourd'hui garçon boucher à Toronto ? Voilà où mène la littérature.

Pourtant, Archie affirme avoir vu Moïse Corneau.

Ce serait bien que ce soit vrai. Tellement bien.

Alors Matthew déniche un document qu'il traîne dans ses valises depuis l'école de police : *Besoins alimentaires des hommes en patrouille d'hiver*. Il saisit un crayon et se met à compter les calories à emporter.

10

Il recrute Antoine Duncan, qui lui a déjà servi de guide et qui vient de terminer sa chasse aux oies. Sa femme et ses filles s'occuperont du fumage. Il faut un autre rameur. Archie Campbell barguigne pour la forme, puis accepte de les accompagner jusqu'au sault pour quarante dollars. Mais il faut faire vite, martèle-t-il, avant que la glace ne prenne sur la rivière.

La veille du départ, un pêcheur accoste sur le quai et gravit le raidillon qui mène au poste de police. Il porte une lettre pliée à l'ancienne. Cachetée à la cire, s'il vous plaît. Harvey y jette un coup d'œil et pousse un juron.

— Qu'est-ce que c'est ? demande Callwood, occupé à passer en revue le matériel pour le lendemain.

— Une note de Corbutt.

— Corbutt ? Ça me dit quelque chose.

— Suchenko a dû t'en parler. C'est un fils de noble, envoyé dans les colonies pour laisser la place à l'aîné en Europe. Un emmerdeur avec armoiries.

Crayon à la main, Callwood biffe des lignes sur sa liste de vérification. Liste tapée avec tabulation, colonnes et tout. Il en est si fier qu'il songe à l'encadrer.

— Qu'est-ce qu'il veut, ton Corbutt ?

Harvey lit.

— Ah, misère… Il dit que sa femme a perdu la tête. Il demande qu'on vienne la chercher.

— Sa femme est britannique ?

— M'étonnerait. Ça doit être une pauvre fille du pays qu'il a achetée à un facteur.

— Achetée ?

— Ça se faisait, autrefois. Ils appellent ça « retourner la fille ». Quand un Blanc quitte la région, il cherche un nouvel homme pour sa femme. Parfois, y a échange d'argent. Quand elle est jeune.

— C'est permis, ça ?

Harvey hausse les épaules et continue à lire.

— Il dit que sa femme est devenue folle à lier, qu'il lui faut des soins médicaux. Nous demande – pardon, exige ! – qu'on l'emmène jusqu'à un asile.

— Il connaît la loi.

— C'est bien ce que je te dis. Un emmerdeur à tous points de vue. Qu'est-ce qu'on fait ?

Callwood range sa liste.

— Il faut y aller. Le transport d'aliénés fait partie de nos fonctions. Corbutt a raison.

— Mais on fera quoi de cette pauvre folle ? s'insurge Harvey. On va devoir la garder en cage ici pendant des semaines ! Le temps que les chemins d'hiver se forment. Et ensuite ? Tu nous vois l'amener jusqu'à Fond-du-Lac en traîneau à chiens pendant qu'elle nous hurle dans les oreilles ?

— Soyons positifs. Elle est peut-être catatonique.

— Ou pas. Il va falloir la ligoter et la bâillonner pour pas effrayer les chiens.

— Tu as l'air de t'y connaître.

— J'ai fait un transport d'aliéné en Saskatchewan. Un Polack. Il a fallu se mettre à quatre pour l'attacher au traîneau.

— Ouais, bon… Pas le choix. On part demain. Ça tombe bien, le matériel est rassemblé. Corbutt a bien choisi son heure.

— Ça fait deux mille ans qu'ils choisissent leur heure.

— Qui ça ?

— Les nobles, cette crasse.

— Je ne te savais pas anarchiste, Harvey.

— Attends voir. Corbutt va te convertir à la cause.

Callwood a emprunté un grand canot avec voile. Antoine Duncan et Archie vont les accompagner. Si la femme de Corbutt est aussi démente que le prétend le mari, ils ne seront pas de trop pour la ramener. Ils partent au petit jour, par temps calme. Avant d'appareiller, Callwood a embarqué des sangles en cuir d'orignal très doux, au cas où il faudrait attacher la malade aux barrots du canot.

Le vent se lève avec le jour. Ils cinglent vers le nord, déployant la voile carrée quand ils le peuvent. La grande pince recourbée du canot empêche les vagues d'embarquer, mais rend difficile la navigation par vent de travers. Ils pagaient sans discontinuer. Temps frais, soleil radieux. Le lac balance des poignées de diamants au visage des voyageurs. Le bleu du ciel se dilue, devient laiteux, évanescent, comme si un enfant avait manqué de couleur, là-haut, pour remplir le vide au-dessus du grand lac. Ils passent une nuit courte sur une plage sablonneuse et arrivent chez Corbutt le lendemain avant midi.

Ils repèrent une échancrure dans la berge, un ruisseau obstrué de roseaux qui s'éloigne à l'intérieur des terres. Un chenal sinueux permet de passer entre les quenouilles. Après quelques minutes, une masse sombre s'élève au-dessus des grands joncs fauves. Harvey, à l'avant, pousse un renâclement de dérision.

— Le manoir ducal, dit-il.

Le fils puîné du lord anglais a érigé sa cabane au bord d'un marais. La maison ressemble à un chablis[1], comme si un coup de vent avait renversé des arbres en les entassant pêle-mêle. De la broussaille pousse sur le toit, des fougères s'enracinent entre les rondins des murs. Une peau d'ours sert de porte. Harvey rigole.

— Il n'y a qu'un *Brit* pour s'installer dans un endroit pareil.

Un grand homme maigre se déplie dans la cour et descend jusqu'à l'eau d'un pas nonchalant. Il n'y a pas de quai, rien qu'une fente bourbeuse qui rappelle une descente de castor. La pince du canot vient y échouer.

— Vous en avez mis du temps ! dit le grand efflanqué. C'est toujours comme ça dans la police ?

1. Ensemble d'arbres déracinés. *(N.d.É.)*

Callwood met le pied à l'eau. Il note que la cabane est parfaitement silencieuse. Ce n'est pas ce qu'il attendait.

— Vous êtes monsieur Corbutt ?

— Je serais qui, sinon ?

— Votre femme est là ?

— Dans la maison.

Callwood étudie l'homme devant lui. Il porte une veste damassée, une chemise blanche bouffante avec lavallière, un pantalon de daim, des bottes d'équitation, mais tout cela si crotté, si usé, qu'on croit d'abord à une blague.

— Vous dites qu'elle est malade ?

— Complètement barjo, mon vieux. Je crois que c'est la vie aux champs qui lui déplaît.

— Aux champs ?

Callwood promène le regard sur les parages. Il y a un bosquet de trembles chétifs, plumés par le vent, de l'herbe rugueuse, un étang couleur de tourbe qui se perd dans les quenouilles, et des épinettes noires en toile de fond.

— Ça doit être terrible, ici, l'hiver, dit-il.

Corbutt hausse un sourcil.

— J'ai choisi cet emplacement pour la vue du ciel qu'il m'accorde. C'est essentiel à mes travaux.

Callwood le fixe un moment pour voir s'il plaisante. Il faut croire que non.

— On peut voir votre femme ?

— C'est bien pour cela que je vous ai mandés, non ?

Callwood croise le regard de Harvey qui lève les mains, mine de dire : « Je t'avais prévenu ! »

Ils remontent la piste vers la maison. Le silence est impressionnant. En arrivant à la porte, Callwood a peur d'entrer. Et si cette femme était morte depuis des semaines ? Il a beau être policier, il n'a jamais vu de cadavre. En repoussant la peau d'ours, il hume l'air à l'intérieur. Rien. La cabane n'a pas de fenêtres. Ses yeux mettent un temps à s'habituer. Il finit par distinguer une femme et deux enfants, à croupetons près d'un feu de braises. Des poissons séchés pendent sur un gril de bois. Trop peu, bien trop peu pour nourrir une famille. La femme et les enfants l'observent de leurs grands yeux craintifs. Callwood s'accroupit en face, de l'autre côté du feu.

— Vous parlez anglais ?

La femme fait non. Elle est très jeune, à peine sortie de l'adolescence. Quant aux enfants, Callwood ne s'y connaît pas trop, mais il jurerait que la fillette et le garçonnet n'ont pas 5 ans. La peau d'ours s'écarte, Corbutt entre dans la cabane. Aussitôt, le regard de la femme se charge de terreur. Callwood se tourne vers le mari.

— Vous pouvez traduire pour moi ?

— Évidemment que non.

— Comment, non ?

— Je ne parle pas ce charabia.

— Comment faites-vous pour communiquer ?

Corbutt hausse les épaules, comme si la pensée qu'il puisse échanger avec cette femme relevait de la plus pure sottise. Callwood se lève, fait entrer Antoine Duncan et lui souffle à l'oreille :

— Faites-la parler. Demandez-lui si les enfants ont à manger, et si elle a de la famille dans les parages.

Tout haut, il dit :

— Monsieur Corbutt, ayez l'obligeance de me suivre à l'extérieur, voulez-vous ?

— Mais elle, vous l'emmenez, non ?

Une fois sorti, Callwood se tourne vers Corbutt.

— Votre femme ne me paraît pas malade.

— Mais c'est par épisodes que ça vient. Il se trouve que, ce matin, elle est plus calme. Vous la verriez durant ses crises… C'est à faire peur, mon vieux.

— En supposant que j'emmène votre femme, avez-vous de quoi nourrir vos enfants cet hiver ?

— Non, non, pas de ça. Vous emportez la chienne, vous emportez les chiots.

— Vous ne tenez pas à vos enfants ?

L'homme lève les épaules.

— Allez savoir si ce sont les miens !

— Ces enfants sont métissés. C'est clair.

— Ouf… J'ai très peu de rapports avec elle.

Se penchant vers le policier comme pour lui faire une confidence, il lui chuchote :

— Ces gens-là se lavent à peine. Et puis, je n'ai plus besoin de ces attachements grossiers. Connaissez-vous le *Periphyseon* de Scotus, monsieur l'agent ? En perçant le mystère de ce qui est créé et qui crée, l'esprit finit par s'affranchir de ses liens matériels.

— Avez-vous des réserves de nourriture autres que celles qui se trouvent dans la maison ?

— Vous ne m'écoutez pas. Ou alors vous êtes comme les autres, vous écoutez sans entendre.

Callwood rentre dans la hutte. Duncan a mis du bois sur le feu, pour faire de la lumière.

— Cette femme a toute sa tête, dit-il. Ils n'ont presque rien à manger. Le mari passe son temps à lire et à regarder le ciel.

Les flammes illuminent l'intérieur de la cabane. C'est grand comme une tente. Mais on dirait l'antre d'une bête. Des pièges et des outils sont empilés dans un coin. Des vêtements forment un autre tas. Les enfants doivent se coucher par terre dans ces mêmes couvertures dont ils s'enveloppent en ce moment. La fillette se penche vers les flammes pour se réchauffer et Callwood voit quelque chose grouiller dans ses cheveux.

— Si on les laisse ici, dit Antoine, ils vont mourir de faim cet hiver.

— Bien. Dites-leur de prendre leurs affaires.

Il sort précipitamment, avec l'impression d'être envahi de poux. Harvey se tient près de la maison et contemple un carré de bois rempli d'excréments, adossé à un mur.

— Trop paresseux pour bâtir une chiotte. Foutu *Brit* !

— La femme et les enfants viennent avec nous.

— On emporte pas le bon fou, si tu veux mon avis.

— Ouais, bon... Je vais quand même lui suggérer de nous accompagner. Il pourra nous suivre dans son canot.

— Son canot est crevé.

— Si on le laisse ici, il va mourir de faim.

— Ça fera un parasite de moins sur Terre.

— Qu'est-ce que tu as contre les *Brits* ?

— Oh, pas grand-chose, dit Harvey. Si ce n'est qu'ils m'ont dit une fois de trop que leur culture est supérieure à toutes les autres.

Callwood ne trouve rien à répondre. Il a été élevé dans le culte de l'Empire. Tous les contes que lui lisait sa nurse se déroulaient à Londres, ou dans les *highlands* d'Écosse. Quand il a visité la capitale impériale pour la première fois, à 16 ans, il s'est trouvé bien gourd, bien provincial. Il avait honte de son accent. Il a toujours envié le parler de l'élite anglaise. Retrouver ce même accent admirable dans la bouche d'un dégénéré comme Corbutt le secoue.

Le fils de lord est descendu près du ruisseau et pisse dans l'eau. Le seau qui sert à abreuver la famille est à deux pas.

— Monsieur Corbutt, dit Callwood, vous nous avez fait venir pour rien. Votre femme n'est pas folle.

— Foutaise.

— Mais je vais quand même les emmener, elle et les enfants.

— C'est bien pour cela qu'on vous paie, non ?

— Il n'y a pas de place à bord pour vous. Je peux vous laisser de la toile pour réparer votre canot. Je vous suggère très fortement de quitter cet endroit avant l'hiver.

Corbutt le regarde de haut en refermant son pantalon.

— Impossible, dit-il tranquillement. J'ai des observations indispensables à faire au solstice. J'attends des divulgations très particulières. Mais qui ne seront pas visibles pour tous.

— Si vous êtes encore ici au solstice, je ne réponds pas de votre vie.

— Parce que vous croyez avoir cette responsabilité ? Eh bien ! Apprenez, monsieur, que l'univers est conscient.

Callwood le fixe naïvement, attendant la suite. Qui ne vient pas. Il n'y a que ce regard plein de morgue. Et ça passe presque. Corbutt est bel homme. Grand. Bien fait. Il se rase encore. Il parle avec lenteur et distinction. Et il possède ce merveilleux accent des classes dirigeantes.

— Pourquoi me dévisagez-vous, mon vieux ? Qu'attendez-vous de moi ?

Callwood s'arrache avec difficulté à son regard. Il va rejoindre les autres. La jeune mère et les deux enfants ont pris place dans le canot, à genoux sur les membrures de cèdre. Duncan est à la poupe. Archie et Harvey s'apprêtent à embarquer.

— Un moment, dit Callwood.

Il fouille dans le matériel, récupère un rouleau de toile.

— Il ne sera pas dit que je l'ai laissé crever, cet imbécile.

— Tu veux du goudron ?

— Il peut faire bouillir de la gomme d'épinette. On ne va pas lui chiquer toute la besogne, quand même.

— Je t'avais bien dit qu'il était chiant.

— Non, ce n'est pas ça.

Matthew remonte vers la cabane. Il est mal à l'aise, un peu nauséeux, sans savoir pourquoi. Il dépose le rouleau de toile dans la hutte, jette un dernier regard à l'intérieur et remarque une caisse à beurre installée contre le mur, qui soutient une demi-douzaine de gros bouquins serrés entre deux pierres. Des cahiers et un stylo sont rangés très correctement sur une étagère posée dans la caisse. Ça lui fait comme une brûlure au cœur.

En sortant, il repère Corbutt au loin, debout dans les hautes herbes, qui vise le soleil de midi avec un sextant. C'est plus fort que lui : Matthew le rejoint à grandes foulées. Quand il est un peu proche, il crie :

— À quoi bon noter la hauteur angulaire du soleil quand on est toujours au même endroit ?

— Bravo, dit Corbutt sans baisser l'appareil. Vous savez à quoi sert un sextant.

— J'ai fait de la voile.

— Mes félicitations. Mais vous supposez que le cours des astres demeurera toujours le même. Votre erreur est là.

— Êtes-vous au courant que la Grande-Bretagne est en guerre contre l'Allemagne ?

L'Anglais garde l'œil collé à la lunette. Il fait tourner la molette du sextant en plissant les yeux.

— Et alors ?

— Ça ne vous tente pas de voler au secours de l'Empire ? De servir votre roi ?

— Non, monsieur, dit tranquillement Corbutt en baissant l'appareil pour lire l'angle dans la loupe. Il faut que l'ancien monde se consume pour que naisse le nouveau. Allez mourir pour l'ancien monde si cela vous chante. Moi, j'appartiens au nouveau.

Et, levant les yeux sur Matthew, il ajoute :

— Vous pouvez partir, mon vieux. Je n'ai pas que ça à faire.

Le grand canot s'engage dans le chenal. Les enfants se sont retournés pour voir leur père. Pas une fois il ne portera le regard vers eux.

11

De retour à la Mission, Archie ne tient plus en place. Il veut se lancer aux trousses de Moïse Corneau. Il le clame sur tous les tons : il faut partir, là, tout de suite, tant que la rivière est encore navigable.

— Pourquoi tu es si pressé ? a demandé Callwood.

— Ben, il me faut mon pognon, a répondu Archie avec son sourire de garnement charmeur. J'aimerais passer Noël en ville !

Callwood a trouvé une famille pour recueillir la femme et les enfants de Corbutt. Un cousin a consenti à les héberger. Naturellement, il n'avait pas prévu de nourrir trois personnes de plus en ce début d'hiver. La petite caisse du détachement étant presque à sec, Callwood va payer leur pension en cigarettes, que le cousin pourra revendre. Harvey avait raison : la clope est une devise universelle. Faut-il informer l'intendance de ce détournement de vivres ? Callwood se dit qu'il avisera en chemin. Deux jours après leur retour à la Mission, ils sont prêts à repartir.

Cette fois, ils iront dans deux canots en cèdre entoilé, des seize-pieds, maniables, légers, et d'autant plus indiqués que l'eau a beaucoup baissé dans les rivières. Les policiers embarquent des menottes et des entraves de pieds. Les Martini-Henry sont attachés aux barrots. Le guide Antoine Duncan n'a que sa sempiternelle carabine .22. Il prétend avoir abattu un orignal de mille livres avec cette arme légère, et d'une seule balle. Harvey dit que c'est tout bonnement impossible. Quant à Archie, il ne porte pas d'armes. Il affirme qu'il est un homme de paix et qu'il fait descendre les perdrix des arbres par ses belles paroles… avant de pouffer de rire. Callwood apprécie la vivacité d'Archie, mais il a remarqué qu'Antoine Duncan semble plus réservé à son égard. Il a surpris un échange à voix basse entre les deux Cris. Le chasseur âgé semblait adresser des remontrances à son jeune compagnon, qui écoutait en faisant la moue. Inutile de demander de quoi il s'agit. On ne le lui dirait pas. Harvey a son idée là-dessus mais, comme d'habitude, elle est sans aménité.

— Archie est allé au pensionnat, dit-il. Il ne sait plus vivre dans son monde et n'a rien à foutre dans le nôtre.

Les rivières et les lacs s'enchaînent, reliés entre eux par des portages plus ou moins longs. Le soleil bas fait surgir des reflets hallucinants. Le matin, quand les canots passent devant des berges de granit, on croit voir le roc et les arbres plonger dans les profondeurs. D'autres fois, ce sont les nuages qui voguent sous la surface, et les hommes ont le sentiment de pagayer en plein ciel. De gros papillons noyés volent tranquillement sous les coques. Vers 10 heures, le vent se lève, la surface de l'eau se fripe, le monde sous-marin disparaît, le charme est rompu et les hommes donnent toute leur force pour faire avancer leurs fines embarcations.

Le soir, un grand silence clair s'étale sur le pays. Les oiseaux chanteurs sont partis, les grenouilles dorment dans la vase, les insectes gèlent ou se dessèchent sous l'écorce des arbres. Les oies passent tout contre les étoiles, leurs appels dégringolant dans le monde comme des grains de glace. Sinon, il n'y a que le vent dans les branches, le crépitement du feu et le clapotement des castors qui s'affairent à garnir leur garde-manger sous-marin. Les hommes restent en silence près du feu, à fumer et à écouter. Le constable Callwood incline son carnet vers les flammes et consigne les distances parcourues. Il termine chaque entrée par les mots : *Aucun signe du fugitif.* Sans cela, il en viendrait à oublier le but du voyage. Pagayer jusqu'à la fin des temps lui conviendrait assez. Ça occupe.

Ils mettent trois jours à gagner le lac qui donne naissance à la rivière aux Esprits. Le soleil est bas, éblouissant. Des cumulus noirs frangés de lumière accourent du nord. Des taches de soleil brûlent comme du magnésium sur l'eau sombre. Matthew plisse les yeux et donne ses cinquante coups d'aviron à la minute, hypnotisé par le mouvement des épaules et des bras, s'émerveillant de la fine gouverne du canot d'Antoine Duncan, à genoux derrière lui.

Il est heureux, le constable. Il n'écoute pas les voix qui lui serinent du matin jusqu'au soir que tout cela est insensé. Suchenko avait raison. Chercher un homme dans cette immensité est absurde. Mais Matthew ne s'en veut pas trop. Il est victime d'une illusion. Parce qu'on vit toute l'année dans des clapiers de quelques mètres carrés, parce qu'on remplit sa chemise, parce qu'on touche des orteils le bout de la baignoire, on finit par croire qu'un être humain prend de la place sur Terre. C'est faux. Dans la forêt boréale, l'homme est un microbe. Le mieux, se dit Callwood, serait de faire demi-tour, de réduire la dépense, parce qu'il faudra justifier le salaire des deux guides. Sauf que l'ordre d'arrêter ne lui vient pas sur la langue. Par lâcheté. Pour ne pas avouer qu'il a eu tort. Pour ne pas rentrer à la Mission où l'attend un hiver à ne rien faire. Et parce qu'il n'y a rien de plus plaisant en ce monde que de voir Antoine Duncan préparer la banique, le pain plat.

Au matin du quatrième jour, ils entendent une rumeur, puis un grondement qu'ils ont du mal à localiser. Ce sont les chutes, invisibles quand on approche par l'amont. Le fameux sault aux poissons. Rien de terrible. Quelques larges marches rocheuses sur lesquelles trébuche la rivière. L'eau couleur de thé reprend presque aussitôt son cours tranquille à travers la taïga. Archie lève l'aviron en direction d'un terrain broussailleux au-dessus des chutes.

— C'est là qu'ils ont trouvé les corps, crie-t-il.

Ils accostent. Des pistes brunes font de petits ravins dans les airelles et les kalmias. Un cercle de pierres enferme des éclats de bois carbonisé. Il y a de longues baguettes, posées contre des roches, qui ont servi à tendre des filets de pêche. Une ficelle pend à un arbre, où a été déshabillé un lièvre. Callwood observe les lieux d'un œil perplexe. Naïvement, il s'était attendu à retrouver une scène de crime à peu près intacte. Défraîchie, mais en état. Ce qu'il voit ressemble plutôt à une aire de pique-nique.

— Les gens s'arrêtent souvent ici ?

Antoine Duncan confirme.

— Y a du bon poisson. L'endroit est connu.

Callwood lutte contre un sentiment croissant de futilité.

— Qu'est-ce qu'ils ont fait des corps, finalement ?

— Enterrés un peu plus loin, dit Duncan. Je ne sais pas où.

— Dans l'état où ils étaient, fait Archie, ils n'ont pas dû les trimbaler loin. Pensez-vous. Beurk…

Après dix minutes à fouiller dans la broussaille, ils découvrent la tombe dans une cuvette rocheuse où se sont accumulées quelques charretées de tourbe depuis la dernière période glaciaire. Assez pour recouvrir un homme et une femme collés l'un contre l'autre. Les pierres posées à la surface pour protéger les corps ont été dérangées. Un os brunâtre repose sur les cailloux.

— C'est un os humain ? demande Callwood.

Duncan hausse les épaules.

— Eh ben, voilà qui est clair, dit Harvey en s'étirant pour chasser ses raideurs. Nous avons établi au-delà de tout doute qu'il y a eu mort d'homme. Mais attendez, on le savait déjà ! Comme c'est dommage. Alors, chef, qu'est-ce qu'on fait ?

Callwood lui jette un regard irrité.

— Cherchons les latrines.

— Hein ?

— Il y a eu un cas récemment, en Inde, où un meurtrier a été identifié par les graines de figuier découvertes dans ses excréments. Les seuls figuiers de la région se trouvaient dans le jardin de sa victime.

— Ouais, ben, si tu commences à fouiller dans la merde des gens d'ici, tout ce que tu vas trouver c'est des arêtes de brochet et du poil de castor.

— Les gens jettent toutes sortes de choses aux latrines.

— Blague à part, qu'est-ce qu'on fait ? Il va faire froid bientôt, et on est loin de nos lits.

Surtout loin de ta maîtresse, pense Callwood, mais il se contient. Il est en colère contre lui-même. Comment a-t-il pu se lancer dans une entreprise aussi stupide ? Involontairement, il croise le regard d'Antoine Duncan, qui lui dit :

— Vaudrait mieux dresser la tente, ce soir.

Callwood acquiesce de la tête.

— C'est bon, dit-il. On s'installe pour la nuit.

— Et demain ? demande Harvey.

— On verra.

Ce soir-là, il fait déjà plus froid. Le vent fourgonne la braise. Ils n'ont que du conifère à demi sec pour alimenter les flammes. Ça crachote et ça fuse dans tous les sens. Archie s'ennuie. Il épointe une branche à coups de canif. Après un moment, il la jette au feu, écœuré.

— On ne peut pas dire que c'est la fête en vot' compagnie, lance-t-il à la cantonade. Vous êtes chiants, les gars !

Harvey a un mauvais sourire.

— Raconte plutôt où t'as vu Corneau. Qu'on sache pourquoi on est là. Ou pas.

Archie pivote sur sa pierre et tend le bras en aval.

— Là, en bas. C'est mon *nimousum* qui l'a vu en premier. Corneau venait de contourner les chutes par l'autre rive. Il a remis son canot à l'eau, a sauté à bord, et salut tout le monde !

— Il naviguait en pleine nuit ?

— Y avait grande lune.

Harvey se tourne vers Callwood, l'air gouailleur.

— Qu'est-ce qu'on nous a enseigné, à l'école de police ? Par pleine lune, la nuit, on voit à quelle distance ?

— Cinquante pieds, je crois.

— Tu repassais bien tes leçons, toi. Alors, voyons voir, cinquante pieds…

Harvey s'est levé et fixe le point en aval.

— J'sais pas. Oui, peut-être.

— Tu peux me croire ou pas, dit Archie. Moi, ça me fait pas un pli.

— Et Corneau, lui ? demande Callwood. Il ne vous a pas vus ? Vous aviez un feu, sans doute.

— Bien sûr. C'est pour ça que je sais que c'est Corneau. Tout autre serait venu nous saluer.

Antoine Duncan lève les sourcils pour confirmer. Ce n'est pas bête.

— En tout cas, c'est un méchant gaillard, dit Archie. Il ferait pas bon le rencontrer seul. Quand il est sorti du bois, il portait son canot sur la tête d'une main et un grand sac de l'autre. Et deux fusils sur le dos.

— Son canot d'une seule main ! raille Harvey. Ben oui, tiens !

— Et il est pas frileux, ajoute Archie, le regard grave. On était fin septembre, il gelait la nuit, et il se promenait torse nu !

Harvey pousse un énorme éclat de rire en se tapant la cuisse.

— Qu'est-ce qu'il faut pas entendre ! Pieds nus aussi, je suppose ?

— Pas vu les pieds. Avant de monter dans le canot, il s'est tourné vers nous et ses yeux ont reflété la lumière de notre feu. On aurait dit un loup.

— Il a pas hurlé ? Oh, dis-moi qu'il a hurlé ! Ce serait tellement chouette !

— Il a pas hurlé, fait Archie en baissant la voix. Mais je dois vous dire encore…

Il les regarde par en dessous, ses lunettes réfléchissant les flammes.

— … qu'il a les poils d'aisselles qui pendent jusqu'à la ceinture.

Cette fois, même Duncan se fend d'un sourire. Callwood rit de bon cœur tandis que Harvey applaudit à tout rompre.

— Qu'est-ce qui est vrai dans tout ça ? demande Callwood.

— Jusqu'aux poils d'aisselles, c'est à peu près vrai.

Plus tard, les deux autres s'étant abrités dans la tente, Callwood se retrouve seul avec son guide. Antoine Duncan a retiré un manteau de laine de son paquetage et le défripe sur son genou. Il a une femme et deux filles qui l'adorent ; il est le chasseur le mieux vêtu de la région. Ses gestes sont lents, réfléchis, empreints de douceur. Cela dit, Matthew l'a déjà vu égorger des animaux avec cette même douceur, alors tout est relatif. Après un moment, il lui demande :

— Croyez-vous qu'Archie ait vraiment vu Corneau ?

— J'ai connu son grand-père. C'était un homme de valeur.

— Alors admettons que ce soit Corneau. S'il lance son canot en pleine nuit, c'est qu'il connaît la rivière par cœur, pas vrai ?

Duncan confirme de la tête.

— Donc il y a des chances qu'il vive dans le coin.

Nouvel acquiescement, plus prudent.

— Non ?

— Pourquoi si loin, à cinq ou six jours du premier poste de traite ? demande Duncan. C'est un homme blanc. Il veut du thé, du sucre, du tabac, de l'alcool. Pourquoi si loin ?

— Pour ne pas être retrouvé.

— Avant toi, personne le cherchait. Et vivre seul en forêt, c'est pas drôle.

— Corneau est un cinglé. Comme Corbutt. Un détraqué. Il a tué sa femme et son bébé. Il a décapité l'homme et la femme qui sont enterrés là. Et leur fille, sans doute.

Le guide a l'air dubitatif.

— Vous ne le croyez pas ?

— Quand cette famille a disparu, y avait de la typhoïde à la Mission. Ils ont pu attraper le mal avant de partir.

— Possible.

Callwood est absorbé dans ses pensées, le regard planté dans l'incandescence des braises. Après un moment, il demande :

— À sa place, vous vous installeriez où ?

— Y a que les Blancs qui vivent seuls en forêt.

— Admettons. Mais où ?

— En retrait de la rivière. Sur un lac quelconque. Y en a des centaines.

— Pensez-vous qu'on ait des chances de le retrouver ?

— S'il se déplace, peut-être. Mais il faut faire vite. La glace va commencer à se former.

— Combien de temps encore ?

— C'est déjà tard. Si on a rien trouvé d'ici demain soir, faudrait songer à faire demi-tour.

Matthew acquiesce de la tête.

— C'est Harvey qui va être content.

Au matin, en se levant, Callwood doit prendre sur lui pour ne pas donner tout de suite l'ordre de rebrousser chemin. Il fait un froid de canard. Le vent s'engouffre sous la visière de sa casquette, fait larmoyer les yeux, ronfler les tympans. Harvey sort de la tente avec une mine d'opiomane en manque et grimace de dégoût en voyant filer quelques cristaux de neige. Il ne cessera de bougonner tant que son chef n'aura pas annoncé le programme.

— Si on ne trouve rien aujourd'hui, demi-tour.

— C'est vrai, ça ? Alors ça va. Une journée de trop, mais ça va.

Logiquement, la rivière ne peut être plus froide que la veille. Il faut du temps pour que la température de l'air se communique à l'eau. Pourtant, Callwood jurerait qu'elle a refroidi de dix degrés. Le ciel s'est recouvert d'amas grisâtres, comme de la bourre s'échappant d'un matelas crevé. La forêt paraît sombre, inamicale. Il devient plus facile de croire qu'un assassin se cache au milieu de ces lichens et de ces épinettes. Sauf qu'on le prendrait presque en pitié d'habiter un endroit pareil.

Après quelques heures de pagaie, Callwood a les mains raidies par le froid et un début d'otite à droite. Pourtant, rien à faire, même dans ces conditions, il aime l'exercice, il apprécie de se trouver sur cette rivière qui s'évase et se resserre, qui les propulse de l'avant comme une flèche ou les oblige à mettre les pieds à l'eau pour traîner les canots.

En débouchant d'une courbe, ils surprennent une jeune orignale qui s'enfuit en claquant des sabots contre les cailloux de la grève. Archie lui crie : « Hé ! La demoiselle ! La maison du tueur, c'est où ? » La bête disparaît avec fracas sous les arbres. Archie se retourne vers les autres. « Elle sait pas. »

La grisaille s'installe. Le paysage disparaît derrière la brume. À 16 heures, Callwood met un terme à l'aventure.

— On a fait ce qu'on a pu. On s'installe pour la nuit.

En sortant du canot, Harvey déplie les jambes en grimaçant.

— *Goddammit!* Quand est-ce qu'on va mettre des sièges dans ces trucs ?

Antoine Duncan détourne la tête d'un air réprobateur. Il n'aime pas entendre jurer ainsi. Chez lui, le livre de prières méthodiste côtoie le missel catholique.

En gravissant la berge, Harvey se retourne vers la rivière, ouvre les bras et lance à tue-tête :

— Que le diable emporte Moïse Corneau ! S'il est vivant, qu'il crève. S'il est mort, qu'il brûle. Alléluia, alléluia ! Et maintenant, mes frères, à la soupe !

Duncan a l'air de plus en plus sombre. Callwood croise son regard.

— Il blasphème, dit le guide. C'est mauvais.

— Je pourrais lui en toucher deux mots, mais…

— Et il invoque le diable.

— C'est bon, je vais lui parler.

Ce soir-là, Archie et Harvey n'en finissent plus de jacasser et de rire, comme deux gamins qui ne veulent pas se coucher. Ils échangent des histoires de cul jusqu'à ce qu'Antoine Duncan, excédé, leur ordonne de se taire. Pudique, le trappeur. Les jeunes s'enroulent aussitôt dans leurs couvertures. Callwood envie l'autorité de son guide. Il fait le vœu de lui ressembler un jour.

Vers minuit, la tente se dilate soudain comme une bête qui souffle. La toile claque. Le vent est arrivé. « Ça va se dégager », a dit Duncan avant de se coucher. Il a vu juste. Tant mieux, pense Matthew en se retournant sous sa couverture, on ne voyait rien dans cette purée de pois. Corneau aurait pu être dans un arbre à leur faire de grands « youhou ! » qu'ils seraient passés sans le voir. À nouveau, Matthew se demande comment justifier les dépenses engagées. Le rapport au divisionnaire s'écrit et se récrit dans sa tête. Ils sont radins au QG. La moitié des circulaires portent sur la lutte contre les dépenses. C'est vrai que le résultat est maigre. « J'ai l'honneur de vous apprendre que nous avons pris d'excellentes truites » n'est pas de nature à faire monter sa cote auprès de l'état-major. La montre de gousset qu'il a posée à côté de sa tête sonne 5 heures. Callwood donne l'ordre consacré.

— Lève, les hommes, lève.

Harvey est de meilleur poil ce matin, puisqu'il retourne auprès de sa maîtresse. Il s'éloigne du camp pour se soulager.

Une seconde plus tard, il revient en courant tout en ajustant ses bretelles.

— Il est là !

— Qui donc ?

— Corneau ! Il est là !

Callwood met la main sur son revolver.

— Non, laisse, fait Harvey. Apporte tes jumelles. Surtout, pas de bruit.

Ils escaladent un mamelon rocheux en bordure du camp, s'aplatissent derrière la crête, le nez dans la mousse et les lichens.

— Au nord de la rivière, dit Harvey. À cinq cents pieds de la berge. Y a un chablis. Tu vois ? Plein d'arbres tombés les uns sur les autres. Tu vois ? Derrière, regarde bien. Ça m'a tout l'air d'un toit.

Callwood fait rouler la molette des jumelles. Une cheminée surgit de l'obscurité.

— Bon sang, fait Callwood, comment as-tu fait pour voir ça ?

— Je me crève pas les yeux dans les livres, moi.

— On est passés devant sans voir !

— Normal. De la rivière, la forêt paraît intacte.

Les yeux collés aux oculaires, Callwood devine l'arête d'un toit. Il entend battre son cœur.

— C'est Corneau. J'en suis persuadé !

— Forcément. Pour vivre dans un trou pareil, faut avoir quelque chose à se reprocher.

Soudain, la maison disparaît derrière un voile blanc. Callwood baisse les jumelles et lève les yeux. Il neige.

— Notre guide s'est trompé…

— Je vais charger les fusils, dit Harvey.

Callwood fait signe à Duncan de monter près de lui. Il lui passe les jumelles.

— Vous voyez, derrière le chablis ?

— Je vois.

— On laisse le matériel ici. On va cueillir Corneau et on reviendra plus tard.

— Pas de fumée à la cheminée, observe Duncan.

— Il est tôt. Il roupille encore.

Callwood dévale la pente vers la rivière. Mais il pourrait tout aussi bien voler. Euphorique, le constable. Un immense soulagement le soulève de terre. Il a eu tort de douter de lui-même. C'est maintenant prouvé : il a des instincts d'enquêteur. Il reçoit le fusil chargé des mains de son collègue. Les deux hommes sourient à pleines dents.

— Il est certainement armé, dit Harvey.

— Certainement !

— Quelques bons coups de feu feraient bel effet dans le rapport.

— D'accord, mais c'est lui qui tire le premier !

Ils lancent le canot et, en pagayant tous les quatre, remontent la rivière en un clin d'œil. Antoine Duncan leur indique le point d'atterrissage. En pénétrant dans les roseaux, le guide semble pris d'un doute. Il se penche hors du canot et tire sur une quenouille : elle vient facilement, sectionnée à la base. Il leur montre la tige. Corneau a fiché des roseaux dans la vase pour cacher son accostage.

— Mais alors, chuchote Callwood, il sait qu'on est là…

Ses cheveux se dressent sur sa nuque. Il attend le coup de feu. Le crachat de plomb qui lui fera sauter la cervelle. Mais il ne se passe rien. Le canot laboure la vase. La berge de gravillons paraît trop propre, presque ratissée. Pas une seule trace de bête. Ce n'est pas normal. Les policiers mettent le pied à l'eau. Callwood se retourne vers les guides.

— Vous deux, restez ici.

Il n'a pas le droit d'exposer des civils au feu.

Les deux policiers courent, accroupis, jusqu'à la forêt. Toujours rien. Une piste s'éloigne de la rive et les oblige à marcher en file indienne. Voulu, sans doute. Callwood passe devant. Il sera le premier à recevoir la balle, mais il sent que Harvey rage de ne pas être à sa place. La piste est longue. Pour finir, ils débouchent dans une clairière où sont disposées une maison en rondins et trois dépendances, dont un garde-viande juché dans les arbres.

Callwood s'arrête d'étonnement. La demeure est plutôt grande, bien proportionnée, munie de vraies fenêtres. Une belle cheminée de pierre s'élève au-dessus d'un toit de tourbe. Il y a même un perron. Dans la cour, tout est propre. Ça respire l'ordre. Les dépendances sont bâties avec soin. Les bouts de rondins sont sciés avec une régularité orgueilleuse.

Les deux policiers échangent un regard.

— Vise la porte, dit Callwood. Je vais ouvrir.

Harvey met un genou à terre, porte le fusil à l'épaule, adresse un coup d'œil à son collègue. Prêt.

— Police, ouvrez !

Callwood soulève le loquet de bois et, d'un coup de pied, envoie valser la porte. Rien. L'embrasure est vide, obscure. Harvey est prêt à y envoyer une balle, il ne demande pas mieux, le doigt sur la détente le gratouille. Mais l'entrée reste désespérément vide.

— J'entre, dit Callwood en posant le fusil et en dégainant son revolver.

— Attends !

Harvey court jusqu'à la maison et se colle contre le mur, à côté de l'entrée, prêt à faire feu à l'intérieur. Mais Callwood n'a plus d'espoir. Il entre d'un pas presque nonchalant.

— Personne.

Harvey éructe un juron, fonce dans la cabane, canon baissé.

— C'est pas vrai ! se désole-t-il en levant les yeux vers le ciel.

Duncan et Archie se montrent à l'orée du bois. Duncan n'a même pas pris sa carabine.

— Pas là ? demande-t-il, comme si l'inverse l'eût étonné.

La pièce est sombre, la lumière grise de l'aube franchit à peine les fenêtres. Il y en a quatre, luxe inouï pour la région. Callwood repère deux lampes à pétrole sur une étagère et les allume. Les hommes écarquillent les yeux.

— Mais qu'est-ce que…

Ils s'attendaient à découvrir l'antre d'un désaxé. Quelque chose de sinistre et de dépravé. Comme la hutte de Corbutt, mais en pire. Ils tombent sur une maison coquette, meublée, propre, douillette. Ça sent bon la banique et le poisson fumé. Il y a une courtepointe sur le lit. Des oreillers. Un lit d'enfant. Des mocassins de petite taille. Et un berceau. La face intérieure des murs en rondins a été équarrie à la hache. Le bois blond rayonne comme une lampe.

Les deux policiers échangent un regard.

— Ça peut pas être lui ! fait Harvey.

— Ce serait qui, alors ? Qui vivrait ici de son plein gré ? Et si ce n'est pas lui, pourquoi avoir masqué son accostage ?

Callwood interroge des yeux Antoine Duncan, qui secoue la tête. Harvey approche la lampe du lit d'enfant, promène la main sur le bois poli.

— T'as vu ? Regarde les joints ! Je m'y connais un peu. C'est en queue-d'aronde, ça !

Les hommes promènent la lumière des fanaux sur les armoires, les étagères, les cadres de fenêtres, la crédence, une chaise berçante. Même les gonds de porte ont été taillés dans du bois.

— Jamais vu ça, souffle Harvey. Ça peut pas être Corneau.

— Pourquoi ? grince Callwood. Un meurtrier ne peut pas travailler le bois ?

— Je te dis pas ça ! Mais t'as vu le berceau ? Tu m'as dit que Corneau a jeté son bébé dans un puits. Il serait devenu papa gâteau, tout à coup ?

— Callwood, fait Duncan, viens voir.

Il a ouvert un grand placard, doublé de tôle, où sont pendues des pelleteries. Martres, castors, lynx attendent d'être transformés en fourrures. Duncan lui montre une peau sombre, touffue, traversée d'une raie orange.

— Qu'est-ce que c'est ?

— Du carcajou. Y a des trappeurs qui en ont jamais pris. Lui en a trois.

— Ce n'est pas la saison des fourrures.

— Il a dû piéger ça l'hiver dernier. Il attend la glace pour descendre au poste de traite.

— Il aurait pu y aller cet été !

À nouveau, Duncan hausse les épaules. Callwood met la main sur une peau de martre, fait rouler le poil soyeux sous ses doigts, songe à l'homme qui l'a piégée.

— Il serait indigène ?

— Lui, non. La femme, oui.

— Comment le savez-vous ?

— Le missel, là-bas, est en français. Et je connais pas de femme blanche qui coud des mocassins.

— Elle aurait pu les acheter.

— Y a un missel ? fait Harvey de l'autre côté de la pièce. Ouais, bon. Je crois qu'on peut faire une croix sur Mr Corneau. Sans jeu de mots.

Archie inspecte le garde-manger.

— Ils vivent bien, ici. Farine. Raisins secs. Café. Thé. Fruits confits. Rhum. Pas mal de rhum…

— Remets ça à sa place, veux-tu ?

— Entendu, chef. Mais on fait quoi ?

— On fout le camp, dit Harvey. On est pas chez Corneau. C'est clair.

— Le missel est en français, proteste Callwood.

— Et alors ? On est chez un trappeur canadien-français. Qui a une femme indienne. Banal.

— Un trappeur qui se cache, qui ne sort qu'une fois par année, qui masque ses traces et qui, par hasard, n'est pas là quand on se pointe. Ça ne te paraît pas étonnant ?

— Je te rappelle qu'on a plusieurs jours de canot devant nous. Et qu'il commence à neiger.

— Il a raison, dit Duncan. On va être piégés.

Callwood rôde dans la pièce, hésitant, incapable de trancher. Il cherche un indice, un signe, quelque chose qui lui permettrait d'en avoir le cœur net, de savoir s'il est ou non dans la demeure de Moïse Corneau. Archie et Harvey ont posé les fesses sur la table et, les bras croisés, le suivent du regard.

— On fait quoi, chef ?

Antoine Duncan est tombé en arrêt devant une croix en bois de saule bicolore, clouée au mur sous un rameau de thuya.

Le soleil s'est levé. Un rayon orangé entre par la fenêtre et éclaire le lit d'enfant. Sous le meuble, Callwood aperçoit un panier en écorce de bouleau qui fait un bruit d'osselets quand il le soulève. À l'intérieur, les vingt-six lettres de l'alphabet, découpées dans du bois de sapin. Harvey le suit des yeux, l'air rusé.

— C'est fait avec une scie à chantourner, observe-t-il. C'est long. Il faut vouloir. Ensuite, on polit à la main. Très, très long.

— C'est bon, j'ai compris, dit Callwood. Allez chercher le matériel. Je vous attends ici. Je vais laisser une note, au cas où ce serait malgré tout la maison de Corneau.

— Tu vas l'inviter à dîner ?

— À peu près.

— Bon. Assez rigolé, dit Harvey. On décampe !

Resté seul, Matthew sort le calepin et le crayon qu'il porte en permanence dans la poche de sa vareuse. Il arrache deux pages et, assis à la table, adresse une lettre en français au maître des lieux. Il signe et coince les feuilles sous une soucoupe. De la faïence anglaise, note-t-il en passant.

Une tache claire attire son attention. C'est un livre d'enfant, rangé sur l'étagère. *L'Ami des jeunes personnes : histoires pieuses et morales à l'intention des demoiselles*. Matthew jette à nouveau les yeux sur le petit lit. Un peu exigu pour une fillette qui aurait l'âge de lire. Mais n'ayant pas l'habitude des enfants, il juge peut-être mal. À la première page du livre, sous l'inscription *J'appartiens à*, une main juvénile a tracé : *Amélie*.

— Eh bien, Amélie, murmure Callwood en posant le livre, tu as un bon papa. Et tu vis dans un drôle d'endroit.

Ils ont eu un mal de chien à regagner la Mission. Passé la rivière, les lacs avaient commencé à geler. Pendant deux longues journées, ils ont joué à saute-mouton avec des paquets de glace, les pieds et les jambes mouillés en permanence, les mains gercées, les orteils pétrifiés. Le dernier jour, ils ont manqué de nourriture. À la Mission, on les a vus revenir sans émotion et sans curiosité. On a quand même noté que les menottes et entraves ne retenaient personne.

Fin novembre, Callwood a dépêché son rapport au QG par traîneau à chiens. S'ils sont chanceux, si quelqu'un là-bas peut se donner la peine de répondre, ils auront des nouvelles avant le printemps. Ou peut-être pas. Le QG n'a de comptes à rendre à personne, et surtout pas à deux petits constables postés dans une contrée où il ne se passe rien.

Callwood mène des contrôles-surprises sur les routes d'hiver. Ici et là, les policiers mettent la main sur un bidon d'alcool, infligent une amende pour l'exemple, coffrent quelqu'un pour défaut de paiement ou refus de dénoncer sa source d'approvisionnement. Mais il est clair que tout cela, dans le pays, est vu comme une bonne blague, un divertissement, qu'on s'ennuierait mortellement sans ce jeu du chat et de la souris entre la police et les contrebandiers. Les gens que Callwood arrête sont de petits revendeurs, moins intéressés par le lucre que par le plaisir de ruser contre les *pattes jaunes* et de s'en vanter par la suite. Quand on les enferme dans la cage, ils rient de bon cœur comme des joueurs surpris à tricher aux charades. Lorsqu'il en a assez de les entendre et de faire la cuisine, Callwood les flanque à la porte. Il ne dresse même plus de constat d'infraction. À quoi bon ? Interroger les détenus est futile ; ils ne connaissent pas l'identité des trafiquants qui sont tous, apparemment, étrangers à la région. Le nom Monclair revient de temps en temps. Parfois, on dit Auclair. Leclair. Pasclair. Au choix.

Le bon côté, c'est que ceux qui ont séjourné au poste ont maintenant de l'amitié pour le policier et le taquinent volontiers quand ils le rencontrent. Ils le surnomment *Wachusk*, parce que la couleur de ses cheveux rappelle le pelage d'un jeune rat musqué. Et parce qu'il a une certaine douceur dans le regard qui sied mal à un *simakanis*. Voilà un Blanc qui a mal choisi son métier. Pas comme son prédécesseur, la Face d'ours, Suchenko, qui vous défonçait le visage pour un regard de travers. Celui-là était à sa place.

Matthew a repris ses cours de dactylographie.

Il n'ouvre plus Blackstone. La bibliothèque de Corbutt l'a refroidi.

Il reste un an, huit mois et six jours avant la fin de son service.

12

Callwood prépare la pâte à tarte pour le réveillon. Il est seul en cuisine. Harvey fait la sieste à l'étage. Fran, qui est enrhumée, est allongée sur la couchette dans la cage. Elle ne se gêne plus pour entrer au poste. Elle s'est raccommodée avec Harvey mais, par respect pour son collègue, ne passe plus la nuit là.

Un jour, Callwood a dit à Harvey :

— Tu pourrais l'épouser.

— T'es pas bien ! C'est une vieille !

— Elle a quel âge ?

— Trente-cinq, facile. Elle pourrait être ma mère !

— Quand même pas.

— Chez nous, ça se voit.

Et depuis ce temps, il semble à Callwood que Fran a effectivement un comportement maternel à leur égard. Elle les appelle « les p'tits gars ». Tout en couchant avec l'un d'eux. Ce qui est particulier, quand même.

— Tu ferais bien de l'épouser, avait conclu Callwood. Elle va t'élever.

L'intendance a envoyé des boîtes de *mincemeat*[1] pour Noël. Ce qui est aimable. Mais encore faut-il savoir faire une pâte à tarte. Callwood n'y arrive pas. Quand il déroule sa pâte, elle se déchire. Il a recommencé trop souvent et la mixture est devenue plâtreuse. Pour finir, il se contente de rabattre la pâte sur quelques cuillerées de *mincemeat*, comme un chausson. Il enduit le tout de beurre – sur lequel l'intendance ne lésine pas, encore que plusieurs boîtes aient ranci – et enfourne en croisant les doigts.

Des pas grincent dans la neige du perron. Quelqu'un entre sans frapper. Un géant bardé de fourrures et de laine, les sourcils et la moustache blancs de givre.

— C'est toi, le flic ? demande-t-il.

— C'est moi. Qu'est-ce qui se passe ?

— Courrier, fait-il en balançant un sac sur la table.

Callwood ouvre de grands yeux. C'est un miracle.

— Je n'attendais rien avant le printemps !

— Envoi spécial de la Compagnie. Je suis en route pour le poste d'en haut. Tes patrons en ont profité pour m'alourdir.

— Vous pouvez passer la nuit ici, si vous voulez.

— Passer Noël chez la police ? Merci bien.

L'homme sorti, Callwood lance un cri joyeux dans l'escalier.

— Harvey ! Le courrier !

Il ouvre le grand sac aux armoiries de la police et fait un premier tri. Lettres des parents et amis : une

1. Mélange de fruits secs et d'épices, souvent employé pour garnir les tartes de Noël en Angleterre. *(N.d.É.)*

dizaine pour lui, deux pour Harvey. Directives officielles du QG : à lire plus tard. Des journaux, beaucoup de journaux, où il relève une première manchette au vol : *Offensive sur la Marne.* Bon, on verra. Et même, ô surprise, un paquet portant l'écriture de sa mère. Au poids, il comprend qu'elle lui envoie des livres et il y dépose un baiser extatique. Alors c'est Noël, pour de vrai.

La nuit tombe. Callwood sert son dîner aux chandelles. Enfin, aux lampes à pétrole. Oie fumée, fricassée de castor préparée par une mémé du village, pommes de terre en poudre, fruits secs, chaussons au *mincemeat* (un peu trop cuits, il faut le dire) et, pour l'occasion, un minuscule flacon de brandy consenti par l'intendance pour flamber le pudding. Callwood est aux anges. Harvey mange avec énergie, les poings bien fermés sur la fourchette et le couteau. Fran fait entendre des reniflements liquides entre deux bouchées.

— Qu'est-ce que t'as reçu comme nouvelles ? demande Callwood en découpant des lanières d'oie.

— Une lettre de ma tante, dit Harvey, une autre de ma sœur.

— T'as une sœur ? s'étonne Fran. T'en as jamais parlé.

— Mariée avec un con.

— Y a du nouveau ?

— La routine. Les vaches. Les chevaux. Le marmot de l'année. Mais Callwood, lui, a reçu une pleine charretée de lettres !

— Je n'ai pas tout lu. Naturellement. Ma mère m'envoie des livres.

— Encore ! C'est une maladie, chez vous.

— Et ta fiancée ? demande Fran, taquine. Qu'est-ce qu'elle dit, ta fiancée ?

— Il n'y a pas de fiancée, fait Callwood.

Il l'a affirmé un peu vite. D'un ton sec. Trop. Fran l'observe un moment, renifle, et se remet à son repas avec son demi-sourire habituel. Puis elle pose ses couverts.

— Allez, les p'tits gars, chantez-moi un air de Noël !

— T'es folle ? s'insurge Harvey. Le jour où tu m'entendras chanter…

— Callwood ! implore Fran. Sois un gentleman ! C'est Noël !

Embêté, Matthew met bas la fourchette. C'est vrai, il est un gentleman. Alors… Il se racle la gorge et entonne quelques mesures de la *Christmas Ballad* de William Morris. Les deux autres le contemplent avec des yeux d'éperlan.

— Dis donc, fait Fran, je savais pas qu'il y avait des cantiques de Noël tristes.

— C'est l'heure du dessert, dit Callwood.

Le repas se termine dans la bonne humeur. En fin de compte, les chaussons ne sont pas absolument détestables. Le brandy, par contre, l'est.

— Quand je pense au scotch qu'on a brûlé cet automne, soupire Harvey.

— Vous avez de drôles de manières dans la police, dit Fran.

Elle a déplié une des lettres de Harvey, épelle les premiers mots.

— Qu'est-ce que c'est, ça : *Cher Harvald* ?

— Ben oui. C'est mon nom. Harvey est un sobriquet.

— Ha !

Elle tourne le regard vers Callwood.

— Et toi, ton sobriquet ? On t'appelait Matt, c'est ça ?

— Frank, en fait.

Les deux le fixent un moment avant de pouffer de rire.

— Comment es-tu passé de Matthew à Frank ?

— François est mon deuxième prénom. Ma mère est francophone.

Fran porte les deux mains sur son cœur.

— Oh, c'est beau, François ! C'est comme ça que mon père s'appelait.

— Qu'est-ce qu'il faisait, ton père ?

— Facteur de la Compagnie. Comme mon mari, d'ailleurs.

— T'étais mariée ? s'étonne Harvey.

— Oui, Harvald. J'ai été mariée.

— Où sont-ils maintenant, demande Callwood, ton père et ton mari ?

La femme lève les mains au ciel et les ouvre en étoile.

— Pouf ! Disparus. La fille a été retournée.

— Une expression idiote, s'indigne Callwood.

Fran lui lance un regard profond.

— Oui. Mais ça dit ce que ça dit. Je suis entrée au service de la police. Façon de parler.

— Et tu fais bien ton travail, dit Harvey. Façon de parler.

— Toi, Harvald, t'as intérêt à la boucler. Parce que je vais prendre ma revanche. Un jour, les p'tits gars, votre vieille copine va s'allonger sous les cocotiers, une fleur à la tempe, et vous, vous serez encore ici à vous les geler.

— Quand je pense à ce scotch, se lamente Harvey.

Après le souper, ils s'assoient dans la salle de garde pour faire passer la soirée. De rares cris de fêtards arrivent de l'extérieur. Sinon, c'est le silence. Le Regulator fait entendre son tic-tac. Des bûches s'écroulent dans le poêle. Harvey parcourt d'un œil désabusé les réclames des journaux. Soudain, il s'exclame :

— Hé ! Saviez-vous qu'on a trente pieds de boyaux dans le ventre ?

Fran et Callwood échangent un regard.

— Pour tout dire..., commence Callwood.

— C'est écrit en toutes lettres : « Nettoyez votre foie et trente pieds de boyaux avec le Fig Syrup. Les enfants adorent. »

Harvey pose le journal d'un air offensé.

— Tu vois, c'est ce que je comprends pas.

— Quoi donc ?

— On passe huit interminables années à l'école et, pour finir, on a rien appris d'utile.

De nouveau, des cris résonnent à l'extérieur. Harvey se rend à la fenêtre, met la main en visière contre la vitre et tâche de voir dehors. Fran, pendant ce temps, feuillette les nouveaux livres de Callwood en cherchant des illustrations. Elle lui montre le dessin d'une jeune femme debout à côté d'une vache, un seau de lait à la main.

— C'est qui ? demande Fran.

Callwood hausse les épaules.

— Je ne sais pas. Fais voir la couverture. *Tess d'Urberville.* On peut supposer que c'est elle.

— Elle est jolie. Tu me raconteras l'histoire ?

— Oui, si tu veux. Ce n'est pas le temps qui nous manque.

Callwood a mis de côté les lettres de la famille, se réservant ce plaisir pour plus tard. Il parcourt quelques journaux de Toronto.

— Les Allemands gagnent la guerre, dit-il. Ils sont à 75 kilomètres de Paris.

— C'est combien ?

— Quarante milles, environ.

— *Shit*, fait Harvey. On a tout raté.

— En tout cas, c'était la situation en septembre…

Callwood lit encore, puis s'assombrit d'un coup.

— Qu'est-ce que c'est ? demande Fran, qui ne le quitte plus des yeux.

Callwood s'éclaircit la voix.

— Rien. Des amis à moi qui se sont enrôlés dans le Corps expéditionnaire.

— Quels amis ?

— Tu ne les connais pas.

— Vas-y quand même.

— Si ça peut te faire plaisir. Alors, je lis : « Maître Frederick Simpson, qui vient de soutenir brillamment une thèse en droit constitutionnel, est nommé adjoint au lieutenant général Alderson, commandant du Corps canadien, en partance pour la France. » Et voilà.

— Ç'a pas l'air de te réjouir.

— Pas spécialement.

Callwood tire vers lui le monceau de lettres et de documents en provenance du QG.

— Et là, tu fais quoi ? demande Fran.

— Tu m'espionnes, ma foi !

— Oui. Je te trouve divertissant.

Il vient de se rappeler la missive incendiaire qu'il a envoyée au divisionnaire, où il sommait son commandant de le libérer pour le service militaire. La réponse devait être dans ce tas. On lui avait assurément répondu. Ne serait-ce que pour le réprimander. Ou le mettre à l'amende. Ou lui intimer l'ordre de se présenter à la geôle divisionnaire. Il décachette les plis, rejette les circulaires, recommence du début, avant de se rendre à l'évidence : rien. Silence complet.

Il ne reste qu'un seul document. En l'ouvrant, Callwood affiche un sourire amer. Fran demande :

— Qu'est-ce que c'est ? Oui, je sais, je suis sans-gêne.

— J'avais demandé l'acte d'accusation déposé contre Moïse Corneau. On me l'envoie. Un peu tard.

— C'est le moins qu'on puisse dire, marmonne Harvey, toujours à la fenêtre.

Fran va le rejoindre, pose le front contre la vitre noire et embuée.

— Qui c'est qui gueule comme ça ?

— Encore Chester, dit Harvey en riant. Quel boute-en-train !

— Il a son compte, comme d'habitude.

— Lui ? Il a jamais son…

Un bruit épouvantable. Un bruit comme une bombe. Comme un pan de plafond qui s'effondre. Ils se retournent. Callwood a renversé son fauteuil. Il est debout devant le bureau et abat ses deux poings sur le buvard, encore et encore.

— Je suis bête ! hurle-t-il. Mais bête !

— Ho ! Qu'est-ce qui se passe ?

— Ce n'est pas permis d'être aussi bête !

— On s'entend. Mais c'est le matériel de l'État… Arrête ! Arrête, imbécile ! Tu vas te faire mal !

Il suspend son mouvement, les poings crispés, la respiration lourde, le visage pâle de rage. Fran l'observe, fascinée, comblée par le spectacle.

— Qu'est-ce qui te prend ? demande Harvey. T'as perdu la tête ?

Callwood se redresse, respire, se calme, remet ses cheveux en place.

— Il y a un détail qui m'a échappé. Ce n'était pas dans le premier rapport. Et je ne me suis pas posé la question. Un simple détail : le nom de la victime. Le nom de la femme de Corneau. Celle qu'il a tuée.

— Elle s'appelait comment ?

— Amélie.

13

Antoine Duncan ne veut pas. Callwood est venu lui demander de l'accompagner sur la rivière aux Esprits. Mais le chasseur cri se dérobe. Sa femme et ses deux filles leur servent du poisson et de la banique. Elles versent des litres de thé. Elles se taisent ; elles veulent entendre la réponse du père. Le *simakanis* déroule à nouveau ses arguments. Il parle bien. Il parle beaucoup. De temps en temps, il remet en place une mèche de cheveux châtains qui lui tombe sur le front : les deux demoiselles y sont très sensibles. Le père écoute, en donnant de brefs coups de tête. Comme d'habitude, il ne dit rien.

— Je ne vous comprends pas, dit Callwood. Il faut achever le travail. Nous savons où il est, à présent.

Duncan secoue la tête.

— Il est plus là.

— Avec une femme et deux petits ? En plein hiver ? Où voulez-vous qu'il aille ?

— Même un castor peut avoir plus d'une loge.

— Il aurait une deuxième cabane ?

— La plupart des trappeurs en ont.

— Mais ça ne peut pas être loin de la maison. Son garde-viande était plein. Enfin, je ne vous comprends pas. On sait, maintenant, qu'il est là. Avant, c'était une supposition. Une légende. Maintenant, c'est un fait établi.

Antoine Duncan sirote son thé, le regard dans le vide. Le bois crépite dans le poêle. Callwood revient à la charge.

— C'est à cause du crucifix que vous avez vu chez lui ? Du missel ? Du berceau ? Qu'est-ce que ça prouve ?

— Un homme peut changer, dit Duncan.

— Oui. Mais ça n'efface pas sa dette envers la société.

— Oh, la société…

— Oui, la société ! Quand un homme tue sa femme et son enfant, il porte un coup à l'ordre établi. Imaginez si tout le monde faisait de même !

Duncan lève le regard sur ses filles adorées et réprime un faible sourire. Le *simakanis* manque de jugeote, par moments. Il dit :

— J'ai rêvé de cette maison.

Callwood lève la tête, perplexe.

— Un rêve ? Je veux bien, mais…

— La nuit dernière. Je suis retourné à la maison.

— En rêve.

— J'y étais. La maison était déserte. Mais remplie de lumière.

— De lumière ?

Duncan conclut :

— Ça me dit rien de bon. Je peux pas traquer cet homme.

Les trois femmes soupirent de soulagement. Elles connaissent le père : quand il a parlé, c'est dit. La mère ressert du thé. Une braise explose dans le poêle, une escarbille vient toquer contre le flanc de fonte.

— Je vais le trouver, dit Callwood. Ça prendra le temps que ça prendra, mais je vais le trouver.

Duncan l'observe un moment.

— Pourquoi y tiens-tu à ce point ?

— Mais... parce qu'il est recherché.

— Oui, mais toi, pourquoi ?

Callwood hausse les épaules, embarrassé.

— Ça me paraît évident, non ? Je suis policier.

Duncan hoche longuement la tête en mâchant une feuille de thé.

— Archie a pas l'expérience voulue pour guider une expédition d'hiver, dit-il. Il a passé trop de temps au pensionnat.

— Mais puisque vous refusez...

— Fais venir Michel Ross du haut du lac. Il va demander cher. Il a un caractère de chien. Mais il vous empêchera de mourir de froid.

Mettant de côté sa tasse, Duncan garde un long silence. Puis il ajoute :

— Cet homme, ce Corneau, il est plus fort que toi. Fais attention.

— Puisqu'il a changé...

Antoine Duncan a un petit sourire. Se penchant, il remonte la jambe de son pantalon. Une longue cicatrice blanche en forme de cimeterre parcourt son mollet.

— Même un castor, dit-il, peut être dangereux quand il est coincé.

14

Il n'a jamais rencontré d'homme aussi désagréable. Michel Ross est entré à la Mission, les raquettes aux pieds, deux jours après l'Épiphanie. Il se fait accompagner par une grande chienne borgne, couleur de louve, qu'il appelle Satan. La confusion des genres ne le fait pas tiquer.

— Corneau, c'est vot' affaire, a-t-il dit en guise de présentation. Je vous aiderai pas à l'arrêter. Et je transporte pas de cadavre. Ni le sien ni le vôtre. Cent piastres.

Deux fois le prix d'un bon guide. Mais Callwood sent que Ross est parfaitement capable de faire demi-tour et de disparaître comme il est venu.

— Entendu, dit Callwood. Il n'y aura pas de cadavre. Nous le prendrons vivant.

Ross porte un doigt sur une narine et envoie un filet de morve dans la neige. C'est un homme maigre, de taille moyenne, le visage chafouin, apparemment imberbe. Jeune, avec des manières de vieux. Il s'exprime en anglais et jure en français. Parler lui répugne. Il affiche un air dégoûté quand Callwood s'adresse à lui.

Lorsqu'il est obligé de répondre, sa lèvre supérieure a un mouvement de recul.

Il dégage la même odeur que sa chienne. Qui se trouve dans les mêmes dispositions que son maître. Satan n'est pas aussitôt entrée dans le village qu'elle a abîmé un chien du cru et imposé sa loi. Quand elle retrousse les babines, on voit ses crocs longs comme des doigts de femme. Il ne viendrait à l'idée de personne d'atteler cet animal à un traîneau. Satan va les accompagner en demeurant libre.

— Il faut la nourrir ? a demandé Callwood.

— Elle s'arrange toute seule, a répondu Ross.

Le policier a calculé les rations à la calorie près. Des briques de pemmican, des biscuits, des fruits secs, de la soupe déshydratée et du thé pour les hommes. Du poisson sec et du pemmican pour les chiens. Un seul traîneau en forme de grand toboggan. Un homme marchera à côté. Les deux autres iront devant, en raquettes, pour faire la trace et éviter que les chiens ne s'épuisent. Des fusils. Des menottes et des entraves. Un filet de pêche à tendre sous la glace pour refaire le stock de poisson en chemin.

La veille du départ, Harvey consulte le baromètre du poste en tapotant sur la vitre comme tout le monde, même si ça ne sert à rien.

— Pression à la hausse. Il va faire soleil. Donc très froid.

— Tant mieux, dit Callwood, absorbé par sa lecture.

— Je te dis qu'on va se les geler et tu réponds « tant mieux » ?

— Ross a l'habitude.

— Il est monté de travers, ton guide.

— Duncan lui fait confiance.

— Il est comment, le livre qu'a envoyé ta mère ? demande Harvey, qui s'embête.

Callwood hausse les épaules.

— C'est bien. Un peu lent. Mais c'est bien.

— Ça raconte quoi ?

— C'est l'histoire d'une fille pauvre qui se fait mettre enceinte par un gars riche, et qui doit gagner sa vie à traire des vaches.

Harvey le fixe longuement.

— C'est une histoire, ça ?

— C'est bien écrit.

— Des traînées comme ça, il y en a plein chez nous.

— Ce n'est pas une traînée. Regarde le sous-titre : *Histoire d'une femme pure*.

Harvey paraît offusqué.

— Elle est pas pure si elle a pondu un p'tit.

— Ce n'est pas sa faute. Elle a été violée.

— La belle affaire. Va pas raconter ça à Fran. Elle va se prendre pour une sainte.

— Pourquoi ? demande Callwood en baissant son livre. Elle a été violée ?

— Bah ! Elles disent toutes ça.

Ils partent sous les derniers rayons de la lune. Des torrents de buée argentée jaillissent des bouches. Les narines se dessèchent instantanément. Les chiens font un tapage d'enfer. Callwood s'est acheté des moufles en peau d'orignal doublées de lapin, dont il est très fier. En attachant les chiens aux traits, il reçoit un premier coup de dents à travers le cuir. Sale bête. Michel Ross, devant lui, distribue des baffes à poings fermés pour empêcher les chiens de s'entre-déchirer. Sa chienne à lui fait le tour de l'attelage, museau contre terre, en grognant des menaces de mort. Ils n'ont pas aussitôt franchi les limites du village que Satan disparaît. On ne la reverra qu'en soirée.

Il a peu neigé depuis le début de l'hiver, la glace des lacs est dégagée sur de grandes distances. Ils avancent vite. Après une heure et demie de marche, Callwood sent un début d'anxiété. Ross se déplace avec la régularité d'un métronome. Il ne faiblit donc jamais ? On dirait une machine sur deux raquettes. Même Harvey, qui a été formé à la dure, lui jette des coups d'œil inquiets. Pour la première fois de sa vie, Callwood prend conscience d'être le maillon faible de l'équipage. Il n'a pas l'habitude d'avoir le rôle de l'avorton. Alors il respire fort et jure de tenir le coup, quand bien même il en crèverait.

À 15 heures, il fait déjà nuit. Deux heures plus tard, un ruban de jade se déroule à travers le firmament et éclaire leurs derniers pas. Ils s'installent sur la berge d'un lac, sous les épinettes noires. Harvey et Callwood scient du bois pour le souper. Ross lance les poissons secs aux chiens qui les avalent d'un trait et s'enroulent dans la neige, claqués. Satan arrive peu après en se léchant les babines. Elle a mangé. Sans autre formalité, elle se glisse par l'ouverture de la tente et va se coucher. Harvey est scandalisé.

— Elle dort avec nous ?

Michel Ross crache un long jet liquide dans le feu.

— Mets-la dehors, si tu veux. Mais protège ta gorge.

Ce sont les seuls mots qu'il aura décrochés de la journée. À part les imprécations lancées aux chiens.

Ils avalent le pemmican, les biscuits, plusieurs tasses de thé, et des raisins secs comme dessert. Harvey et Ross roulent des cigarettes. Callwood est fourbu. Il entre dans la tente, enjambe la chienne qui ne se gêne pas pour lui, se glisse dans un sac en peau de caribou et sombre aussitôt dans le sommeil. Il ne se réveillera que six heures plus tard et devra se précipiter à l'extérieur pour se vider la vessie. En revenant vers la tente, frigorifié, il entend sonner sa montre à gousset à travers la toile. C'est l'heure du lever. Satan s'étire et se secoue devant l'entrée. La chienne lui jette un regard méprisant et, d'un pas élastique, s'en va tuer quelque chose. Harvey sort à son tour.

— Tu crois vraiment que c'est une chienne ? demande Callwood.

— Non.

— Une louve, alors ?

— Je crois que c'est le prince des ténèbres en personne.

Il tient le coup. En début de journée, ses genoux et ses cuisses crient misère. Ses doigts et ses orteils gèlent. Ses poumons brûlent. Il a peur de devoir s'arrêter. Ce serait la honte finie. Ross ne l'attendrait pas. C'est la loi du pays : les faiblards traînent et rentrent quand ils peuvent. Tout plutôt que ça ! Après une heure, ça va déjà mieux. Les douleurs disparaissent. Matthew a chaud jusqu'à enlever ses moufles par moments. Il se félicite. Il est heureux. S'il peut suivre Ross dans la neige, c'est qu'il est prêt pour les marches forcées en France. Il va passer pour un surhomme, là-bas.

Le temps est magnifique, froid, ensoleillé. Harvey a la peau tannée, d'un beau brun rosâtre, et Callwood se dit qu'il doit afficher le même teint viril. Quand les jeunes se croisent du regard, ils ne peuvent s'empêcher de sourire. Ils sont ravis d'endurer si bien le froid. Et, vraiment, ils ont fière allure avec leurs verres fumés à l'uranium, dernière trouvaille contre l'ophtalmie des neiges. Le reste de l'habillement, hélas, manque d'élégance. L'intendance a dû commander une seule taille d'anorak – la plus grande – en se disant qu'elle irait à tout le monde. « Suchenko avait l'air d'un gros boudin polonais là-dedans », rit Harvey. Callwood n'en finit plus de remonter son pantalon.

Michel Ross porte des vêtements de drap et de laine ordinaires et se contente de plisser des yeux contre l'éclat de la neige. Les verres fumés, selon lui, ne sont utiles qu'au printemps. Quand il entend rire les jeunes policiers, il détourne le visage comme devant une indécence.

Ils gagnent le sault aux poissons avec douze heures d'avance, ce qui procure un petit chatouillement d'orgueil à Callwood. Honnêtement, ça va plutôt bien. Et c'est lui qui donne les ordres. C'est ce qui s'appelle commander. Le lendemain, en arrivant chez Moïse Corneau, Callwood se rend compte qu'il n'est pas le seul à savoir prendre des décisions.

La maison n'existe plus. Seules la cheminée et de grandes échardes de bois calcinées percent les monceaux de neige. Les arbres qui supportaient le garde-viande ont été abattus. Les dépendances ont été incendiées aussi.

Harvey observe le désastre en sifflant.

— Enfant de garce… Elle était belle, cette maison !

Ils retrouvent les décombres du garde-manger, grattent la neige, déplacent des planches noircies, remuent des cendres.

— Rien, fait Harvey. Il a tout emporté.

— S'il restait des vivres, y aurait des traces d'animaux.

Harvey s'étire, les mains sur les reins.

— Eh ben, dit-il avec satisfaction, l'aventure s'arrête ici.

— Qu'est-ce que tu racontes ?

— L'oiseau s'est envolé. C'est clair. Il a quitté le secteur.

— Réfléchis, dit Callwood.

— Encore !

— Mets-toi à sa place. Il trouve mon mot en rentrant chez lui. La glace se forme déjà sur la rivière. Il n'a pas le temps de quitter la région avant l'hiver et il sait qu'on le cherche. Il n'ira pas dans les factoreries. Donc il va s'installer un peu plus loin, en attendant la débâcle. Un coin caché, en aval. Jusque-là, c'est bon ?

— Mouais. Ça se tient. Un peu trop, peut-être.

— Qu'est-ce qui ne va pas ?

— Pourquoi il aurait pas piqué vers l'intérieur ?

— Trop crevant. N'oublie pas les enfants. Un fardeau terrible, les enfants.

— Pourquoi en aval ?

— Pour faire vite. Il s'aide du courant pour transporter le plus lourd. Il doit mettre sa famille à l'abri, installer son camp, lever une baraque, bâtir ses caches. Il a beau être fort… Une fois la glace formée, il revient ici avec un toboggan pour récupérer la viande et les fourrures. Plusieurs voyages. Puis il met le feu.

Harvey se masse la chevelure à travers sa toque de fourrure.

— Pourquoi mettre le feu, d'ailleurs ? Moi, j'aurais pas fait ça.

— Pour que la police se dise que l'oiseau s'est envolé.

— Ce qui est encore possible, d'ailleurs.

— Non, il ne peut pas être loin. Une journée de marche. Deux, si c'est un héros. Pas plus.

— Ouais. Peut-être.

— Tu vois une autre solution ?

— Non, chef. Vous avez raison, chef. Alors, on fait quoi ?

— On suit la rivière. On visite toutes les berges où un homme peut faire monter un traîneau. Il va brouiller la piste sur 10 mètres. Après, il devra laisser tomber.

— Aïe ! On a pas fini !

— Non. On n'a pas fini.

Ils marchent tout le lendemain, sans rien trouver. Michel Ross avance sur la glace avec les chiens et le traîneau. Les deux policiers battent les berges, de part et d'autre de la rivière, le fusil à l'épaule. Après quelques heures éreintantes dans la neige et les broussailles, ils reviennent déposer les Martini-Henry dans le traîneau. Quatre kilos, c'est quatre kilos. Ils se débrouilleront avec leurs revolvers. Vers midi, au milieu de la rivière, ils trouvent deux faibles raies dans une plaque de neige vitrifiée par le vent. Des traces si faibles qu'il faut se mettre à quatre pattes, le visage contre la glace, pour être sûr de bien voir. Celles d'un toboggan, conviennent-ils.

Un peu plus loin, ils aperçoivent une dépression en forme d'œuf qui fait peut-être la moitié d'une empreinte de pied. Le triomphe. Les deux policiers s'assènent des coups à l'épaule et rient comme des collégiens qui ont marqué un but au hockey. Michel Ross se détourne. Les épanchements entre mâles l'écœurent.

Une heure plus tard, alors que le soleil commence à baisser, ils voient une masse sombre se déplacer sur la glace, à l'ombre de la berge. Les chiens bondissent dans les traits en hurlant. Les policiers allongent le bras vers les fusils, pensant avoir affaire à un ours. Mais le jour déclinant leur joue des tours : ce n'est qu'un castor, grossi par les ombres du couchant.

— Il est bloqué à la surface, dit Harvey en s'approchant. La glace a dû se refermer derrière lui.

— Pauvre bougre. On va l'achever.

— Attendez ! crie Ross.

En un tournemain, il a dénoué la longe qui retient l'attelage au traîneau. Les chiens s'élancent, se jettent sur le rongeur qui disparaît sous une mêlée furieuse de fourrure et de crocs. Un cri strident s'élève du tas. Le castor est déchiré, éventré, écartelé. Le sang et les viscères tachent la neige. Et toujours ce cri de souffrance et de terreur. Callwood est révolté. Il se retourne pour lancer une injure au guide, et s'arrête net.

Michel Ross sourit. Jamais on ne l'a vu sourire.

— Quoi ? dit-il en croisant le regard de Callwood.

— C'est lâche de faire souffrir les animaux !

Le guide le dévisage, perplexe. Il laisse tomber avec un dédain tout professionnel :

— Un castor, ça souff' pas.

Cette nuit-là, les loups s'approchent du camp. La meute doit être à quelques centaines de mètres, mais on la dirait à côté. Les hommes prennent le thé les yeux tournés vers la forêt. Chaque trou noir entre les arbres leur envoie des râles et des hurlements. Harvey crâne pour la forme, mais il n'est pas à l'aise.

— Qu'est-ce qu'ils ont à s'énerver, ce soir ?

— C'est peut-être cette purée de castor qu'on leur a servie, fait Callwood avec aigreur. Ça les a mis en appétit.

— C'est vrai qu'ils mangent jamais d'humains ?

— Ils sont plus loin que tu ne crois.

— Pas sûr, dit Harvey en fixant les ténèbres sous les arbres. Il me semble que ça remue là-dedans.

Matthew hausse les épaules. Ça ne l'intéresse pas. En fait, il est déçu. Il a déjà entendu le chant des loups. De loin, c'est magique. De près, assez décevant. Il a le sentiment d'entendre les aboiements des coonhounds de son oncle. Finalement, se dit-il, les loups ne sont que de vulgaires canidés, un peu moins bêtes que ceux qu'on nourrit à la maison, mais des canidés tout de même. Il n'y a pas de quoi en faire un roman. Les chiens de traîneau ne partagent pas son désenchantement. Quand les hurlements atteignent leur paroxysme, les chiens lèvent la tête, les oreilles dressées, et fixent attentivement la noirceur. Dans leur cervelle grosse comme un citron, la distinction entre un chien et un loup est restée intacte. Seule Satan semble indifférente, couchée près du feu, le museau sur les pattes, les yeux remplis de flammes.

Ross jette un restant de thé sur la neige, marche vers la forêt, lève le fusil, tire en l'air et tonitrue :

— La paix, charognes !

Le concert prend fin.

Le lendemain, le ciel se voile. La température plonge. C'est déjà moins charmant. Quelques heures après le départ, ils aperçoivent une queue grise qui s'agite contre une falaise de boue : c'est Satan qui creuse furieusement dans la terre. La neige au pied de la falaise est semée de déjections animales. Michel Ross crapahute jusqu'en haut de la berge, approche sa chienne par son côté borgne et la précipite en bas. Le claquement de dents ne l'impressionne pas. Il déplace des pierres, déblaie du sable et du gravier et révèle une minuscule grotte, excavée dans le flanc de la falaise. Ross fourre la tête dans le trou et hume.

— Ça sent quoi ? demande Callwood.

— La viande pourrite.

— Harvey ! On le tient !

Le guide s'est redressé. Il fixe la grotte des yeux, paraît hésitant. Il promène un regard interrogateur alentour. Puis il redescend la pente d'un pas décidé, comme un homme qui a pris une résolution.

— Qu'est-ce que c'est ? demande Harvey en montant vers Callwood.

— Une cache. Il a enterré sa viande ici en attendant d'installer son camp. Il n'est pas loin !

— Je vais chercher les fusils.

— Non, non. Va plutôt en haut de la berge… Attends, qu'est-ce qu'il fait, notre guide ?

Ross est redescendu vers le traîneau. Il a sorti le filet de pêche qu'il enfourne dans son sac, puis se bourre les poches en piochant dans les vivres. Lui, si indolent, paraît pressé tout à coup.

— Ho ! Qu'est-ce que tu fous ?

— J'ai dit que je vous mènerais jusqu'à Corneau, dit-il en mettant son fusil en bandoulière. C'est fait. Maintenant, vous vous débrouillez.

— C'est juste, confirme Callwood en s'approchant. C'était notre entente. Mais on dirait que ça t'étonne qu'on l'ait trouvé.

— Je m'en retourne au sault, dit Ross. Je vais attraper du poisson pour les chiens. Sinon, ils vont crever sur le retour. Je vous attends là-bas.

Il lève les yeux au ciel.

— Y a du méchant qui vient. Si vous êtes pas au sault dans une semaine, je pars. La police enverra quelqu'un au printemps pour vous enterrer.

— T'as l'air de t'y connaître, dit Harvey en riant jaune.

— J'étais à Fort McPherson, il y a quatre ans…

— … quand l'inspecteur Fitzgerald a disparu, complète Callwood. Tu as participé aux recherches ?

— J'ai ramassé les corps. On me paiera jamais assez pour recommencer. Salut.

Callwood pourrait le retenir, il en a le droit. Mais, au fond de lui-même, il est heureux d'être débarrassé de son guide ténébreux. Michel Ross s'éloigne à grandes foulées. Des couleuvres de neige s'enroulent autour de ses jambes. Sa chienne grise trottine loin devant, au mépris des loups.

— Quel numéro, dit Harvey.

— Il a flairé quelque chose.

— Bon. Il commence à neiger. On fait quoi ?

— On longe la berge en haut de la falaise. Je pars à droite, toi à gauche. On cherche une dépression dans la neige.

— Bien, chef.

Ils trouvent tout de suite. Si facile que c'en est étonnant. Un doux vallonnement dans la neige trahit un passage récent. En déblayant la poudreuse avec leurs moufles, ils mettent au jour les traces conservées dans la neige dure. Les rayures créées par le toboggan, le pourtour des raquettes, même le quadrillage de la babiche : tout est encore lisible.

— Allons chercher le traîneau, dit Callwood. Ensuite, arme à l'épaule.

— Il va entendre nos chiens.

— Et alors ? Il a ses enfants. Il ne peut pas fuir.

Ils marchent une heure environ, les sens en éveil, des fourmis dans les cheveux, des picotements aux doigts. La piste enneigée, à peine visible par endroits, serpente à travers bois comme l'ourlet d'une longue cicatrice blanche. Ils traversent des clairières, des crêtes, des broussailles, s'enfoncent à répétition sous les épinettes. La neige tire un voile gris sur le pays. Le lointain devient fumeux. De petits sapins isolés prennent figure d'homme. Les policiers ont l'impression de voir Corneau à tout bout de champ. Harvey s'arrête en haletant.

— Y a quelque chose qui remue là-bas.

— Des caribous, dit Callwood en vérifiant avec les jumelles. Dépêchons-nous. La piste s'efface.

Ils aperçoivent bientôt une blancheur à travers les branches. Un lac.

— On y est. Vérifie ton arme.

Harvey consulte l'indicateur de charge.

— On y va !

Ils avancent d'un pas martial. Les raquettes font gicler la poudreuse. Les crosses des fusils leur battent la hanche. Curieusement, les chiens restent muets, alors qu'ils devraient sentir le feu de cuisson. En émergeant de la forêt, les deux policiers s'arrêtent net, essoufflés, happant de grandes goulées d'air. Harvey est plié en deux, le fusil sur les genoux.

— J'vois rien. Où est son camp ?

Devant eux, un petit lac enneigé, entouré de conifères épars. Aucun signe d'une habitation. Callwood n'en croit pas ses yeux.

— Où est la piste ?

Harvey secoue la tête. Quand on s'installe près d'un lac, c'est pour avoir accès à l'eau. Aucune trace n'y mène.

— La piste doit reprendre de l'autre côté.

— Il serait encore plus loin ?

— Faut croire.

— Il commence à venter, dit Harvey. Il va faire nuit.

— Allons jusqu'à la crête suivante.

— Vaut mieux s'installer ici. Y a du bois. De l'eau. On peut se mettre à l'abri sous les arbres. On reprendra les recherches demain matin.

— Demain, on ne verra plus la piste !

— Dans une heure, on verra plus rien du tout !

Callwood sort les jumelles, scrute l'autre côté du lac. Mais le paysage s'efface de minute en minute.

— Entendu, se résigne-t-il. On s'installe.

Ils dressent la tente parmi les arbres. Dégagent la neige jusqu'au sol. Inutile de chercher du bois de chauffage, il vente trop pour allumer un feu. Harvey nourrit les chiens pendant que Callwood, une hache à la main, descend au lac pour puiser de l'eau. Le temps qu'il revienne, les bêtes se sont déjà roulées en boule dans la neige, le museau sous la queue. Harvey entasse de la neige contre les murs de la tente.

Ils préparent leur souper sur le Primus, à la lueur d'une bougie. Puis commence une très longue soirée sous la toile battue par le vent.

— Ross a pas de tente, dit Harvey.

— Il est comme les chiens. Il peut dormir dans la neige.

— Quel énergumène, tout de même. Je me demande s'il lui arrive d'avoir peur…

— Il faut un minimum d'imagination pour avoir peur.

— T'es sévère. Tu sais, l'autre soir, quand on est restés à fumer, lui et moi, près du feu, tandis que toi t'es allé te coucher avec sa chienne ?

— Ho ! S'il te plaît !

— Il m'a dit qu'il avait travaillé au Yukon, mais qu'il y retournerait jamais... Il a eu trop froid. Tu me suis ? Il se croit dans le Sud, ici ! Il est au chaud !

Les deux policiers rient en serrant des couvertures sur leurs épaules. Après un moment, Callwood demande :

— Ross te parle, à toi ? Moi, il ne me dit jamais un mot.

— C'est parce que t'es un aristo. Tu l'intimides.

— Foutaise. Il ne connaît pas ma famille.

— Pas nécessaire, ça se sent.

— Qu'est-ce qui se sent ?

— L'enfant de riche. J'sais pas comment dire. T'as une aisance. La conviction de toujours réussir. L'habitude d'avoir raison. Et ça, tu l'as appris au berceau. Alors que Ross et moi, ce qu'on a appris, c'est à éviter les baffes.

— Je n'ai pas eu la vie dorée que tu imagines.

— T'as pris des claques à la maison ?

— Je peux pas dire, non.

— Eh ben voilà. Tu vas aboutir à l'état-major. Quand on part gagnant dans la vie, on l'est jusqu'au bout. T'es le seul à pas comprendre.

Ils gardent le silence un instant, les yeux rivés sur la toile du toit qui remue déjà moins.

— La neige s'accumule, dit Harvey.

Il souffle un panache de buée au-dessus de la bougie.

— Le mercure baisse. Les camarades de Fort McPherson, qu'est-ce qui leur est arrivé ?

— Ils se sont égarés. Ils ont manqué de nourriture. Et ils ont gelé.

— Quand on mange pas, on gèle.

— De ce côté, on n'a rien à craindre.

— Pourvu qu'un ours ou un loup saccage pas le traîneau.

— Les chiens vont donner l'alerte.

— Bien...

Harvey se recroqueville sous sa couverture, apparemment déçu que la conversation prenne fin. Il aime bavarder. Il y passe toutes ses soirées. Mais ça va mieux un verre à la main. Les deux hommes se glissent dans leurs sacs de couchage doubles – une enveloppe de feutre dans une fourrure de caribou, le poil tourné vers l'intérieur – et enfoncent leurs bonnets jusqu'aux oreilles. Ils ont enfilé tous leurs chandails, toutes leurs chaussettes de laine. Callwood souffle la bougie, puis lace son sac sous le menton.

Voilà. Ils ont quinze heures devant eux.

— As-tu froid ? demande Harvey.

— Ça peut aller.

— Ouais. C'est ce que je me disais. Ça peut aller. C'est toujours le cas dans ce pays, d'ailleurs.

— Assure-toi de ne pas respirer dans le sac.

— Je sais.

Harvey écoute le vent, le frottement de la neige contre la toile.

— Tu penses qu'il faut monter la garde ?

— La garde ?

— Corneau pourrait nous attaquer. Il pourrait être juste de l'autre côté de la crête.

— Tu n'y croyais pas il y a deux heures.

— J'ai pas dit ça. J'avais juste pas envie d'y aller.

— Faire le guet comment ? On ne voit rien à six pieds. Je l'ai dit : les chiens vont donner l'alerte.

— T'en demandes beaucoup à ces crétins.

Harvey réfléchit un moment encore avant de lancer :

— C'est pas curieux qu'on entende pas les loups, ce soir ? D'ailleurs, pourquoi ils veulent manger nos sales cabots alors qu'ils ont du caribou sous la patte ?

— Ils voient les chiens comme des concurrents. Ils veulent les éliminer.

— Ah… Presque humains.

Au réveil, la tente est immobile, enchâssée dans la neige. Le vent roule toujours sur la forêt comme mille tombereaux. Matthew sort les mains du sac en peau de caribou, se frotte le nez et les joues pour y faire revenir la sensation.

— Tu dors ? dit-il en se tournant vers Harvey.

Il faut croire. Matthew s'extirpe lourdement du sac, les genoux encore engourdis de la veille. Il enfile mocassins et moufles, ajuste son foulard de tête et sort pour se soulager. Il s'assure d'être dos au vent avant d'uriner, puis remet au plus vite ses moufles, question de ne pas perdre de doigts. Il fait un état des lieux. Les chiens dorment sous la neige. Pas un poil ne dépasse. Le traîneau est enseveli. Le faîte de la tente fume comme une chaîne de haute montagne. Les épinettes de l'autre côté du lac sont des ombres noires dans la boucaille. Par moments, le hurlement de la tempête monte dans les aigus, le vent se rue sur le lac, déclenche la tornade et fait tourbillonner la neige jusqu'en altitude.

En revenant vers la tente, il accroche du pied une des longes qui retiennent les chiens. Elle émerge entièrement de la neige.

— Harvey ! Lève-toi ! Il manque deux chiens !

Harvey se dépêtre de son sac en jurant. Il sort, saisit la longe, en examine le bout sectionné.

— Sales bâtards ! Ils sont allés rejoindre Ross.

— Ross ? Pourquoi ?

— Les chiens sont comme ça. Plus tu les bats, plus ils t'aiment.

— On peut se tirer d'affaire avec les quatre qui restent ?

— En s'attelant à leurs côtés, oui. Imbéciles de chiens. Bêtes comme des vaches.

Après le déjeuner, ils laissent brûler le Primus un moment pour se réchauffer un peu. Callwood s'assoit en tailleur près de la flamme et tente de s'immiscer dans le roman de Hardy. Passer quelques heures dans la campagne anglaise, verte et humide, auprès des jeunes vachères aux jambes nues, lui fait le plus grand bien. Mais il gèle. Pour finir, il se glisse de nouveau dans son sac, comme Harvey, qui s'est rendormi. Vers 15 heures, ils sortent distribuer la nourriture aux chiens et puiser de l'eau. Un mètre de neige s'est accumulé sur la tente. Callwood en enlève la moitié. À l'école de police, on leur a fait le récit d'expéditions où les collègues avaient passé soixante heures dans leurs sacs de couchage, à attendre que passe le mauvais temps. Matthew espère ne pas avoir à égaler ce record.

Le lendemain, il ouvre les yeux sur des parois repassées au frimas. L'haleine des deux hommes s'est collée à la toile en formant une couche de givre qui s'épaissit d'heure en heure. Le vent gronde dans les branches au-dessus de la tente. Un seul glapissement aigu arrive de l'extérieur : un chien s'est réveillé, a exprimé son mécontentement et s'est remis en boule, le museau sous la queue. Harvey ronfle avec méthode. Matthew le laisse dormir. Ils n'auront rien à faire encore aujourd'hui. Mais il n'en peut plus d'être couché, de se tordre comme un ver dans son cocon de fourrure. Sa colonne va se souder de haut en bas. Il aime encore mieux avoir froid. Il se lève, dégote la hache. Il a l'intention de descendre au lac pour remplir leur seau, même si ce n'est pas indispensable. Tout, plutôt que de rester allongé.

Il s'habille le plus chaudement possible et sort.

Le vent souffle sans faiblir. Pourtant, il y a du changement. Le froid est plus moelleux, moins acéré que la veille. Matthew retrouve le moral. Leur inactivité tire à sa fin. Il marche vers le trou qu'il a fait dans la glace, à l'abri des sapins. Il déneige avec les moufles, retire les branches de conifère qu'il a entassées dans le trou, fracasse le frasil à coups de hache. Un gazouillis lui fait lever la tête. Une petite tribu de mésanges migre à travers les branches basses des conifères. Matthew suit les oiseaux des yeux en souriant. Puis son regard se heurte à une forme sombre entre les arbres. Il plisse les paupières pour mieux voir. Un canon de fusil le vise en plein torse.

— Ta yeule !

Dit en français. Callwood se fige, la hache à la main. Il distingue à peine le visage, bardé de fourrure et de laine. Mais le signalement correspond. Court, râblé. Le menton mangé de poils noirs. Des mains d'ouvrier. Absence de deux phalanges à l'annulaire gauche, sous le canon. C'est bien lui. Callwood sent que ses jambes se tétanisent. Il les détend, fait grincer la neige sous son poids. *Je fais quoi, maintenant ?* Il prend une bonne respiration. La voix presque assurée, il déclame :

— Moïse Corneau, je vous arrête pour le meurtre de votre femme et de votre enfant.

L'homme n'a aucune réaction. La gueule du fusil ne dévie pas d'un millimètre. Sa fixité est fascinante. On dirait une statue.

— Jette la hache, dit Corneau. Mets ça.

Il lui lance des menottes en pleine poitrine. Callwood les attrape machinalement, puis les reconnaît.

— Ce sont nos menottes !

Il a dû les prendre dans le traîneau. Depuis combien de temps est-il là, à rôder autour du camp ?

— Mets-les.

— Pas question.

— Tu les mets ou je te tire, je tire l'autre, et je vous passe tous les deux sous la glace.

Callwood se retourne vers la tente, en haut de la pente. Harvey entendra le coup de feu. Il traversera un espace ouvert pour le rejoindre. Il n'aura pas la moindre chance de s'en tirer.

Le policier referme le bracelet sur son poignet gauche. Puis sur le droit, en se tordant les mains.

— Montre.

Il tend les bras.

— Retourne-toi.

Un sac s'abat sur sa tête, un lacet le saisit à la gorge. Il croit, un moment, qu'il va être étranglé, mais comprend aussitôt que la ficelle sert à assujettir le sac. Le voilà aveugle. Corneau attache une corde à la chaîne des menottes, puis il remet les moufles à son prisonnier.

— Marche !

Mouvement violent vers l'avant. C'est comme être pris en remorque par un cheval. Matthew s'accroche les pieds à des branches, se meurtrit les orteils, trébuche tous les trois pas. Après vingt minutes, Corneau lui dit :

— Assis-toi.

Il se laisse tomber sur une planche basse. Il entend gémir des chiens.

— Est-ce que ce sont nos chiens ? demande-t-il.

Pas de réponse. Il sent des secousses dans ses mains : on attache sa laisse à la tête du toboggan.

— Tiens-toi.

Combien d'heures, le trajet ? Callwood cherche par tous les moyens à en évaluer la durée. Il a compté les pas de l'homme, les regroupant par centaines, jusqu'à perdre le fil vers le millier. Il a noté mentalement la succession de surfaces graveleuses, de neige profonde, de dénivellements brutaux, d'arêtes rocailleuses. Des branches le fouettent à la tête et aux épaules. Il a mémorisé les écarts dans la direction du vent. Globalement, ils se dirigent vers le sud. Une dégringolade terrible le roule dans la neige. Corneau le redresse par les épaules comme on remet en place un sac de patates. Puis une surface dure, plane. Ils sont de retour sur la rivière. Mais ils ont pris une route plus longue pour y revenir. Par moments, il lui semble entendre un chien qui court à côté d'eux et qui ne serait pas attelé avec les autres.

Que va faire Harvey en se réveillant ?

Il va suivre les traces dans la neige, mais comment ? S'il ne lui reste pas assez de chiens pour tirer le traîneau, va-t-il laisser les vivres sur place ? Abandonner le matériel ? Il n'osera pas. Ou peut-être bien que oui.

Le toboggan s'arrête. Corneau fait des claquements de langue, appelle à lui un chien, sans doute celui qui courait à côté. Il l'attelle avec les autres. Le toboggan repart comme une flèche. Donc il ne resterait que trois chiens à Harvey. Callwood a le corps moulu, meurtri par les cahots. Ses membres immobilisés commencent à geler. Il doit se concentrer, faire des mouvements de la taille et des hanches pour ne pas chavirer. Quand le traîneau se renverse, la neige rentre dans son col, avant de fondre sous sa chemise. Il heurte du visage des blocs de glace qu'il ne voit pas venir. Il lui semble que la lumière décroît.

Les chiens jappent. Ils sentent quelque chose. Callwood capte une odeur de fumée de bois, un fumet de viande rôtie. Les pas de l'homme ralentissent. Il a couru tout le long, c'est inouï. Impossible que Harvey les rejoigne cette nuit.

D'une main de fer, Corneau le prend par le collet et le remet sur pied. Callwood tente un premier pas et s'affale de tout son long. Il ne sent plus ses jambes. À nouveau, il se sent soulevé de terre. Corneau le soutient par la taille. Il dénoue le sac qui lui recouvre la tête. Callwood retrouve la vue. Le ciel gris s'éteint derrière les arbres.

Devant eux, un grand et bas wigwam en branches de conifère disparaît sous la neige. Une porte s'ouvre.

Un carré de lumière orange s'étale sur le sol blanc. Une figure féminine se tient dans la lumière.

— Je te demande de pas faire peur à mes enfants, dit Corneau. C'est tout. Il t'arrivera rien.

— Je dois pisser.

— C'est bon. Tu peux te tenir debout ?

En refermant sa combinaison, Callwood jette un coup d'œil aux chiens. Ce sont bien les leurs. Corneau le prend par le coude et le conduit jusqu'à l'abri.

Ce qui le frappe en entrant, c'est le regard de la fillette. Elle le dévore des yeux. Elle peut avoir 6 ans. Ou 19. Callwood est fils unique, les enfants sont un mystère pour lui. Un bébé lacé dans son *tikinagan* somnole près du feu. La mère, une jeune femme à ses chaudrons, observe le nouveau-venu avec hostilité. Elle est courte, dodue, le visage rond à la manière des nations du Nord. Moïse Corneau arrache son bonnet de fourrure et son cache-nez. La fiche signalétique ne lui rend pas justice. Il n'a pas l'air d'un Cro-Magnon. Malgré les cheveux noirs en broussaille et une barbe de deux semaines, il a une tête de travailleur honnête. Le genre à se présenter chez vous un dimanche pour déboucher une canalisation. Moins âgé encore que Callwood ne l'avait imaginé. Corneau l'assoit de force contre le mur de branchages et, avec quelque chose se rapprochant de la sollicitude, arrache les mocassins de son captif. Il dénude les pieds du policier, les retourne dans ses mains rudes comme on inspecte une poularde au marché.

— Ça va, dit-il. Sont pas gelés. Ça va te cuire un peu, c'est tout. Montre les doigts. C'est bon. Je vais m'occuper des chiens.

Il sort. Callwood reste seul avec la petite famille. Il remet ses mocassins, malgré les menottes. La fillette suit chacun de ses gestes. Le bébé émet un gargouillement. La femme prononce quelques mots en cri, la gamine se rend auprès du bébé, le soulève et, sans trop savoir s'il faut le faire ou non, le montre à l'inconnu. Le bébé paraît étonné de la rencontre.

Corneau rentre, se met en bras de chemise. Pourtant, il ne fait pas chaud dans cette cahute. L'homme fouille dans une caisse, sort une bouteille.

— Bois, dit-il, ça va te réchauffer.

Il lui présente un petit verre de liqueur ambrée. Callwood songe à refuser. Mais il a grand besoin d'un peu de réconfort. Il prend le brandy et dit :

— Ça ne change rien au fait que vous êtes en état d'arrestation.

— Oui, je sais. Tu me l'as écrit dans ta lettre.

— Vous l'avez comprise ?

— J'ai compris que t'avais un sacré toupet.

— Le rapport de police disait que vous ne saviez pas lire.

— Mettons que ça m'arrive pas toutes les semaines. Santé !

Callwood lui répond machinalement, puis se dit que c'est un peu niais de sa part, vu les circonstances. Il fixe Corneau du regard, le mettant au défi d'annoncer la suite du programme.

— On va souper, lance Corneau. Après, on se parle.

La femme appelle la fillette, lui remet une gamelle fumante et lui fait signe de servir l'invité. La petite vient vers lui avec plaisir, les yeux rivés sur le contenu du bol qu'elle ne veut pas renverser.

— Comment s'appelle-t-elle ? demande Callwood.

— Amélie.

— Comme l'autre ?

— Comme l'autre.

La fillette met le bol entre ses mains, puis pivote sur ses talons en gonflant comiquement les joues.

— Elle est jolie, dit Callwood.

Le père se rembrunit. Le compliment n'a pas l'air de l'enchanter.

Callwood est embêté. Il peut tenir la gamelle d'une main, mais les menottes rendent difficile le maniement de la cuillère. Il lève les yeux sur Corneau.

— Vous ne pourriez pas…

L'homme est embarrassé.

— C'est que… j'ai pas trouvé la clé.

Juste. Harvey la porte sur lui.

— Bon…

Il pose la gamelle sur ses cuisses. La banique est excellente. Le porc-épic… faut aimer. Mais Callwood se découvre un appétit étonnant, compte tenu du contexte. Plus jeune, il s'était demandé pourquoi les condamnés avaient encore envie d'un dernier repas avant l'échafaud. Maintenant, il sait. C'est toujours ça de gagné.

Tout en mangeant, il promène les yeux sur l'intérieur de l'abri. C'est minuscule. Les branches d'épinette qui forment la toiture sont encore vertes.

— C'est pas notre maison, dit Corneau, qui a surpris le regard.

— Oui, je commence à saisir les règles du jeu.

Corneau ne le quitte pas des yeux, comme s'il en attendait quelque chose, comme s'il tentait de jauger son homme. Il lui propose un deuxième verre.

— Merci, fait Callwood. Je ne bois pas, d'habitude.

Corneau digère cette réponse en silence.

— Moi, je bois trop, dit-il.

Il range la bouteille. Il se tourne vers sa femme, lui adresse quelques paroles rassurantes en cri. Callwood ne peut pas savoir s'il parle bien la langue, mais l'accent est drôlement ressemblant. Il songe à Corbutt, le nobliau d'Angleterre qui se fiche d'être compris de sa femme. Le policier tient son assiette des deux mains.

— Qu'est-ce que je fais là ? demande-t-il.

— Je voulais que tu rencontres ma famille.

— Est-ce que votre femme connaît le français ?

— Non.

— Votre fille ?

— Un peu.

— Que je les rencontre ou non, qu'est-ce que ça change ? Vous êtes un repris de justice. Je suis un policier. Si vous ne me tuez pas, je dois vous arrêter et vous remettre aux autorités.

— Je voulais que tu entendes ma version des faits.

— Inutile. Je ne suis pas juge. Si vous vous livrez à la justice, vous pourrez plaider votre cause devant un tribunal.

— Je l'ai fait. On m'a condamné à la pendaison.

— Faites appel. Je vous aiderai. Je vous en donne ma parole.

Corneau secoue la tête en avalant un dernier morceau. Il met de côté son assiette, se penche vers Callwood.

— Y a pas de justice pour un homme comme moi. Toi, t'es instruit, t'es riche, c'est autre chose. Moi, j'suis un moins que rien. Un ignorant, une bûche. Mon vieux était un ivrogne. J'ai été élevé à coups de poing. En public, je parle comme un âne. Tu sais quelle figure je fais devant un tribunal, moi ? J'ai l'air débile. Et coupable. On me regarde la tête et on se dit : c'est lui, il l'a fait, c'est sûr.

— Vous n'avez pas tué votre femme et votre enfant ?

— J'ai l'air ?

— Non. Mais qu'est-ce que ça prouve ?

— Ma femme était malade. Au départ, ça se voyait pas. On s'est mariés très jeunes. Trop jeunes. Elle avait 16 ans. Son père lui mettait les mains partout, elle voulait quitter la maison. Au début, c'était bien. On s'aimait. Puis, petit à petit, la maladie a pris le dessus. Elle entendait des voix. Voyait des choses qui n'avaient pas de sens. Je la trouvais dans la grange à parler toute seule. Elle disait que sainte Anne était assise dans le râtelier. D'autres fois, c'était le diable, et elle riait avec lui. J'avais 17 ans. Ça me fichait la frousse. Je suis allé trouver un curé à deux jours de marche ; il m'a donné de l'eau bénite. Des médecins, y en avait pas. Personne voulait nous aider. Personne. Par moments, ma femme se réveillait la nuit et hurlait, épouvantée. Je sais pas ce qu'elle voyait. Elle s'arrachait les cheveux, se grafignait les joues, les voisins l'entendaient à 2 milles. Tout le monde racontait que je la battais. Tu peux me croire : j'ai jamais levé la main sur elle. Mais des coups, j'en ai pris plein la figure. Elle me traitait de démon. Puis, au matin, elle pleurait. Elle disait qu'elle perdait la tête. Me demandait pardon. Et moi, pauvre nigaud, je courais les routes pour chercher des remèdes. J'entendais parler d'un rebouteux, j'y allais. D'une guérisseuse, j'y courais. Mais, dans notre famille, penses-tu qu'une seule personne nous aurait porté secours ? Même pas. Ils avaient peur, c'est clair. Sa mère a prétendu que je l'obligeais trop au lit, qu'elle avait les nerfs usés à force de se faire sauter.

Corneau s'est arrêté, emporté par l'amertume. Sa femme lui tend une tasse de thé en silence. Il lève les yeux avec gratitude. Reprend son récit.

— Puis elle s'est trouvée enceinte. Et pour un temps, ça allait mieux. Elle était heureuse, souriante, aimante. Et moi, pauvre cruchon, je me disais qu'elle était sauvée. L'accouchement a été assez facile. Mais j'avais hâte que toutes ces maudites commères vident les lieux. Amélie adorait notre fils. L'adorait. Et puis ç'a recommencé. Les voix, le diable, tout...

Il est assis en tailleur, le regard plongé dans les profondeurs rougeâtres de la tasse de thé. Le récit lui coûte. Il déglutit avec peine avant de reprendre.

— J'avais entendu parler d'une vieille Montagnaise qui soignait les nouvelles accouchées. J'ai voulu y mener Amélie, mais elle a refusé. Ses voix lui avaient dit qu'elle sortirait plus jamais de la maison. Alors je suis parti à cheval, m'attendant à revenir avec des herbes à tisane, ou avec la vieille en personne. Au besoin, je l'aurais enlevée, la sorcière, comme je viens de t'enlever, toi.

Il s'arrête, baisse la voix pour ne pas être entendu de la petite.

— Quand je suis revenu, je l'ai trouvée dans notre lit, une balle en pleine tête. Elle tenait encore le fusil.

— Donc un suicide.

— Non. Pas possible. Sais-tu ce qu'on m'a dit ? Les femmes se tuent jamais avec un fusil. Elles s'empoisonnent. Ou elles se noient. Elles se font pas ça. Les constables sont arrivés. Ils ont repêché le corps du bébé dans le puits. Une mère aurait fait ça ? Évidemment pas. Donc c'était moi. On a fait parader les voisins devant le juge. Ils ont dit que c'était la guerre chez nous. Qu'on nous entendait gueuler depuis le chemin. Que ma femme avait souvent la face marquée. Que j'étais toujours en vadrouille, jamais chez moi. Que je courais les sauvagesses. Enfin, n'importe quoi.

— Vous aviez un avocat ?

Corneau hausse les épaules.

— À peine plus âgé que moi. Mais qu'est-ce que ça pouvait changer ? J'étais condamné d'avance. À la fin, j'ai arrêté de me défendre. La tante de ma femme est venue me voir en prison. Elle m'a dit que le curé voulait déterrer ma femme et le petit pour les jeter hors du cimetière. Une suicidée a pas le droit à la terre bénite. Et le bébé était pas baptisé. Ça aussi, on me l'a mis sur le nez. Au fond, c'était logique : ou c'était elle qui avait lancé le bébé dans le puits, ou c'était moi. Alors j'ai fermé ma trappe. Je voulais qu'on lui fiche la paix, qu'on la laisse se reposer.

Corneau se redresse sur sa couverture, se masse les cuisses. Rien d'étonnant après le marathon qu'il vient de faire.

— Le juge a mis un petit carré noir sur sa perruque, a pris sa face d'enterrement et m'a condamné à la pendaison. Comme si ça lui coûtait de me tuer. Si tu veux mon avis, il devait avoir le froc tout collant, tant ça lui faisait plaisir. Bref, on m'a annoncé que j'étais un homme mort. Puis tout le monde est allé dîner en ville.

— Et vous vous êtes évadé durant le transfert.

Corneau affiche un sourire en coin, comme au souvenir d'une bonne blague.

— J'en reviens pas comme ç'a été facile ! Ils tenaient l'assassin du siècle, ils auraient pu faire attention, mais non ! C'est décourageant ! On a pas un bon gouvernement.

— Revenez avec moi à la Mission. Vous leur donnerez votre version jusqu'au bout.

Corneau rit doucement.

— Merci bien ! Les procureurs, les shérifs, le juge, ils ont pas oublié que je leur ai fait la barbe. Qu'ils me remettent la main au collet et j'aurai même pas le temps d'arriver à la potence. Il va m'arriver un malheur avant.

— Je ne peux pas croire ça, dit Callwood.

— Parfait. Le crois pas. Toi, tu risques rien.

Callwood digère cette réponse en silence. Il est de plus en plus mal à l'aise. Corneau lui devient sympathique ; c'est agaçant. Il se met à le tutoyer, sans s'en rendre compte.

— Comment as-tu su que j'étais sur tes traces ?

— Je savais que tu reviendrais. Le ton de ta lettre m'en disait long.

— Tu n'as pas aimé cette lettre...

— M'ordonner de me rendre à la Mission pour me mettre moi-même la corde au cou, j'ai trouvé ça un peu fort. Maintenant que t'es là, je comprends.

— Qu'est-ce que tu comprends ?

— Tu y crois. T'es bien le premier.

— Alors tu t'es préparé à me revoir...

— Y a trois nuits, j'ai entendu les loups. J'ai su qu'y avait des chiens dans les parages.

— Et cette cache vide ? Et la piste vers le lac ?

Corneau ébauche un sourire. Callwood poursuit :

— Je crois que notre guide a deviné.

— Ross ? T'es pas entre de bonnes mains, mon homme.

— Comment, s'étonne Callwood, tu le connais ?

— Je l'ai connu.

— Qu'est-ce que tu lui reproches ?

— Un homme qui aime ni l'argent, ni la boisson, ni les femmes. Il reste quoi ?

— Je ne sais pas.

— Rien de joli.

Callwood réfléchit un moment.

— Qu'est-ce que tu veux, au juste ?

— Je voulais que tu rencontres ma femme et mes enfants.

— Qu'est-ce que ça change ?

Une lueur d'angoisse s'allume dans le regard de Corneau, comme s'il n'était plus sûr de réussir son coup. Se penchant vers son captif, joignant les mains comme si c'était lui qui portait les menottes, il chuchote :

— Tu vois la petite ? Elle est métisse. Tu sais ce qui arrive aux filles métisses dans les factoreries ? Celles qui se font « retourner » ? Tu l'as vu, ça ? Je voulais…

Il secoue la tête, ne pouvant continuer, la gorge serrée. Il reprend la bouteille, se verse à boire, vide le verre d'un trait.

Cet homme-là, se dit Matthew, est rongé de l'intérieur. Il ne peut plus voir sa fille sans avoir mal au ventre.

— Laisse-nous partir, dit Corneau. C'est tout ce que je te demande. On fait de mal à personne. Au printemps, je quitte la région. Tu me verras plus.

Callwood lève les yeux sur la fillette qui aide sa mère à ranger la vaisselle. La petite a les cheveux très noirs, coupés négligemment, avec des mèches qui se dressent sur la nuque, des joues rondes, une bouche mutine, des yeux étonnants. Ce sera une grande beauté, on le sent déjà. Et les beautés, dans les postes de traite…

— Je n'ai pas le droit de prononcer ces paroles-là, dit Callwood.

Corneau, qui le scrute intensément, se détend. Il a l'air satisfait.

— Je te laisse de quoi manger, dit-il. Et du bois de chauffage. Mais je dois emporter les couvertures.

— Comment, vous partez cette nuit ?

— Demain, ton ami va arriver. Ah, et… je prends les chiens.

— Propriété de la Couronne.

Corneau hausse les épaules, un franc sourire aux lèvres.

— Ils me pendront deux fois.

Il se lève, enfile sa parka et sort préparer l'attelage. Sa femme emballe le bébé dans une couverture. Elle oblige Amélie à passer un anorak et un pantalon de fourrure : la fillette s'exécute en ronchonnant. La mère a déjà déposé les chaudrons et les couverts dans une boîte de bois. Cette famille, visiblement, a l'habitude de décamper en un clin d'œil. Pendant que la mère s'active, la petite s'approche de Matthew. Elle le dévisage avec le sans-gêne des enfants qui ont grandi seuls parmi des adultes. Elle tend la main pour toucher l'acier des menottes.

— Ça fait mal ? lui demande-t-elle.

Matthew fait non. La mère appelle sa fille. Elles sortent ensemble, la femme tenant le porte-bébé d'une main et poussant de l'autre la grosse poupée engourdie par ses vêtements d'hiver. Amélie se retourne vers l'inconnu. En croisant son regard, Matthew se dit qu'il s'est peut-être mépris sur son âge. Corneau parle de sa fille comme d'une bambine. Mais elle ne l'est plus. Cinq ans ? Six ? Depuis combien de temps ce couple existe-t-il ?

Corneau revient dans la cahute, s'empare de la boîte à cuisine. Il va ressortir, hésite, puis la dépose devant le policier et s'accroupit pour se mettre à son niveau.

— Le prends pas mal, dit-il. Mais si tu nous suis, je vais devoir te descendre. C'est pas pour moi. C'est pour la petite. Tu comprends ? Si je disparais, qu'est-ce qui va lui arriver ?

Callwood l'observe en silence. Corneau continue :

— Ça me ferait de la peine de te tuer. Mais je vais le faire. Je vous tuerai tous. Et Ross en premier. Parce que lui, il le mérite.

15

Il est plus de minuit. Le dernier courrier de l'hiver part à 3 heures. Callwood a recommencé dix fois son rapport.

J'ai cru déceler, dans les préparatifs de la famille, les prémices d'un long voyage. Je crois que Corneau a maintenant quitté la région et se dirige vers les grands centres, où il espère se fondre dans la masse.

Le policier se renverse dans son fauteuil et soupire, mélancolique. Voilà qu'il ment à ses supérieurs. Mais bon. Le reste du rapport est à peu près véridique. Et pas autrement flatteur pour lui. Callwood avoue qu'il s'est laissé cueillir comme un blanc-bec. Qu'il s'est fait piquer des chiens. Il rapporte l'essentiel de son échange avec Corneau. Ne cherche pas à s'excuser. De toute manière, sa carrière est foutue ; il s'y résigne. Quand son temps de service prendra fin, il quittera la police et tâchera de se faire admettre dans le Corps expéditionnaire en France. Avec un peu de chance, il reviendra avec une blessure horrible, la croix de Victoria épinglée sur son torse par des mains parfumées et compatissantes, et tout lui sera pardonné.

Le retour à la Mission s'est fait en quatorze jours, au prix de pénibles efforts, à cause des abondantes chutes de neige et de la perte d'un quatrième chien, tué par les loups. Je dois dire que le constable Gruber, Harvey, Reg. No. 1518, a fait preuve, pendant tout ce trajet, d'une endurance et d'une bonne humeur sans faille.

Nous n'avons souffert ni d'engelures ni d'ophtalmies.

Pas sûr que ce dernier détail intéresse vivement le QG, mais Callwood n'a pas grand-chose à leur offrir.

Enfin, Monsieur le Commandant divisionnaire, je vous demande de procéder au renflouement de notre petite caisse, les émoluments payés au guide ayant épuisé nos ressources.

Ça aussi, on va le lui reprocher.

Il regarde la page enroulée sur le tambour de la machine.

Inutile de recommencer. Ça n'irait pas en s'améliorant.

Je vous prie d'agréer mes sentiments distingués.

Un policier à qui on passe ses propres menottes est quelqu'un qui se distingue, en effet.

Il tape le nom du commandant divisionnaire sur l'enveloppe, la scelle, et attend le passage du courrier qui a reçu l'ordre de s'arrêter au détachement. Les chemins d'hiver sont sur le point de devenir dangereux : il n'y aura pas de réponse du QG avant la reprise de la navigation sur le lac.

Callwood n'a pas sommeil. Il s'est levé à midi. Il fait comme Harvey, à présent. Le temps passe plus vite quand on dort.

Il a repris ses séances de dactylographie. Bientôt trente mots à la minute. Ses exercices de tir. Ses excursions en raquettes, soixante livres au dos. Le soir, il fait la lecture à Fran, qui est toute retournée par les mésaventures de Tess d'Urberville. Parfois, quand l'émotion l'étreint, la jeune femme l'arrête dans sa lecture et demande si elle ne peut pas lui rendre quelque petit service. Callwood songe aux collègues qui ont déjà bénéficié de ce petit service, et répond par la négative.

Il est comme ça. Il n'en est pas autrement fier.

Encore un an, six mois, treize jours à ne servir à rien.

16

Depuis des semaines, on attend. La glace du lac noircit, fume, tient bon. Les vieillardes du village descendent jusqu'à la plage, promènent le regard sur la blancheur aveuglante où rien ne bouge, y restent longtemps, comme hypnotisées. Les corbeaux s'excitent dans les épinettes au-dessus du village. Une nuit, en se retournant dans son lit, Matthew prend conscience d'un grondement sourd qui remplit le poste : ce sont les vagues qui roulent sur la grève. Le lac a fait sauter sa carapace. Deux jours plus tard, les bottes de Harvey résonnent sur le perron, il envoie valser la porte et crie à tue-tête :

— Navire en vue !

Ils courent sur la grève. Un plumeau de fumée noire se profile à l'horizon. Le quai n'est pas installé. L'hiver, on le retire pour le préserver des glaces. Les deux policiers préparent la chaloupe pour aller à la rencontre du bateau.

— C'est le bateau à traités, dit Harvey, la main en visière.

Un petit vapeur qui, l'été, transporte le représentant du commissaire aux Affaires indiennes quand il fait la tournée des villages autochtones. À présent, on en voit la superstructure. Une caisse de planches sans prétention montée sur une coque. Un cabanon doté d'un gouvernail. Sur la coursive, à côté du poste de pilotage, se tient une figure sombre. Un homme, les mains sur le bastingage, l'air maussade, regarde le village. Harvey pousse un cri stupéfait :

— Suchenko !

Il se retourne vers Callwood, fou de joie, comme un chien qui reconnaît son maître.

— Su-chen-ko ! hurle-t-il en agitant follement les bras et en sautant sur place. Suchenkooooo !

L'homme sur le bateau n'agite pas la main, ne réagit pas.

— Avirons aux tolets, dit Callwood. Lance la chaloupe.

Ils sortent sur une vague molle, souquent ferme. Harvey rit comme un enfant.

— Mais qu'est-ce qu'il fait là, le bougre ? Ah ! Si je m'attendais à ça !

— Pas plus que lui, apparemment, marmonne Callwood.

Suchenko n'a pas l'air enchanté de les voir. Le bateau s'est arrêté, se balance sur une houle lente et s'enrubanne de sa fumée charbonneuse. Callwood et Harvey montent à bord. En les voyant approcher, Suchenko lance :

— Callwood, as-tu fait de la boxe au collège ?

— Un peu. Pourquoi ?

— Parce que j'ai l'intention de te démolir le visage et j'aimerais que tu te défendes un peu.

Il ne peut rien dire de plus. Harvey s'est jeté sur lui et secoue sa main jusqu'à l'arracher.

— Qu'est-ce que j'suis content de te voir, Suchenko ! Sacrément content !

— J'aimerais en dire autant, mon *chum*.

— Mais qu'est-ce que tu fais là ?

Le capitaine sort du poste de pilotage.

— C'est pas pour vous bousculer, les gars, mais y a pas mal de matériel à décharger.

— Du matériel ? fait Harvey.

— Pour notre expédition, dit Suchenko. Tiens, regarde, dit-il en présentant un journal à Callwood. Tu vas peut-être te reconnaître.

La page a été pliée en quatre pour encadrer un dessin à la plume. On voit un policier en grand uniforme, les menottes aux poings, dans une espèce de grotte sombre. Devant lui s'accroupit une brute échevelée, portant ceinture fléchée et mocassins, le fusil à la main, l'air dément. Une femme et des enfants au teint noirâtre se fondent dans la crasse. Le policier paraît irrité, mais résolu. Il serre de beaux maxillaires. Sa chevelure forme des ondulations qui reflètent la lumière. Il a une jolie mèche sur le front.

— T'es beau, hein ? ironise Suchenko. Enfin, les cheveux sont un peu noirs et on se demande d'où vient la lumière, mais bon…

Harvey regarde le dessin par-dessus leurs épaules.

— Mais voyons, dit-il en riant, c'est qui, ça ? C'est Callwood ? Pas vrai !

Matthew déplie le journal. C'est un quotidien de Toronto.

— Votre petite aventure a du succès, dit Suchenko. Un sergent en a parlé à la taverne, un soir, après le service. Y avait un journaliste au bar. Qui l'a tournée en un drame pas possible : la Police du Nord-Ouest qui court après un horrible meurtrier dans l'arrière-pays. Ça fait monter les tirages. Ça fait palpiter les cœurs. Bref, l'histoire de Corneau est connue dans tout le pays. Alors, maintenant…

— Alors maintenant, complète Callwood, il faut le trouver.

— Exact. D'autant plus que la décision de la police de pas envoyer d'hommes en France a été diversement appréciée. Votre numéro tombe à point. On va se refaire une virginité.

— Et t'es là pour nous aider ? s'enthousiasme Harvey.

Le visage de Suchenko redevient mauvais.

— Sous prétexte que je connais la région.

Callwood a ouvert le pli du QG qui lui est adressé.

— On part quand ? demande Harvey.

— Aussitôt que monseigneur sera remis de sa raclée.

— Désolé, Suchenko, dit Callwood en repliant la lettre. Il n'y aura pas de partie de boxe. Je suis nommé caporal. Chef de détachement.

— C'est l'autre mauvaise nouvelle, grommelle Suchenko. T'aurais pas pu attendre un peu avant d'ouvrir cette foutue lettre ?

— Messieurs, dit le capitaine du bateau, s'il vous plaît…

Ce soir-là, Suchenko et Harvey grillent des cigarettes sur le perron du poste. Les premiers moustiques leur sifflent aux oreilles comme des acouphènes. Quelques grenouilles et rainettes, éveillées avant les autres, lancent un SOS sexuel depuis une cuvette humide à côté.

— Comment va notre p'tite Fran, demande Suchenko. Toujours en service ? On pourrait la voir, ce soir.

— Elle ne veut plus, dit Harvey. Je crois qu'elle en pince pour Callwood. Il lui fait la lecture.

— Eh bien, dit Suchenko en s'étirant les jambes, j'en ai appris des belles sur notre nouveau caporal.

— Comme... ?

— D'abord, son vrai nom est Callwood-Pryce. Pryce, comme les allumettes.

— Hein ! Donc il est riche !

— La famille l'est, en tout cas. Et on dit que le père sera le prochain juge en chef de la Cour du Banc du Roi. Tu vois ce que c'est ?

— À peu près.

— Son grand-père a été Premier ministre de l'Ontario. Et sais-tu pourquoi l'admirable caporal Callwood est parmi nous, dans ce trou de chiottes ?

Suchenko a mis les coudes sur les genoux et dévisage Harvey par en dessous, le regard étincelant.

— Vas-y, devine.

— Pas la peine, tu crèves de le dire.

— Une his-toi-re d'a-mouuur, fait Suchenko.

— Ah ! Je me disais bien qu'il y avait une affaire de cul là-dessous.

— Non, non, t'y es pas, mon vieux. Et qu'est-ce que t'es vulgaire, soit dit en passant. Non, notre héros s'est amouraché d'une jeune première de la haute. En tout bien tout honneur. Ils étaient plus ou moins fiancés. Et elle l'a planté là pour un autre type, un dénommé Simpson...

— Ça me dit quelque chose...

— Avocat. Nommé adjoint au chef du Corps expéditionnaire.

— C'est bon, j'y suis. Callwood nous en a parlé à Noël.

— Bref, voilà notre héros qui a le cœur brisé. Désespéré, romantique comme ça se fait plus, il entre dans la Police du Nord-Ouest et se porte volontaire pour l'endroit le plus reculé du Canada.

— C'est beau !

— Mais t'as compris l'essentiel, non ?

Les yeux de Suchenko pétillent de gaieté. Harvey le regarde sans comprendre. Puis la vérité fait son chemin.

— Tu veux dire… Il l'a pas engrossée quand même ?

— Jamais frôlé le moindre téton, si tu veux mon avis.

— Il serait vierge ?

Suchenko hausse les épaules en crachant un brin de tabac.

— C'est pas possible ! s'émerveille Harvey. Tout ça pour… une amourette d'écolier ?

— C'est un prince.

— C'est un fou !

— Ah, constable Gruber. Comme vous êtes bas ! Comme vous êtes matériel ! Notre caporal est un héros, un chevalier des temps modernes.

— Et même avec Fran…

— Elle peut dormir sur ses deux oreilles.

Harvey est sonné. Il secoue la tête en soufflant de la fumée.

— Alors là, j'comprends rien.

— C'est pour ça que tu seras jamais officier.

— Mais toi, Suchenko, rusé comme t'es, t'as pas pu couper à cette expédition ?

— J'ai bien essayé. Quand ils m'ont dit que je revenais ici, j'ai tout de suite demandé la permission de me marier.

— T'as une fiancée ?

— Non, mais j'aurais trouvé. De toute manière, ils ont refusé.

Suchenko allume une nouvelle cigarette.

— Vous en avez combien de ces clopes, au juste ?

— Des milliers. L'intendance a mal calculé.

— Ça se monnaye, tu sais…

— Callwood veut pas. Sauf pour les besoins du service.

— Ah, bon… Raconte un peu, quand tu l'as rencontré sur la rivière, menottes aux poings, il devait avoir l'air piteux, non ?

Harvey est mal à l'aise. Il se tortille sur la planche du perron.

— Tu sais, finalement… Je l'aime assez, Callwood.

— Cet Anglo snobinard ? T'es comme Fran. Il vous a ensorcelés, ma foi.

— Non, sérieux, il a de vraies qualités. Il se plaint jamais, il est toujours d'attaque, et quand il foire, il assume, il fait pas passer la faute sur les autres. C'est rare.

— Noblesse oblige, mon *chum*. Je te dis pas que les riches ont pas de qualités. Mais ça leur vient trop facilement. Tiens, le v'là…

Ils aperçoivent Callwood au loin, qui déambule sur la plage, tête baissée. Suchenko écrase son mégot.

— C'est moi ou il a pas l'air dans son assiette, le caporal ?

17

Callwood dépose son sac dans le canot qui attend sur la grève.

— Et nous, pendant ce temps, on fait quoi ? demande Harvey.

— Vous préparez le matériel. Je suis de retour dans une semaine. Dix jours au plus.

Callwood leur annonce qu'il part à la recherche d'Antoine Duncan, qui doit pêcher l'esturgeon avec sa famille quelque part vers la tête du lac. Suchenko approuve.

— C'est un bon guide, Duncan.

Callwood le détrompe.

— Il ne voudra pas venir avec nous. Il a fait un rêve au sujet de Corneau.

— Ah, les Indiens et leurs foutus rêves. Alors pourquoi tu vas le voir ?

— Pour lui demander son avis. Tenter de cerner l'aire de recherche. L'automne dernier, on est tombés sur Corneau par accident, un vrai coup de chance. On n'aura pas deux fois le même miracle.

— Alors qui sera notre guide ?

— J'ai fait l'aller-retour deux fois, je connais le chemin.

Suchenko a l'air mécontent.

— Un guide doit savoir chasser. Nous empêcher de crever de faim.

— On apporte toute la nourriture qu'il nous faut. J'ai embauché Archie Campbell.

— Michel Ross est plus capable.

— Il est lié à Corneau, de quelque manière.

— Archie est lié aux trafiquants, de quelque manière.

— Je m'en doute. Je l'embauche pour ses bras.

Suchenko n'a pas l'air convaincu. Il jette un regard critique sur le chargement du canot.

— T'apportes du courrier ? dit-il en visant le sac à dépêches.

— Je dois rendre visite à Corbutt. Son noble papa a écrit au commissaire. Il veut des nouvelles de son rejeton.

— Tu lui diras que son rejeton est maboul. Et qu'on est pas ses domestiques.

— Fin de non-recevoir, dans les deux cas. Voilà. Je suis prêt. Le temps que je revienne, les rivières à l'intérieur seront navigables.

— Oui, caporal.

— Fous-moi la paix avec ton *caporal.*

— Oui, chef.

Callwood a retenu les services d'un garçon de 16 ans qui a la réputation d'être un pagayeur hors pair. Ses parents ont consenti à le prêter au *simakanis* pour une semaine, moyennant sept dollars et deux cents cigarettes. Un bon marché. Le canot vole sur l'eau. Callwood doit trimer comme une machine pour suivre la cadence de son jeune équipier. Qu'importe. Il est heureux de la distraction. Heureux d'être arraché à son malaise grandissant.

Le vent est froid, le soleil tiède. Le chant hypnotique du bruant est reparti jusqu'à l'automne. Les juncos charbonneux volettent de branche en branche, avançant vers l'Arctique par sauts de 15 centimètres. Les mouettes se disputent les carcasses de poissons dégorgées par la glace. Jour et nuit, les oies passent en altitude. À 24 ans, Matthew Callwood s'étonne que les saisons se succèdent si vite, que le balancier migratoire marche aussi frénétiquement. Il n'y a donc rien, sur cette planète, qui se repose vraiment ? La vie lui file entre les doigts et il n'a encore rien fait.

Le soir, les flammèches de leur grand feu sur la plage fusent vers les étoiles. Les deux hommes s'emmitouflent dans leurs manteaux.

— La première division d'infanterie est arrivée à Ypres, dit Callwood à son jeune compagnon. C'est en Belgique.

Le garçon, qui ne comprend que le cri, hoche aimablement la tête.

— Mon rival, Simpson, est là-bas. Il va connaître son baptême du feu. Moi, je fais du canot.

Les yeux bruns l'observent sans sourciller.

— Il a pris ma fiancée. Elle doit se dire qu'elle a fait le bon choix.

Le garçon sourit.

— *Ékosé*, fait Callwood.

Il ne sait trop ce que ça veut dire, mais il entend souvent cette expression. *Ékosé.* Quelque chose comme « c'est bon » ou « c'est comme ça ». Ou peut-être même « tant pis », il n'en sait rien.

Le lendemain, de bonne heure, ils entrent dans l'anse qui mène à la cahute de Corbutt. Des canards partent comme des coups de feu. La toiture échevelée se déplace derrière les roseaux. Aucune trace de fumée. Ce qui n'étonne pas Callwood. La cabane occupe un terrain plat, herbeux, exposé au vent dominant du lac ; l'hiver, ça doit être parfaitement invivable. Corbutt a dû déguerpir après le solstice. Savoir s'il n'est pas déjà en route pour la capitale impériale.

Le canot éventré est couché dans l'herbe et n'a pas bougé d'un poil depuis l'automne. Aucune tentative de réparation. La piste qui vient jusqu'au chenal a été lissée par l'eau de fonte. Pas la moindre trace de bottes. Les deux hommes mettent le pied à l'eau. Le garçon promène un regard méfiant sur les lieux. Il préfère ne pas quitter la berge. Callwood avance seul jusqu'à la cabane. Le carré d'excréments adossé au mur est d'un noir uniforme. Aucun nouvel apport. Un écran en branches d'épinette barre l'ouverture. En le retirant, Callwood fait pleuvoir des aiguilles rousses.

À l'intérieur, c'est toujours aussi sombre. Des trous au niveau du sol laissent entrer un peu de lumière. Callwood jette un coup d'œil vers la caisse-bibliothèque.

Les livres ont disparu. Puis il voit une longue forme brune, couleur de terre, étendue en équerre près de la cheminée. Des lambeaux de tissu. Des mâchoires béantes. Des touffes de cheveux sur un crâne qui pèle. Des bestioles paniquées font remuer les vêtements. Dans l'âtre, les débris carbonisés des livres que Corbutt a brûlés pour se réchauffer. Le policier met un temps à comprendre. Un bruit lui arrache un cri : des souris courent sur le gril à séchage au-dessus de sa tête.

De retour au soleil. Le souffle saccadé. Expire à fond pour chasser l'odeur fruitée, écœurante qui s'attache à lui comme de l'huile. Le garçon, près de l'eau, l'observe d'un air inquiet. Callwood se retourne vers l'embrasure sombre de la cabane. La fureur lui monte à la gorge comme du vomi. C'est plus fort que lui. Il se met à gueuler.

— Connard ! Imbécile ! Tu te pensais plus futé que tout le monde. Et il faudrait que je t'enterre, maintenant ? Tu peux toujours attendre. Tu vas pourrir sur place !

Il se rend bien compte qu'il déraille. Qu'il est en train d'injurier un mort. Qu'il va effrayer son jeune engagé. Mais il ne se possède plus. Les grossièretés lui gonflent la gorge, lui piquent les lèvres. Il en est le premier étonné.

— Qu'est-ce que t'avais à foutre dans ce pays, crétin ? Avec tes fichus bouquins et ton accent de fiotte. T'es bien ici ? Tu sais vivre ici ? Eh ben maintenant, tu vas y rester. Pourriture ! Fumier !

Tout à l'heure, se dit Callwood d'une voix plus sereine, tout à l'heure je vais tenter d'y voir plus clair.

Il arrête de tourner sur lui-même, arrête de hurler. Lève les yeux sur son coéquipier qui a reculé jusqu'à mi-jambe dans l'eau, une main sur le canot, le regard ahuri.

— *Ékosé !* lui lance Callwood.

Mais l'autre n'a pas l'air rassuré. Faudrait bien que je me renseigne sur le sens de ce mot, grommelle Callwood qui, curieusement, se sent tout d'un coup délivré.

Bon, je fais quoi du macchabée ? Pas vu de pelle. Pas de gants. Pas de pierres pour lui faire une sépulture. Et le jeune n'a pas l'air disposé à jouer les croque-morts. Eh bien, mon brave Corbutt, vu que t'as commencé à nourrir la vermine, t'as qu'à continuer.

Il relève l'écran d'épinette qui sert de porte, le remet en place. Il dit tout haut :

— Dors bien, *pal* ! On repassera plus tard, quand il ne te restera que les os. Ce sera plus hygiénique.

Une voix lui souffle qu'il est en train de se moquer d'un homme mort de faim et de froid. Mais bon... Quand on court après le malheur, il arrive qu'on l'attrape.

Callwood songe à mettre le feu à la cahute, mais il se dit que l'enceinte empêche tout au moins les os de se promener. Les bêtes qui entrent consomment sur place. En descendant vers le canot, il croise le regard apeuré du jeune Cri. Le garçon désigne du menton la cabane, l'air interrogateur. Levant l'index, Callwood dessine un trait sur sa gorge. L'adolescent comprend, mais s'étonne que le *simakanis* soit de bonne humeur. Callwood arrache une feuille à son calepin, humecte la pointe du crayon.

La dépouille qui gît dans la hutte est celle d'Ernest Corbutt, Esq., citoyen britannique. Nous passerons plus tard pour assurer sa translation vers un lieu d'inhumation. Signé, Cpl M. Callwood, RNWMP.

Il roule la feuille, la glisse dans une bouteille, qu'il enfile à l'envers sur une branche de tremble.

— On fout le camp, dit Callwood en simulant de la main un canot qui prend le large.

L'adolescent ne demande pas mieux. Mais il ne pose plus tout à fait le même regard sur son employeur.

Les rivières dégorgent des paquets de glace qui se répandent sur le lac, de gros blocs translucides, striés de lumière, surmontés de couches de neige comme des gâteaux de fête difformes qui roulent mollement sur la houle. Callwood joue de l'aviron, fait du slalom entre les glaçons et les vagues, crie de bonheur quand il réussit une manœuvre particulièrement délicate. Le jeune pagayeur, à l'avant, s'étonne de voir le canot faire de grands détours inutiles pour chercher les embarras. Il commence à se demander si le *simakanis* n'est pas un peu toqué, comme l'autre énergumène mort dans son tas de branches. Tout cela le laisse songeur. Il avait imaginé autrement les Blancs.

Et quelle curieuse façon de chercher Antoine Duncan ! Tout le monde sait où est son camp de pêche : le lieu se transmet de père en fils depuis des générations. Ce n'est pas un mystère. Mais le *simakanis* les fait pénétrer dans des anses et des rivières où ils sont certains de ne pas trouver les Duncan. L'adolescent ne dit rien. Il est bien payé. Des cigarettes à volonté. Des allumettes à pleines poignées. Et son compagnon est somme toute agréable. Qu'importe, ce sont de curieuses manières.

Le vent a fait un saut de 80 degrés en soirée et prend à rebrousse-poil les vagues qu'il a lancées en après-midi. L'eau est brune et grasse, l'écume jaunâtre vole derrière les crêtes comme des cheveux de vieillarde. Callwood jette du bois flotté dans les flammes, serre contre lui les pans de son manteau, se rassoit. Son jeune compagnon est couché de l'autre côté du feu et ronfle doucement. La tente est restée dans le canot ; ils ont fait le pari qu'il ne pleuvrait pas.

Matthew n'a pas l'intention de retrouver Antoine Duncan. Il ne le savait pas en quittant la Mission. Il l'a compris en route. Au départ, il avait terriblement envie de s'ouvrir à quelqu'un, d'étaler devant une âme compatissante les cartes merdiques que lui servait le destin. Il aurait aimé un conseil paternel. Antoine Duncan est le seul homme sage qu'il connaît dans la région.

Mais il y renonce. Ça fait cent fois qu'il tourne et retourne la situation. Il n'y a pas d'issue. Le Canada tout entier suit son aventure dans les journaux. Son père a certainement lu les comptes rendus. Sa mère reçoit des compliments dans les *afternoon teas*. Elle peut relever la tête devant les femmes qui ont des fils au front.

Sa fiancée a lu l'article. Enfin, fiancée… Pamela, l'épouse de Simpson. Elle l'a certainement lu.

Tout le Canada attend l'arrestation de Moïse Corneau. Le QG divisionnaire en fait un point d'honneur. Si

Matthew se défile, c'est la honte, la fin. Il ne s'en remettra jamais. On ne lui confiera plus la moindre charge.

D'un autre côté, s'il met la main sur Corneau, il livre un innocent à la potence.

Alors que pourrait bien lui dire Antoine Duncan ? Rien. Il ne dit jamais rien, de toute manière. Mais son silence en dirait long. Et Matthew n'a pas envie d'entendre ce silence.

Des rafales couchent les grandes herbes brunes. Au ciel, le Bouvier tire à lui sa couverture de nuages. Quelques gouttes de pluie se mêlent aux grains de sable qui traversent la nuit comme de la mitraille. Callwood consulte la montre-bracelet que lui a envoyée sa mère. Une Mappin & Webb de Londres, cadeau de choix pour les fils de bonne famille qui se rendent au front. Cadran lumineux. Verre incassable. Callwood fait un calcul rapide. Il est 4 heures du matin en Europe. L'heure des assauts. Ont-ils peur, là-bas ? Ses anciens camarades de classe savent-ils que Matthew Callwood est un planqué, que le pire qui puisse lui arriver cette nuit est d'avoir la couenne trempée ?

Si je mets la main sur Corneau, pense-t-il, tout le monde sera fier de moi. Tout le monde. Sauf Antoine Duncan.

Alors ce n'est pas la peine d'insister.

Demi-tour.

18

En gravissant les trois marches du poste, il croise Michel Ross qui répond à son salut par un rictus. Toujours aussi aimable.

— Que fait Ross ici ? demande Callwood en entrant.

— Je l'ai embauché, répond Suchenko.

Carnet et crayon à la main, il fait l'inventaire des monceaux de vivres étalés un peu partout dans la salle de garde. Il fixe son supérieur d'un air assuré, trop peut-être.

— Harvey et moi en avons discuté. On fait pas confiance à Archie. On peut pas apporter toute notre nourriture. Il faut un chasseur, un vrai. J'ai retenu les services de Ross. De toute manière, il faudra au moins trois canots, six hommes, pour ramener la famille de Corneau.

Callwood réprime un mouvement d'irritation. Apparemment, Suchenko s'imagine qu'il va diriger l'expédition. Il a déjà repris son ascendant sur Harvey. Mais son raisonnement n'est pas mauvais. Vaut mieux laisser passer, cette fois.

— Corbutt est mort, dit Callwood pour faire diversion.

— Lourde perte.

— Et je n'ai pas trouvé Antoine Duncan.

— C'est pas grave, répond Suchenko, j'ai appris où se cache Corneau.

Il se dirige vers la grande carte murale et montre du doigt un espace blanc au nord-est de la rivière aux Esprits, en allant vers la baie, mais avant les basses-terres.

— Le secteur n'a pas été cartographié. Mais y aurait là plusieurs lacs et marais. Poissonneux, giboyeux.

— Comment le sais-tu ?

— Archie l'a appris des aînés.

— Je me méfie des informations d'Archie.

— J'ai vérifié auprès de Ross. Il confirme. Il y est jamais allé, mais l'endroit est connu. Un homme qui voudrait se cacher tout en faisant vivre une petite famille pourrait s'établir là. Enfin… il serait seul en diable. Et il faut aimer les mouches.

— Est-ce que Ross a toujours sa satanée chienne ?

— Non. Elle a mis bas. Une portée de chiens-loups. Même lui peut plus l'approcher.

— C'est toujours ça de gagné.

— Là ! fait Suchenko, en tapotant la carte. Notre homme est là ! Des chasseurs sont rentrés hier des camps d'hiver. Les lacs ont commencé à caler dans l'intérieur. C'est l'heure de partir !

Callwood observe attentivement son collègue et se dit qu'il répond mieux au signalement de Corneau que le principal intéressé. Des mains d'ouvrier, le cheveu noir en pointe sur le front, le col de la tunique dégrafé sur un cou de taureau, un physique de tueur s'il en est. Pas sûr qu'il apprécierait le rapprochement.

— De quoi est mort Corbutt ? demande Suchenko.

— De froid, de faim.

— Imbécile de *Brit*.

— C'est triste. Il s'est vu mourir.

— Il avait qu'à rester chez lui. En tout cas, c'est Fran qui va être heureuse de te revoir. Paraît que vous arrivez au bout du livre ?

— Il reste deux chapitres.

— L'histoire finit bien ?

— Non. L'héroïne est pendue pour avoir tué l'homme qui l'a violée.

— Ouille ! Vous avez de ces passe-temps, dans les hautes castes…

— Tu n'aimes pas les riches, Suchenko ?

— Tu pourrais peut-être modifier la fin du livre, non ? Question de pas bousiller complètement notre p'tite Fran… Elle sait pas lire, elle s'en rendra pas compte. Tu sais qu'elle veut plus nous rendre ses petits services ?

— De quoi vit-elle ?

— De rien, comme les autres. Alors tu lui tourneras une jolie fin. Ils se marièrent et eurent beaucoup d'enfants. Ça lui donnera peut-être des idées.

— Je verrai. Une dernière chose, Suchenko : c'est moi qui commande.

— J'en ai jamais douté, chef. C'est écrit depuis ta naissance.

Bon. Callwood déplace des paquets sur son bureau. Étonnamment lourds.

— Qu'est-ce que c'est ?

— Des munitions. Ah, non. Ça, c'est du chocolat. Le QG fait une fixette. Cinquante grammes par homme, par jour. C'est ce qui a permis à Amundsen de tenir jusqu'au pôle.

Callwood découvre un emballage aux couleurs de la Eastman Kodak.

— Tu veux rapporter des souvenirs, Suchenko ?

— C'est pour photographier le cadavre.

Callwood lève le regard sur son subalterne, qui hausse les épaules.

— Ben oui, normal. On va pas trimbaler un mort en plein été. On le rapporte en image, seulement. Ce sera notre preuve.

— Le QG est d'accord ?

— Leur idée.

— Il n'est pas dit qu'on va le tuer !

— Mets-toi à sa place. Tu te laisserais prendre vivant, toi ? C'est la corde qui l'attend. Non, non. Il va résister. Et c'est tant mieux. On lui troue la peau, on prend sa photo, on le fiche sous terre, et *Goodnight, Irene*.

Callwood retourne la boîte du Kodak dans ses mains, songeur. Il marmonne, comme pour lui-même :

— On ne l'aura pas.

— On l'aura.

— L'an dernier, c'était un coup de chance.

— On va le trouver, je te dis !

— Qu'est-ce qui te donne cette belle assurance ?

Suchenko s'appuie des deux poings sur la table. Le visage, en se plissant, devient noir.

— Cette photo, je la veux. Tu m'entends ? Parce que tant qu'on l'aura pas, le QG me permettra pas de rentrer, d'accord ? Alors on part sur les traces de

Corneau, on lui fait la peau et on sacre le camp. C'est le programme. Sans états d'âme. Et je te rappelle, en passant, que c'est ta faute si je suis là.

— Tu vas me le rappeler souvent ?

— Autant de fois que j'en aurai envie.

— Bien.

Callwood s'installe à sa machine à écrire, se renverse dans son fauteuil. Il suit des yeux le balancier du Regulator égrenant tout doucement les heures qu'il reste à vivre à Corneau. L'horloge ne se presse jamais. Quand ils seront partis, il n'y aura personne pour la remonter et elle va s'arrêter.

Callwood se secoue, enroule une feuille sur le tambour, commence à rédiger son rapport sur le décès de Corbutt. Le texte partira par le prochain bateau. L'abrégé sera télégraphié à partir de Fond-du-Lac.

Ernest Corbutt mort froid faim. Dépouille sécurisée. Prière d'enquérir volontés familiales. Défunt laisse femme indigène deux enfants.

Sans doute sir Corbutt voudra-t-il accorder sa protection à ses deux petits-enfants métis. Sans doute…

Callwood signe le rapport, puis contemple cette missive qui met fin à une vie. Quel gâchis. Corbutt aurait pu mourir en officier, le revolver à la main, entre deux tranchées, et tout le monde aurait fêté sa mémoire. Au lieu de cela, il se désagrège comme un vieil étron dans une cahute. Une leçon à tirer, pense Callwood.

Une voix venue de l'extérieur le tire de sa rêverie.

— Hé ho ! Qu'est-ce que vous foutez là-dedans ? On vous attend !

— Qu'est-ce que c'est ? demande Callwood.

— Harvey a organisé un vin d'honneur. Sans vin.

C'est une journée radieuse. La neige est aveuglante. Des cuvettes humides se forment au pied des arbres. Le vent est tiède. Harvey et Fran ont dressé la table sur un toboggan renversé : carré de bœuf salé, sardines, beurre, biscuits, abricots au sirop. Harvey tend une tasse de thé à Callwood. Le liquide a la couleur ambrée du darjeeling, mais il est beaucoup, beaucoup plus odorant. Le caporal fait semblant de rien.

— Je croyais qu'on avait tout brûlé, dit-il.

— Ben… presque tout, marmonne Harvey, sourire penaud.

Archie est là, mis en joie par le thé. Il a maigri, paraît encore plus jeune qu'au début de l'hiver. Sa tignasse lui tombe dans les lunettes. Il aurait besoin d'une bonne coupe de cheveux. De nouveaux verres. Et d'un veston de laine décent.

— Alors, Archie, on rempile pour une autre aventure ?

— Capitaine, je vous suivrai jusqu'en enfer !

Le regard est matois derrière les lunettes. Quand le garçon lève le visage vers le soleil, on se demande comment il fait pour voir tant les verres sont rayés.

— J'espère m'arrêter de ce côté-ci de l'enfer, répond Callwood. Connais-tu le coin où nous allons ?

— Non. Personne vit là. C'est à la limite de la forêt. Après, jusqu'à l'eau salée, c'est le *muskeg*[1]. L'été, y a des ours polaires qui se promènent sur la côte. Ils ont très, très faim…

1. Terres marécageuses. *(N.d.É.)*

— Tout a faim, dans ce pays. Tu as maigri. Rêves-tu toujours à la grande ville ?

— Sûr. Dès que j'aurai touché ma solde, je file sur New York.

— New York ! Rien de moins !

— T'es déjà allé, capitaine ?

— Je ne suis pas capitaine. New York, une fois. Je connais mieux Boston. Mes grands-parents avaient une maison d'été sur la côte.

— T'as vraiment eu toutes les chances, toi !

— Ça, tu peux le dire, grogne Suchenko en piochant dans les assiettes.

— Par ici ! crie Fran. Regardez par ici !

Elle tient un appareil Kodak à la ceinture et tente de les cadrer dans le viseur.

— D'où ça sort ? demande Callwood.

Suchenko prend la pose, lève le menton.

— L'intendance a envoyé deux Kodak. Savent pas compter, là-bas.

— Ils ont dû penser qu'on pourrait diviser nos forces.

— J'ai offert le second appareil à Fran.

Manifestement, pense Callwood, je ne décide de rien, ici. Mais Fran a l'air si enchantée de les prendre en photo, si excitée par son nouveau jouet, qu'il laisse tomber. C'est peut-être le seul cadeau qu'on lui ait jamais fait.

— Souriez ! crie-t-elle. Montrez vos tasses !

Les hommes lèvent les tasses comme pour un toast.

— Une question, Suchenko, dit Callwood. Où va-t-elle faire développer ses clichés ?

— Ouf, ça…

— Je te crois pas. C'est pas comme ça que ça finit !

Fran le fixe de ses yeux gris, les sourcils arqués par l'agacement. Ils sont seuls dans la salle de garde, de part et d'autre du fanal. Callwood vient tout juste de refermer *Tess d'Urberville* après avoir prononcé « *The End* » de sa voix la plus solennelle.

Peine perdue. Fran ne marche pas.

— Ils se marièrent et eurent beaucoup d'enfants, tu plaisantes ? Cette pauvre fille a eu que des emmerdes depuis le début, et là, comme ça, on la libère de prison et elle épouse son Angel ?

— Pourtant, je te jure…

— Jure pas. C'est Suchenko qui t'a demandé de bricoler cette fin ? Il en finit plus de me coller aux jupons.

— Il ne voulait pas que tu sois déçue.

— C'est ça. Alors, ils l'ont pendue ? Ils ont pendu Tess ?

— C'est bon, je vais lire…

— Non, c'est pas la peine, dit Fran en se levant d'un bond. Suchenko est un cochon, mais il a raison. Je veux pas savoir comment ils l'ont tuée, la pauvre.

— En fait, c'est décrit avec beaucoup de tact.

Fran est furieuse.

— C'est toujours la même maudite chanson ! Les femmes et les enfants prennent les coups. Et l'homme, lui, il se reboutonne la braguette et fait l'important.

— Donc tu ne veux pas que je termine…

— Tu me le liras à ton retour.

Elle est allée se poster devant la grande carte. Elle met le doigt sur la ficelle colorée qui délimite l'aire de recherche et qui a la forme d'un nœud coulant.

— C'est là que vous pensez l'attraper ?

— Oui.

Elle a dû manquer de nourriture en grandissant, pense Callwood. De dos, elle a l'air d'une fillette de 12 ans.

— Mais tu m'as dit qu'il est innocent, fait-elle.

Callwood perd pied un instant.

— En fait… Ce n'est pas à moi de juger. J'ai reçu l'ordre de l'arrêter. C'est tout.

— Sauf que, sans toi, on lui fichait la paix.

— Je ne pouvais pas savoir. Au départ, je n'étais même pas certain qu'il existait. Tu aurais pu me prévenir.

— Mais voyons, fait-elle sans se retourner, personne ne s'attendait à ce que tu réussisses !

— Oui, ç'a été la surprise générale…

— Tu m'as dit qu'il a une femme, des enfants. Qu'est-ce qu'il va leur arriver ?

— Je n'en sais rien. Sa femme a certainement de la famille dans le coin. Ils vont la recueillir.

— Un temps, oui. Mais les gens sont pauvres. Qu'est-ce qu'il va leur arriver à la longue ?

— Comment veux-tu que je le sache ?

Elle se retourne vers lui, le regard fulminant.

— Tu sais très bien ce qui se passe avec ces femmes et ces filles. Fais pas l'hypocrite !

Callwood sent la honte lui monter aux joues. La honte, et un début de colère. Elle n'est pas raisonnable.

— Je suis policier, énonce-t-il. J'applique les lois.

— Je suis la pute des policiers. Vos lois, je sais ce que vous en faites.

Il lève les mains, exaspéré.

— Que veux-tu que je fasse ?

— Invente une nouvelle fin. Dans le genre « il échappa aux *pattes jaunes* et fut heureux pour des siècles et des siècles ».

Callwood revoit le visage de Corneau, l'air hanté qu'il a pris en parlant de sa fille.

— Il n'y croirait pas lui-même.

— Qu'est-ce que tu veux dire ?

— Mets-toi à sa place. Il essaie d'élever sa fille en pleine brousse. Il lui apprend à lire avec des bouts de branches, lui fait la classe avec un seul livre débile, alors qu'il sait à peine lire lui-même. Comme tu dis, ça ne peut pas durer. Un jour, la petite aura 15 ans, 16. Il fera quoi, alors ? Il est dans une situation intenable. C'est sans issue. Il le sait. Il n'en dort pas la nuit.

— Et toi, tu vas le tirer d'affaire en le faisant pendre. Avec tact, c'est ça ?

— Mais qu'est-ce que tu as contre moi, ce soir ?

Elle baisse un menton mutin, pince les lèvres. Son visage pâle est adouci par la lumière du fanal. Callwood doit faire un effort pour se rappeler que cette femme est de dix ans son aînée. Elle reprend doucement :

— Je sais que c'est pas ta faute. Mais t'es quand même responsable. S'il est innocent et que tu le livres…

— Je vais obtenir un nouveau procès.

Elle lève les yeux.

— Tu peux faire ça ?

— Enfin, je vais essayer, avec l'aide de mon père.

En le disant, il trouve l'idée bonne.

— Oui, fait-il. Dès que Corneau est acquitté, ses problèmes sont réglés. Il peut s'installer où il veut. Envoyer sa fille à l'école. Mais tant qu'il est fugitif, même s'il nous échappe, son avenir est bouché.

Elle l'observe un moment, incertaine, ne sachant trop si elle doit le croire. Avant de trancher en sa faveur, apparemment. Elle se déplace devant la lampe à pétrole, créant une ombre dans la salle de garde.

— J'ai une dernière chose à te demander, dit-elle en plongeant son regard dans le sien. T'as jamais voulu que je te rende le petit service. C'est parce que je suis trop vieille ? Je te plais pas ?

Callwood sent la chaleur lui monter aux oreilles. Il sait qu'il va bafouiller.

— Non. Pas du tout. Je ne sais… En fait, j'ai une fiancée.

— Qui est mariée à ton ami. Suchenko me l'a dit.

— Il pourrait se mêler de ses affaires, Suchenko.

— Il serait pas policier. Ça fait une drôle de fiancée, quand même.

Elle le regrette aussitôt, tant l'homme devant elle a l'air peiné. Il se lève pour ranger le livre. Elle lui bloque le chemin.

— En fait, dit Fran, ça me plaît assez que tu m'aies rien demandé. Ça change un peu. J'y croyais plus.

Elle s'approche de lui, se met sur la pointe des pieds. Il croit qu'elle va l'embrasser. Au lieu de cela, elle saisit rudement les pans de son col militaire, les agrafe l'un à l'autre.

— Alors, mon petit gars, tu vas écouter ta vieille Fran. Fais attention à toi. Innocent ou pas, Corneau est dangereux. Les chasseurs d'ici l'ont déjà vu à l'œuvre. Il est plus fort que toi.

— Antoine Duncan me dit la même chose.

— Tu peux le croire. Tu fais pas le poids.

— Merci pour le vote de confiance.

— Tu m'apprendras à lire, à ton retour ?

— Promis.

— Une condition : te fais pas tuer.

Elle se hisse sur le bout de ses grosses bottes et lui plante un baiser sur la joue. Tout ce qu'il y a de plus maternel.

19

Le voilier *Cataraqui* court sur la vague devant un vent chaud du sud-ouest.

— Bordez, monsieur Ryder, à plat !

— *Aye, skip !* À plat !

La grande voile s'incline vers l'eau. Le pont gîte, l'eau siffle comme mille serpents. À droite, le lac Ontario est un brasier aveuglant de lumière blanche. Les haubans vibrent. Les penons claquent. Voici l'île Simcoe et la ligne d'arrivée.

— Embraqueur, la trinquette !

— Ça vient, *skip* !

Une vague explose. Puis une autre. Des gerbes étincelantes crépitent contre le pont. Les jeunes équipiers sont habillés de blanc, un foulard bleu au cou, une ancre brodée sur la poche de poitrine. Ils sourient à pleines dents à travers les embruns. Le port s'ouvre devant eux. Les pavillons et banderoles du yacht-club apparaissent derrière les arbres.

— Au plus près… Comme ça. Tenez bien…

L'île aux Serpents passe à bâbord.

— Choquez les écoutes !

Le bateau se redresse. Le vent diminue, la chaleur augmente de moitié. Les équipiers lèvent des regards pleins d'espoir sur Matthew « Frank » Callwood qui fixe son chronomètre.

— Eh bien, messieurs…

Un colosse roux, à l'avant, exécute un roulement de tambour à mains nues contre un panneau d'écoutille.

— Merci, monsieur Manley. Toujours aussi musical…

— Ré-sul-tat !

— Pas trop mal, dit Matthew. On retranche trente-deux secondes à notre performance de la semaine dernière.

Le colosse lève les poings dans les airs et se dandine des hanches.

— C'est dans le sac, les gars. La coupe est à nous !

— Les Yanks vont rentrer bredouilles !

— Hourra pour le skipper ! *Hip hip…*

Une main sur la roue, le skipper se fend d'une courbette théâtrale. Les autres applaudissent en riant. Un peu casse-fer, le *skip*, il ne ménage pas le matériel. Mais puisque c'est son père qui paie les avaries…

Le *Cataraqui* rentre au port à petites voiles. L'employé du yacht-club vient vers eux dans sa chaloupe. En un rien de temps, le bateau est amarré, les voiles serrées, les écoutilles vissées. Matthew livre ses dernières instructions à l'employé qui s'occupera de laver le pont et les toilettes. L'homme retire sa casquette pour toucher son pourboire. Dans la chaloupe, on fait une place au skipper.

— La première tournée est pour moi ! s'écrie le costaud qui agrippe les rames.

— Pas question, dit Matthew. Prérogative du capitaine.

— Ah, si tu y tiens…

La chaloupe file vers le quai. Un mélange de voix et de musique parvient jusqu'à eux.

— Y aura du monde, ce soir, fait le rameur en tournant le regard vers la berge.

— C'est l'orchestre qui répète, là-bas ? Qu'est-ce qu'ils jouent ?

— *Moonlight Bay.* On n'entend plus que ça.

— Même ma mère en raffole. C'est vous dire.

Perdu dans ses pensées, Matthew observe le parc qui semble pivoter sur lui-même à mesure qu'ils le contournent, comme un carrousel planté de jeunes chênes. Des pique-niqueurs se reposent à l'ombre. Au loin, en plein soleil, des femmes auréolées de lumière déambulent sous des ombrelles. Des enfants entourent un poney. Des hommes fument. Un parfum de lys, d'héliotrope et de cigare se répand sur les pelouses, avec une note de latrines, à l'occasion. Les arbres bruissent agréablement. L'air est chaud, moelleux.

— Qu'est-ce que tu marmonnes ? demande son voisin de siège.

Matthew se secoue légèrement.

— Je me dis qu'on vit peut-être là les meilleurs moments de notre vie.

Devant le regard perplexe de son voisin, il précise :

— On ne sera peut-être jamais aussi heureux qu'en ce moment.

Le voisin digère la réponse.

— Pas sûr d'apprécier, dit-il.

— Moi non plus, rétorque le colosse qui tire sur les rames. Pourquoi ce serait pas mieux dans cinq ans, dans dix ?

Un autre répond :

— Parce que tu seras vieux, idiot !

Matthew hausse les épaules, tente de s'expliquer.

— Je ne dis pas qu'on sera forcément malheureux…

— Ho, les gars, intervient l'embraqueur, faut comprendre le *skip*. Il n'a plus rien à attendre de la vie. Être le fiancé de Pamela Stowe, c'est le pôle Sud. L'Everest. La croix de Victoria. Après, y a plus rien.

— Faux ! lance un autre. Après, il y a le privilège de ramper à plat ventre devant Pamela Stowe. Et ça peut durer longtemps.

Ils s'esclaffent tandis que Matthew acquiesce de la tête, un sourire d'autodérision aux lèvres. La plus jolie fille de la ville va devenir sa femme. Que les autres l'envient un peu n'est pas pour lui déplaire.

— *Hel-lo !* lance Manley, c'est pas la petite Bev qui est là-bas ? Celle qui est serveuse au comptoir du Woolworth ?

— Où ça ?

— Près de l'échoppe à glaces…

— C'est elle !

— Sa copine, la blonde potelée, elle s'appelle comment déjà ? Allez, les gars, aidez-moi ! Judith, Julia, June ?

— Joan. C'est Joan. Croquable, la petite Joan.

— Et souvent croquée, paraît-il.

— Voilà mon affaire ! s'écrie Manley en grimpant sur le quai.

— Et cette bière que tu nous as promise ?

— À ce soir !

— Oh, le traître ! Nous laisser tomber pour une blonde potelée !

— Tiens, il sait courir !

— On se revoit tout à l'heure ? demande Ryder, régleur de grande voile. Pam t'accompagne ?

Matthew sourcille.

— Elle déteste qu'on l'appelle Pam.

— Tu la dompteras, va. Ou alors tu te feras bouffer tout cru. C'est à voir.

Matthew rompt d'un geste et s'éloigne, sourire en coin. Voilà une conversation à ne pas relayer à sa future.

Il passe chez lui, apprend que sa mère est sortie, jette un œil sur le *Spectator*, encore plié sur la console du hall, signe infaillible que son père n'est pas encore rentré.

— Daisy, tu pues ! Qu'est-ce que tu as mangé ?

Une vieille chienne jaune, roulée dans son panier sous la console, lève un museau grisonnant pour que Matthew lui gratte le menton.

— *Cook* t'a encore donné des oreilles de mouton, c'est ça ? T'es une infection, ma vieille. Une arme chimique.

La chienne tape amoureusement de la queue contre les pieds du meuble. Matthew déplie le journal. C'est devenu une manie. Une dépendance. Il parcourt les grands titres, avide de nouvelles alarmantes. Il passe vite sur la guerre en Macédoine – jamais rien compris aux Balkans. La Royal Navy se dote d'une force aérienne. Voilà qui serait plaisant, pilote de marine, pourvu que l'uniforme soit seyant. Mais bon, Matthew n'y croit pas trop. Depuis que la France et l'Allemagne se sont accrochées à Agadir, tout le monde parle de guerre, on en voit partout les présages, on l'attend de mois en mois, et il ne se passe rien. Il pose le journal et monte se changer.

Sa chambre donne sur le parc. Par les fenêtres, quand les stores extérieurs sont levés, il voit le grand lac Ontario au loin. Aujourd'hui, ils sont baissés, assurant une agréable pénombre dans la pièce. Ses vêtements fraîchement repassés reposent sur le lit. Il se fait couler un bain – son père a demandé qu'on installe l'eau chaude trois ans plus tôt, sa mère sursaute encore quand cogne la tuyauterie –, se glisse dans l'eau et, avant même de pouvoir se savonner, s'endort. Il est à la manœuvre depuis l'aube.

L'eau froide du bain le réveille. On frappe à la porte. C'est sa mère qui appelle.

— Matthew ! Es-tu toujours vivant ?

Il se passe la main sur le visage, s'ébroue dans l'eau.

— Je me suis endormi, lance-t-il vers la porte. Quelle heure est-il ?

— Bientôt 16 heures.

— Aïe ! Je vais être en retard. Pamela ne sera pas contente !

— Oh, tu sais…, fait sa mère en s'éloignant dans le couloir.

Il se lave sans réchauffer l'eau, pour faire vite et pour se punir, puis se précipite dans la chambre, où il enfile son costume. Blazer et pantalon sable, chemise blanche, cravate de couleur, chaussures en tissu clair. Il se poste devant le miroir pour nouer la cravate, fait l'examen de sa personne. Il aimerait ressembler aux ancêtres latins de sa mère, des paysans noueux aux visages ravinés et aux mentons forts. Sa figure à lui est carrée, pleine, très anglo-saxonne. Presque *beefy*, pense-t-il. Attention aux bajoues. Il se félicite de n'avoir pas pris de bière à midi. Un coup de brosse dans ses cheveux châtains. Voilà, prêt. Un dernier coup d'œil par la fenêtre : le grand lac se couvre de moutons, les arbres se balancent. Si le vent peut tenir, le *Cataraqui* va faire un malheur.

Sa mère l'attend au pied du grand escalier.

— Oh ! Comme il est beau, mon fils !

— Ce n'est pas trop, tout ce beige ?

— Mais non, c'est la mode !

— C'est déjà plissé.

— Fripé, dit-elle en le corrigeant. Plissé, c'est quand c'est voulu.

— Fripé, alors.

— C'est le lin. Très chic en été. Fais voir les chaussettes… Ah, c'est bien, oui.

Elle se met sur la pointe des pieds, ajuste sa cravate. Elle est toute menue, sa mère, toujours tirée à quatre épingles, parfumée, jamais un cheveu en cavale. Matthew demande :

— Tu iras au bal du yacht-club, ce soir ?

— Mais non. Ce n'est plus de mon âge.

— Ton âge, ton âge… Il y aura un feu d'artifice.

— Voilà, dit-elle, en lissant le tissu sur ses épaules. Je sens que tu vas faire chavirer des cœurs.

— Voyons, maman. Tu sais bien qu'il n'y a qu'un seul cœur pour moi.

Elle plonge le regard dans le sien, paraît hésiter, puis lui tapote la joue.

— Tu es très jeune. Elle aussi. Il arrive qu'on choisisse trop vite.

— Non, pas moi. Je t'assure que je ne changerai pas d'avis.

Elle pousse un faible soupir, puis lui pose un baiser sur la joue.

— La vie est pleine d'imprévus, tu sais. Et ce n'est pas plus mal.

Une fois sur le perron, il enlève le blazer et le balance sur son épaule, pour faire plus décontracté. La ville est pleine de régatiers américains qui sont relax en diable et qui donnent aux Canadiens le sentiment d'avoir dix ans de trop.

Il faut quatre minutes pour se rendre à pied de la maison des Callwood à celle des Stowe, au bout de la rue. Matthew est persuadé qu'il pourrait faire le trajet les yeux bandés et s'arrêter pile devant le grand portillon en fer forgé. La demeure des Stowe est trapue, en pierre grise, au toit mansardé, du style que les Américains appellent *General Grant* et qui remonte, en réalité, au Second Empire. Le juge Callwood trouve que ça fait tape-à-l'œil. « S'il existait des gâteaux d'enterrement, dit-il, ils auraient cette allure. » Mais sa désapprobation tient peut-être moins aux goûts architecturaux de ses voisins qu'à la genèse de leur fortune. La rumeur veut que le grand-père ait trempé dans le scandale du Canadien Pacifique. Depuis deux ans, la famille exploite une concession de voitures à moteur, ce qui, en 1912, dégage encore un petit relent de maquignon. Pour ne rien arranger, les Stowe sont des méthodistes. Les Callwood sont anglicans. *High Anglican*.

Matthew connaît Pamela depuis l'enfance. Ils ont évolué dans la même meute de jeunes, se retrouvant à la plage, dans les terrains de jeu ou aux fêtes municipales, jusqu'à ce qu'elle parte pour la *finishing school* des demoiselles Guerrier à New York. C'est à son retour que Matthew a découvert que sa copine était aussi une femme et qu'il en est tombé amoureux. Ils se sont promis l'un à l'autre au printemps, mais sans l'annoncer formellement, sentant d'instinct que leurs familles avaient besoin d'un peu de temps pour se faire à l'idée. Par contre, leur union future est chose acquise pour la jeunesse dorée de la ville.

Le soleil baissant allonge de grandes ombres à travers l'allée et la pelouse des Stowe. Des entassements de giroflées, de nicotianas et de phlox chargent l'air de parfums un peu lourds. Des palmiers chinois en boîte flanquent le grand perron de pierre. Matthew remet son veston, au cas où il tomberait sur ses futurs beaux-parents. La petite bonne qui lui ouvre lui apprend que mademoiselle Pamela est sur le patio arrière. « Si monsieur veut bien patienter… » Elle le conduit à la bibliothèque et s'éclipse aussitôt. Au-dessus de la cheminée, contre un lambris en acajou, est posé un grand portrait de Pamela, peint durant sa dernière année à New York. Un jour, se dit Matthew, ce tableau sera accroché dans ma maison. Il ne s'en lassera jamais.

Elle prend la pose à côté d'une balustrade en pierre, devant un paysage de fin de journée, la tête et les épaules nimbées de nuages mauves lisérés d'or. Une montagne, au loin, s'enfonce dans la nuit. On dirait que la jeune femme est venue prendre le frais au balcon en attendant le bal. Elle est assise, les mains jointes sur un éventail en plumes d'autruche. La jupe de satin rose bouillonne autour de ses hanches. Le haut du corsage en tulle s'arrête sur un décolleté pigeonnant, mais chaste, au-dessus d'une ceinture de soie très cintrée. Les épaules et les bras sont nus, couleur d'ivoire. Tout, dans l'allure de la jeune femme, indique qu'elle se plie par convenance à la nécessité de poser, mais qu'elle aurait mieux à faire. Le visage légèrement renversé fixe l'observateur d'un air un tantinet sardonique. Comme si elle vous pardonnait de la retenir inutilement. Les sourcils sont un peu forts, la bouche un peu large. Il se dégage des yeux une intelligence et une volonté qui frappent. On se dit, en la voyant, que cette femme sera une force dans la société. À la limite, il y a quelque chose de mâle dans ses traits. C'est tout sauf le portrait d'une ingénue. Pourtant, la chevelure brune et somptueuse, les épaules émergeant du tulle vaporeux, les bracelets d'or contre les bras moelleux rendent songeurs tous les hommes qui se campent devant ce tableau.

Des pas dans le couloir. Il s'attend à voir Pamela. C'est encore la bonne.

— Mademoiselle a des invités, elle vous invite à les rejoindre au jardin.

Il en ressent un faible dépit. Mais il faut s'y plier. Pamela est une hôtesse remarquable, elle reçoit beaucoup. Les demoiselles Guerrier ont fait du bon boulot. Il pénètre tout juste dans le salon vert-d'eau lorsque Pamela entre par les portes françaises du jardin, suivie de deux jeunes femmes et d'un homme qui fait la courbette en tenant la porte pour ses compagnes.

— Le vent devient gênant, explique Pamela en voyant Matthew. Nous serons mieux ici.

Elle est à peine moins élégamment mise que sur le tableau. Étonnant, tout de même : ils se rendent à un bal sur l'herbe. Elle a revêtu une jupe fourreau à taille haute. Une écharpe de soie ornée d'un bijou lui serre les côtes sous la poitrine. Ses copines en robes de dentelle blanche sont mieux équipées pour la soirée qui s'annonce.

Pamela ne l'embrasse pas, se contentant de poser très légèrement la main sur son bras avant de se retourner vers les invités.

— Matthew, dit-elle, tu connais Frederick Simpson, n'est-ce pas ?

Il porte son attention sur le grand jeune homme qui est entré derrière les femmes.

— De nom seulement, dit-il en tendant la main. Vous avez été rédacteur en chef de notre journal de droit. Vous êtes une légende, à la faculté.

— Trop honoré, fait Simpson.

Il est en costume de soirée. Aussitôt, Matthew se sent ridicule dans son complet de lin plissé. Fripé. Ce n'est pas que l'autre soit très beau. Simpson est plutôt maigre, pâle, il affiche une calvitie naissante et porte le pince-nez. Mais il est grand, possède un visage régulier et une gravité qui impressionne.

— Vous êtes en pratique privée ? demande Matthew.

— Je suis adjoint au solliciteur général. Je prépare mon doctorat en droit constitutionnel. À mes heures.

Ouf… Matthew a le sentiment désagréable de se trouver devant un vrai. Lui-même s'est inscrit à la faculté de droit par manque d'imagination. Il n'est même pas sûr d'aimer, tandis que Simpson est en voie de devenir un érudit.

— Je constate que votre réputation de juriste est bien méritée.

— Pamela me dit que vous faites de la voile.

— À mes heures.

Il n'aime pas cette façon qu'il a de parler de Pamela. Quand Simpson prononce le nom de la jeune femme, il lui vient une petite musique de propriétaire dans la voix.

— Si vous êtes là demain, dit Matthew, vous pourrez assister à la course.

— Le cabinet se réunit demain.

Il n'ajoute pas « jeune homme », mais ça y est presque. Matthew se sent comme un morveux devant un lord. N'empêche que l'autre devra prendre le train aux petites heures s'il veut gagner la capitale, il ne va pas veiller tard. C'est toujours ça.

Les jeunes gens s'assoient. La conversation reprend sur le thème entamé au jardin : une adolescente de Toronto a remporté un prix offert par un quotidien pour avoir tué un demi-million de mouches en six semaines.

— Vous avez vu la photo ? s'exclame une des copines. Elle est dans un terrain vague, entourée de cages à mouches. L'horreur !

— On dit que c'est invivable dans ces quartiers, fait Pamela.

Depuis son passage à New York, elle termine ses phrases sans desserrer les dents, ce qui, paraît-il, est du dernier chic. Pour une raison quelconque, Matthew trouve cela irritant, et particulièrement ce soir.

Pourtant, il suffit à la jeune femme d'avancer le bras vers un guéridon, de cambrer la taille en lançant une réplique un peu vive ou de remuer les jambes sous le tissu satiné de la jupe pour que l'ensorcellement opère pleinement. Matthew se garde d'imaginer à quoi peut ressembler le corps de sa fiancée, de peur d'avoir l'air gaga devant les autres. Il observe Simpson du coin de l'œil et se demande s'il est envoûté comme lui. Le pâle doctorant ne laisse rien paraître. Mais il est certainement charmé. Qui ne le serait pas ? Tant mieux, pense Matthew. Il veut qu'on admire sa femme. Quand elle penche le buste en riant, les yeux noisette étincelant d'intelligence, Matthew n'en revient pas d'être l'élu. Jusqu'à présent, ils n'ont échangé que des baisers ; elle ne lui permet pas d'aller plus loin. Il s'inquiète un peu de la trouver si maîtresse d'elle-même, mais la foi méthodiste y joue certainement pour beaucoup. Une fois le mariage célébré, se dit-il, elle se laissera aller. De toute manière, qu'elle soit sensuelle ou sévère, Matthew n'imagine pas aimer une femme qu'il ne puisse d'abord révérer.

Quand elle lui avait montré pour la première fois le tableau dans la bibliothèque, Pamela s'en était moquée en disant que c'était sa version Marie-Antoinette, une lubie de ses parents. Matthew, ébloui, avait demandé : « Tu as toujours cette robe ? Tu pourrais la porter pour moi ? » Pour toute réponse, elle avait ouvert la bouche, entre le sourire et la suffocation, le fixant de ses yeux brillants, comme s'il venait de lui proposer une indécence. « *Certainly not !* » s'était-elle écriée. Mais il avait cru déceler dans son regard tout le plaisir qu'elle prenait à être adorée.

Très habilement, Pamela a écarté le sujet des mouches. La conversation se porte sur le mariage prochain de deux enfants de la haute société. Matthew ne peut pas dire que ça le passionne, mais il note que Simpson a l'air encore moins emballé que lui. Le doctorant se tient très droit dans son fauteuil, raidi par son plastron, avec la mine polie d'un maître de maison qui laisse sa femme mener la conversation. Ses mains soignées et blanches reposent négligemment sur les accoudoirs du fauteuil. Même s'il est rasé de près, le poil très noir du menton crée un contraste désagréable avec la peau blême. Matthew note aussi une demi-lune rougeâtre à l'avant du crâne, là où les cheveux ont battu en retraite. Il a dû se taper un traitement anti-calvitie, pense Matthew avec une joie secrète. Il se le reproche aussitôt, mais c'est vrai que Simpson a l'air d'une plante étiolée à côté de lui. Une patate germée dans une cave, pense-t-il plaisamment. En voilà un qui ne ferait pas merveille dans un assaut à la baïonnette. Ce n'est pas sa faute, bien entendu.

Cela dit, on a peut-être assez diverti le grand pâlot, non ? Matthew cherche le regard de sa promise.

— Il faudrait y aller, suggère-t-il. J'entends l'orchestre.

Une lueur d'agacement traverse les beaux yeux de Pamela. Elle s'apprête à lui répondre quand Simpson s'extirpe de son fauteuil et bondit sur ses pieds.

— Je vous laisse, fait-il en se redressant. Je dois partir très tôt demain.

— Comme c'est dommage, dit Pamela. Je vous raccompagne.

Matthew lui serre la main, reste cinq minutes au salon avec les deux copines qui piaillent comme des poussins, puis se lève pour rejoindre sa fiancée. En entrant dans le hall, il s'étonne de ne pas la voir.

— Matthew !

C'est madame Stowe, debout dans la bibliothèque, les mains jointes à la ceinture, paumes vers le haut.

— Pamela est montée dans sa chambre, dit-elle.

C'est une dame aux cheveux gris, au visage encore frais, mais au maintien sévère. Sa robe prune à col monté fait contraste avec le décolleté qu'affiche sa fille sur le tableau posé derrière elle.

— Elle est allée se changer ? demande Matthew.

— Vous avez fait connaissance avec monsieur Simpson, n'est-ce pas ? Un jeune homme admirable, à tous points de vue.

— C'est un juriste réputé, dit Matthew pour être agréable.

— Ah ! Il a un grand avenir devant lui, très certainement. Vous savez qu'il est d'une famille illustre ?

— Non, je l'ignorais.

— Sa mère est une McTavish de Montréal.

— Ah bon. Ma mère aussi est de Montréal.

— Mais eux vivaient sur la montagne.

Donc, richissimes.

— Une très vieille famille, ajoute madame, qui a beaucoup compté dans l'histoire du pays.

— Je n'en doute pas.

— Vous faites de la voile demain. Une course, c'est ça ?

— Oui.

— C'est tout naturel. Monsieur Simpson jouait au polo, je crois, mais il y a renoncé.

— L'âge, sans doute.

— Non, dit-elle.

Et d'une voix terriblement sincère, les yeux plantés dans les siens, elle articule :

— « Lorsque j'étais un enfant, je parlais comme un enfant, je raisonnais comme un enfant ; mais lorsque je suis devenu homme, j'ai rejeté tout ce qui était de l'enfant. »

— Excusez-moi, je…

— Saint Paul. Première épître aux Corinthiens.

— Il parlait de polo, vous croyez ?

Elle sourit, secoue gentiment la tête.

— Non, dit-elle, mais il vient un moment où il faut tourner la page sur les tocades de jeunesse.

— Telle… la voile ?

— Ou certaines amitiés, au charme incomparable à n'en pas douter, mais qui doivent céder le pas aux obligations de la vie adulte.

Matthew doit avoir l'air perdu. Madame Stowe lui met les points sur les i.

— Pamela ne sortira pas ce soir. Nos meilleurs vœux vous accompagnent demain. Et pour la suite.

Il se retrouve sur le grand perron, perplexe. Il n'a jamais porté attention à la mère de sa fiancée. Les femmes vieillissantes sont à peine visibles pour les jeunes hommes. Quand elles s'habillent en souris dévote, elles disparaissent tout à fait. Matthew ne sait pas quelle importance accorder à ce qu'il vient d'entendre. Il lève un regard irrité vers les fenêtres à l'étage. Mais il ne sait pas de quel côté est la chambre de Pamela. Elle aurait pu s'expliquer, quand même. Qu'est-ce que ça veut dire ? Qu'elle s'est entichée de la patate germée ? Évidemment que non. Alors, quoi ?

Matthew soupire d'énervement et dévale les marches. Il a le sentiment de faire les frais d'un petit jeu féminin. Quelque chose sorti d'un roman. Une complication à l'eau de rose pour faire pâtir l'amant, c'est-à-dire lui. Un peu plus tôt, pendant que madame lui citait saint Paul, il a vu les deux copines s'enfuir derrière leurs mains baguées. En traversant le hall, elles lui avaient jeté un regard compatissant, mais terriblement avide, où se lisait l'envie d'un bon potin à mettre en circulation.

Il décide de faire l'impasse sur le bal du yacht-club, de se coucher de bonne heure pour être d'attaque aux aurores. Pourvu que Manley ne se beurre pas la gueule au-delà de la moyenne. Pendant les douze prochaines heures, jure Matthew, je n'aurai d'autre pensée que pour la victoire.

Le lendemain, bon frais, déferlantes et embruns. Manley est malade comme un chien. Les changements de voile, à l'avant, manquent de précision. Qu'importe, le *Cataraqui* vole sur l'eau, en première place jusqu'aux trois quarts de la course, tout juste devant les Yanks qui n'arrivent pas à lui prendre le vent. Ils viennent d'effectuer le dernier virage, la grand-voile s'incline sous une bourrasque. Soudain, le pataras pète comme une corde de guitare. L'a-t-il imaginé ? Matthew a cru sentir le vent du câble sur sa nuque. Un peu plus et il était scalpé. Ses équipiers écarquillent les yeux.

— Choquez les voiles, toutes !

Il met vent debout, laisse battre les voiles pour éviter le démâtage. Le *skip* américain, en les dépassant, les salue d'un grand sourire, la main à la visière.

Ils arrivent à la marina, déchus, bons derniers, sous un gréement de fortune, tractés par leurs seules voiles avant. Manley fait la gueule. Il laisse entendre, à demi-mot, que le skipper aurait pu éviter l'avarie. Matthew s'échauffe.

— T'aurais fait quoi, toi ?

— J'aurais ménagé la machine.

— L'Américain nous collait au train !

— Il faisait exprès, il te connaît ! Tout le monde te connaît. *Bordez, bordez, bordez !* T'as que ça à la bouche.

Callwood veut se défendre.

— C'est bien comme ça qu'on gagne, non ?

— Faut croire que non.

Peut-être ont-ils raison. Au fond de lui-même, Matthew se demande s'il n'a pas manqué de finesse dans la manœuvre. C'est vrai qu'il a du mal à se retenir quand ça chauffe.

— Bon, ce sera pour une prochaine fois, dit-il.

— Sans moi, fait le colosse en ramassant ses affaires, j'en ai plein le dos.

— Mais voyons. Tu n'es pas sérieux. C'est le gin qui parle.

— Ouais ? Eh bien, tu peux l'écouter, le gin. Parce qu'il te dit la vérité.

Matthew s'avance pour le retenir, mais Ryder lui prend le bras.

— Laisse. Il va changer d'air quand il aura dessoûlé.

— Tu crois que j'ai trop forcé, toi ?

Son régleur de grand-voile hausse les épaules, un peu gêné.

Pamela n'est pas sur le quai. Matthew se rend chez elle pour lui raconter le désastre. Il sonne longtemps, longtemps, avant que la bonne vienne ouvrir. « *Miss* Pamela, lui dit-elle, est allée rendre visite à sa tante à Albany. Elle y sera une bonne semaine. Sinon plus. »

Cette nuit-là, cherchant le sommeil, il se revoit dans la bibliothèque des Stowe, devant le tableau de Pamela en gloire. La jeune fille est à ses côtés, en chair et en os, belle comme le jour dans son tricot de golf. Ils viennent de renouer connaissance. Elle lui montre le portrait avec un petit geste de dérision, se gausse de la vanité de ses parents. « Quelle horreur ! » dit-elle, en jouant la confusion. Mais il se souvient aussi que, tout le temps qu'ils ont été dans la bibliothèque, elle n'a pu s'arracher au tableau, elle y revenait sans cesse, comme si elle découvrait là une version insoupçonnée d'elle-même, inespérée mais vraie, la révélation de ce qu'elle était appelée à devenir.

Le lendemain, en rentrant de la marina, les mains toutes râpeuses de vernis séché, il trouve une lettre sur la console du hall. Une seule page, fragrante, à l'écriture léchée. *Mon très cher ami,* commence-t-elle. Elle se désole du « malentendu » qui s'est glissé entre eux, s'en veut cruellement de n'avoir pas compris que cette relation prenait pour lui une importance démesurée, qu'elle en a pleuré une partie de la nuit – chose qu'il a peine à imaginer –, qu'elle s'en accuse et s'en mortifie, qu'elle le chérira toute sa vie comme un grand frère et comme le plus tendre des conseillers, mais qu'elle ne peut accéder à son désir le plus vif. Elle lui demande pardon pour le mal qu'elle lui fait et signe *Ta sœur affligée et pourtant affectueuse, Pamela.*

Une petite tache, au bas de la lettre, révèle peut-être le point d'impact d'une larme.

De la belle ouvrage. Les demoiselles Guerrier peuvent être fières.

Deux jours plus tard, les bans de mariage paraissent dans le journal.

20

— *Move it, damn you ! Keep up !*

Les lacs et les rivières, à l'intérieur, sont encore obstrués de glace. Les trois canots – deux Chestnut de dix-neuf pieds, un de seize – sont ficelés sur de grands toboggans traînés par des chiens et des hommes. Des masses de glace grisâtre collent aux traîneaux et aux raquettes. Les laçages en cuir d'orignal absorbent l'eau, se distendent. Les hommes s'arrêtent sans cesse pour les replacer et souffler.

Suchenko les houspille sans merci. Il les réveille au milieu de la nuit pour marcher durant les heures de gel, quand la neige et la glace peuvent encore les soutenir. Vers midi, la surface foireuse des lacs se transforme en gadoue couleur de pissat. Les hommes s'y enfoncent jusqu'aux mollets.

— Traversez ! La glace est bonne en dessous !

Pas toujours. Mais Suchenko s'en fout. Un après-midi, un jeune engagé s'est volatilisé. Un vrai tour de magie. Le garçon avait mis le pied sur une croûte de neige tendue sur du vide, là où une ancienne crue s'était retirée. Un grand plouf était sorti du trou. En s'approchant du bord, les autres ont aperçu le gars au fond du cratère ; il avait fracassé une seconde couche de glace et baignait dans l'eau jusqu'aux épaules.

— Allumez un feu ! a ordonné Callwood en voyant le garçon émerger du trou, pâle de frayeur et tremblant de froid.

— Pas la peine, a tranché Suchenko.

— Tu plaisantes ? Il va geler !

Suchenko a asséné une grande tape à l'épaule du jeune.

— Alors, t'es un homme ? Ou il faut s'arrêter pour te sécher les fesses ?

D'un coup de menton, l'adolescent grelottant a fait signe de continuer. Après avoir emprunté des vêtements à droite et à gauche, il s'est attelé de plus belle au traîneau, enchanté de passer pour un dur.

Suchenko, c'est clair, se prend pour le chef. Les autres obéissent sans ciller. À peu près personne ne tourne le regard vers le prétendu commandant.

Il faudrait réagir, remettre Suchenko à sa place. Callwood se le dit trente fois par jour. Mais il est bloqué. Quel ordre peut-il donner ? Fran a raison : il traque un innocent. Ce n'est pas vrai qu'il obtiendra une révision du procès. Cet argument fumeux a pu résister un moment, dans la lumière d'un fanal crasseux, devant une jeune femme confiante. Mais au grand soleil, ça ne tient plus. Depuis des jours et des jours, le mouvement monotone et machinal des genoux et des pieds fait tourner le cerveau de Callwood, et plus le temps passe, plus il bute sur une évidence : il n'y aura pas de pardon pour Corneau.

La justice a été ridiculisée. Il lui faut satisfaction. Un point, c'est tout.

Alors Callwood ne peut ni encourager ses hommes ni leur ordonner de revenir en arrière. Il laisse faire Suchenko. Lui, du moins, est dans le vrai. Il fait son boulot de flic.

Le soir, Suchenko descend jusqu'à la glace pour griller une dernière cigarette avant de s'étendre pour trois ou quatre heures dans un sac de couchage humide. Harvey le rejoint sur la berge. Callwood les observe de loin. Il sait qu'ils parlent de lui.

Suchenko maugrée en soufflant de la fumée.

— Trop lent. On n'avance pas.

— Tu veux nous crever ! dit Harvey.

— M'en fous. Si on arrive trop tard, tout ça sert à rien. Il faut attraper Corneau avant qu'il parte pour la baie.

Les mains en cornet, Harvey fait craquer une allumette contre un ongle, puis embrase le tabac blond de sa cigarette. Il lève le museau et se délivre d'un beau panache odorant. Une idée lui vient :

— Comment sais-tu qu'il est pas déjà parti ?

— Il a des enfants, imbécile. Tu vois des gamins faire ce qu'on fait ? Non, il attend que les rivières se déchargent.

— Ah bon.

Harvey observe sa cigarette qui rougeoie entre ses doigts recourbés.

— Ce serait mieux avec un petit verre de whisky.

— Pour ça, tu peux toujours courir.

Le jour baisse. L'écran d'épinettes noires de l'autre côté du lac s'assombrit. Des flaques d'eau réparties sur la glace tournent au vif-argent. Harvey réfléchit encore.

— Comment sais-tu qu'il ira vers la baie ?

— Que veux-tu qu'il fasse ? répond Suchenko en crachant des brins de tabac. Il va piquer vers l'est, c'est clair. D'abord, c'est plus facile : il suit le courant. Et puis, il doit ramasser un peu d'argent à la factorerie avant de disparaître. Vous auriez dû saisir ses fourrures. Il aurait rien à vendre.

— Facile à dire.

— Facile à faire ! Vous les aviez entre vos mains !

— Oui, bon…

De loin en loin, Harvey tente encore de défendre son chef. Pas très énergiquement, mais il essaie.

— On n'était pas sûrs que les fourrures appartenaient à Corneau.

— Et alors ? Si ç'avait été quelqu'un d'autre, il serait venu vous les réclamer, non ?

— Ouais… Vu de cette façon…

— Bande d'innocents ! siffle Suchenko en lançant son mégot dans une flaque.

Harvey ne s'en formalise pas. Il a l'habitude.

— T'aurais fait quoi, toi ? demande-t-il.

— Moi ? J'aurais foutu le feu à sa sacrée baraque et tout ce qu'il y avait dedans. On serait pas là à se les geler.

— Et si la maison avait appartenu à quelqu'un d'autre ?

— On se serait excusés. Si ç'avait été un homme blanc.

Il s'interrompt, fixe son compagnon.

— Bordel, Harvey, on est des policiers ! S'il faut commencer à s'embarrasser des droits de tout un chacun… Avec ces scrupules de bonne femme, on finit par tourner en rond.

— C'est vrai qu'il a pas l'air très sûr de lui, Callwood… Il traîne un peu les pieds, tu trouves pas ?

— Ah bon, t'as remarqué ? Pourquoi tu crois que je me désâme jour et nuit ? Parce que si on avait attendu Son Excellence, on serait encore au poste.

— Heureusement que t'es là, reconnaît Harvey. On dirait qu'il veut pas le trouver, Corneau.

— La vérité, c'est qu'il a rien à foutre ici, le touriste. Alors on va lui laisser toute la gloire, peut-être même une médaille à la fin. Mais on l'attend plus. On fonce, on coince Corneau, on lui fait la peau, et on fiche le camp avant que la saison des mouches commence.

— On est d'accord. Mais il faut le tuer, vraiment ?

— Ben… Ce serait plus simple. Pour lui comme pour nous.

— Il paraît que c'est un sacré tireur.

— Qui t'a dit ça ?

— Tout le monde le dit.

— Et alors ? T'as la trouille ? On est trois gendarmes. Il est seul.

— J'ai pas peur. Je te répète ce qu'on dit.

— On dit n'importe quoi.

Suchenko fait des allers-retours le long de la berge, la tête penchée, le visage noirci d'ombres. Il donne des coups de pied dans des amas de glace, sans colère, mais avec une brutalité naturelle. Harvey observe et admire. Il y a chez son compagnon une espèce de violence rentrée, compacte, dense. Comme chez un ours. C'est beau à voir.

Un froid piquant tombe du ciel délavé. Suchenko, le col ouvert, les mains nues, n'en a cure. Il s'arrête, se retourne vers le lac, se campe devant l'étendue parfaitement muette.

— Foutu pays. Pas un chat.

— Moi, ce sont les chattes qui me manquent, dit Harvey.

Suchenko pousse un grognement qui ressemble à un rire. Il enfonce les mains dans les poches et soupire.

— Qu'est-ce que je donnerais pas pour une petite femme compatissante. Dix minutes, c'est tout ce que je demande. Je la ferais glapir comme un coyote.

— T'es allé dans les bordels, à Regina ?

— J'y suis allé. Mais c'est cher. Et quand c'est pas cher, c'est de la vieille. Fran me manque. Elle était gentille. Et raisonnable. Mais il a fallu que monseigneur passe par là.

Cette fois, Harvey ne fait aucune objection. Il n'a pas apprécié que Fran ferme boutique. Il note quand même :

— Elle me prenait tous mes sous.

— Et alors ? T'économisais pour quoi, au juste ?

— Tu sais, depuis qu'on est partis, je me demande sans arrêt ce qui me manque le plus : le cul ou le whisky.

Suchenko lève les yeux, moyennement intéressé.

— Et finalement ?

— C'est le whisky, fait Harvey.

Et se tournant vers son compagnon :

— Tu crois que c'est normal ?

Cette fois, Suchenko rit. Harvey ressent un petit frisson. Même dans ce rire, il y a un relent de menace. Ce serait bien d'être comme ça. Tellement.

21

La rivière est en travail. La glace craque, grince et couine. De lourdes échardes s'élèvent hors de l'eau, exposent des fanons de cristal qui scintillent au soleil. Dans les tournants, sur les hauts-fonds, où la glace accroche le gravier, les plaques neigeuses grimpent les unes sur les autres pour exhiber ses dessous en rayons de miel. De temps en temps, de sourds déchirements retentissent au loin quand un convoi de glaciers qui a pris quelque vitesse vient emboutir une colonne immobilisée.

Suchenko observe le spectacle d'un œil mauvais. Il se tourne vers le guide.

— Ross ! Combien de jours ?

Ross hausse les épaules.

— Ça peut partir cette nuit. Ça peut s'arrêter pour une semaine. Il fait encore froid, la nuit.

Suchenko se détourne en poussant un juron.

— Pourquoi on te paie, toi, je me le demande.

Callwood le retient d'un geste.

— Du calme. C'est un simple contretemps.

Suchenko siffle du nez, serre les mâchoires. Callwood continue :

— On va renvoyer les traîneaux, les chiens et les jeunes. Qu'ils puissent rentrer à la Mission avant que les lacs calent. T'es d'accord ?

Suchenko acquiesce. Mais de si mauvais gré que Callwood se sent obligé de le consoler.

— Ne t'en fais pas. Si on est immobilisés, Corneau l'est tout autant. Même qu'on a l'avantage. On va ramer tout juste derrière les glaces. On va le cueillir sur le bord de la rivière.

— Ah bon ? fait Suchenko. Parce que tu y tiens vraiment ?

Callwood se raidit.

— Je vais faire semblant de ne pas avoir entendu, constable. Exécution !

— Oui, caporal.

Suchenko donne congé aux jeunes et aux chiens qui ont halé les traîneaux. Ils vont rentrer comme ils peuvent. S'ils sont surpris par le dégel, ils ont pour ordre d'abandonner les toboggans. Des canots ont été laissés pour eux à mi-chemin.

— Si vous pouvez pas embarquer les chiens, laissez-les se débrouiller tout seuls, dit Suchenko. Bonne chance, les gars.

Les jeunes viennent lui serrer la main à tour de rôle, un sourire timide aux lèvres, et Suchenko se dit qu'il est bon de commander les hommes. Autant qu'il est pénible d'obéir à des niais.

Callwood les observe de loin et s'étonne de voir les marques d'amitié que les jeunes Cris prodiguent à Suchenko. Ils doivent connaître ses idées, pourtant. L'échelle des races. La supériorité des Blancs. Mais tous les mâles se ressemblent. La force et l'adresse, voilà ce qu'ils admirent. Le courage physique est la seule vraie vertu. Les idées, on s'en branle.

Ils ne sont plus que six à poursuivre la traque : les trois policiers, Ross, Archie, et un jeune Métis de la Rouge qui porte le nom invraisemblable de Laframboise.

Le soir, quand le couvercle du monde blanchit et paraît se diluer dans l'infini, Matthew fait monter une petite prière.

Corneau, si tu as pour deux sous de bon sens, tu vas te tirer de ce pays. À quatre pattes, s'il le faut, mais tu vas te tirer. Évite les bords de rivière. Et ne m'invite plus à souper, imbécile.

22

— Kiou… ben… hav… J'y arrive pas.

Harvey déchiffre péniblement l'inscription sur sa boîte de pemmican.

— Qu'est-ce que c'est ? demande-t-il en montrant l'étiquette à Callwood.

— Copenhague.

— C'est pas ce qui est écrit.

— C'est en danois.

— Pourquoi ?

— Parce que ça vient du Danemark.

— C'est quoi ?

— Un pays dans le nord de l'Europe.

— Et ils font du pemmican ?

— Faut croire.

Depuis trois jours, ils n'ont pas bougé. L'air est saturé d'une petite pluie grise, sournoise, qui tombe à peine, qui fait celle qui va s'arrêter tout de suite et qui finit par vous imprégner jusqu'à la moelle. La rivière monte, ils ont dû déplacer le camp, mais l'embâcle de glace, quelque part en aval, tient bon. L'obstacle peut être à 2 milles, ou à 50. Pas moyen de savoir. De toute manière, ils n'ont pas de dynamite pour faire sauter le bouchon. Les hommes sont agglutinés sous la tente dégoulinante et prennent un souper froid, sans entrain. Harvey fait tourner la boîte de pemmican entre ses doigts et s'émerveille.

— Dire qu'on fait venir cette saloperie d'Europe. Quand même !

— C'est mieux que le Bovril d'Angleterre, dit Callwood, qui pique dans la masse gélatineuse. Il y a tout là-dedans : protéines, féculents, vitamines, légumes… Paraît que c'est Amundsen qui a mis au point la recette.

— Ouais, eh ben moi ça me donne la chiasse, rétorque Suchenko en lançant sa boîte par l'ouverture de la tente.

— Attention aux déchets, dit Callwood. Ça attire les ours.

— Tant mieux, ça nous fera de la viande fraîche.

— Ça se mange, un ours ? Ho ! Laframboise ! Un ours, ça se mange ? demande Harvey.

— Au printemps ? Faut avoir faim.

Un lourd silence s'abat sur le groupe.

— On peut pas dire qu'on a faim, fait Harvey en mâchant la mixture grasse. Pas exactement. Moi, ç'a plutôt l'effet de me constiper.

— Merveilleux, soupire Suchenko. Y a quelqu'un d'autre qui a une observation à faire ?

— Si on pouvait déconstiper cette foutue rivière, dit Archie, je retrouverais peut-être mes lunettes.

L'air se charge de non-dits. La journée a été un fiasco. Ils ont essayé de traîner les canots chargés de vivres sur les glaces flottantes et par-dessus les séracs. La glace était vernie de pluie. Archie a glissé, est tombé entre deux blocs et a failli disparaître sous l'eau. Suchenko l'a repêché de justesse, mais le jeune homme a eu le visage écorché jusqu'au sang et ses lunettes ont disparu. En gagnant la berge, il plissait les yeux comme une taupe arrachée à sa galerie. Suchenko tournait autour en grondant.

— Qu'est-ce que tu vois au juste ? a-t-il demandé.

— Je te vois, chef.

— La belle affaire. Je te montre combien de doigts ?

— D'habitude, c'est deux.

— Là-bas, sur la grève, c'est quoi ?

— Là-bas ? J'sais pas. Un caillou ?

— La boîte à pharmacie.

Et se retournant vers Callwood, Suchenko a lancé :

— Zéro. Il voit rien sans ses lunettes. On fait quoi ? On peut pas le remettre dans les canots.

— Qu'il monte dans le canot du milieu, à l'avant. Il n'aura qu'à suivre celui qui le précède.

— Ah ben oui, a marmonné Suchenko. À ce compte-là, suffit qu'il y en ait un seul qui voie clair.

— Constable !

— À vos ordres, caporal !

Ils ont repris leur marche sur la rivière. « Les deux mains sur le plat-bord en tout temps ! » a ordonné Callwood. Et à partir de ce moment, plus personne n'a fait le grand plongeon. Mais après avoir franchi quelques barricades de glace en échardes, la toile des canots présentait déjà d'inquiétantes éraflures. Alors ils ont dû se rendre à l'évidence : ils étaient bloqués. Tant que la rivière ne se dégorgeait pas, il n'y avait rien à faire. Bilan : toute une journée d'effort, avec blessures et dégâts, pour gagner moins de 1 mille.

La pluie tapote sur la tente. Un homme pète longuement à cause de l'alimentation trop grasse. Un autre fume. Tous tendent l'oreille vers la rivière qui ne leur envoie, de loin en loin, qu'un gémissement, ou un claquement suivi d'un silence boudeur.

La soirée est longue sous la toile mouillée. D'habitude, Archie les fait rire de quelque pitrerie. Ce soir, il se tâte le visage du bout des doigts et garde un silence morne.

— Ho, grand chef ! crie Harvey. Raconte-nous une blague !

Le jeune Cri lève un regard vague, comme s'il ne savait plus très bien ce qu'on lui demandait. Après un moment, il dit :

— J'ai cru que j'allais y passer.

Et cela sonne comme un reproche.

— Pas drôle, ta blague.

Ils se sont endormis l'un après l'autre, par désœuvrement plutôt que sous l'effet de la fatigue. Il est 3 heures du matin quand Callwood se réveille en sursaut. Un immense fracas remplit la forêt. Les hommes bondissent sur leurs pieds.

— Elle pousse !

Ils se précipitent au bord de la rivière où l'air fraîchit de plusieurs degrés. Dans l'obscurité et la bruine, les éclats de glace sale reluisent comme du charbon mouillé. Plus rien ne bouge. De sourds grommellements montent de la carapace gelée. Et puis rien. Là, c'est trop. Suchenko n'en peut plus. Il se rue jusqu'à la rivière, montre les deux poings et, en s'accroupissant, hurle à tue-tête :

— Mais force-toi un peu, salope ! Pousse !

Une grande secousse parcourt l'amas de glace, comme un train qui donne son coup de départ. Les hommes, d'instinct, font un pas vers l'arrière. Sauf Suchenko, qui envoie un coup de pied dans un bloc piqué de sable.

— Dégage, je te dis !

Un bruit de déchirement et le couvercle de glace se met en marche. Un chant de sirène, aigu, aérien, s'élève dans la noirceur. Un vrombissement monte des entrailles de la rivière. Des cascades de glaçons pulvérisés chuintent à travers l'obscurité. Et par-dessus ce tapage, les cris de jubilation de Harvey.

— Hourra, Suchenko ! C'est le boss des rivières !

— Éloigne-toi du bord, p'tit con, tu vas te faire écrabouiller !

— On lève le camp, dit Callwood. On ne dormira plus cette nuit.

23

Ils filent devant le courant avec une facilité déconcertante, dépassant sans effort les glaçons retardataires qui naviguent à petite vitesse. Le pays s'est peuplé d'un coup. Du matin jusqu'au soir, canards, huards et butors font monter un beau vacarme depuis les roseaux tout en restant cachés. Les longues processions d'oies et de cygnes n'en finissent plus de s'égrener au-dessus des têtes des voyageurs. Des amas de bois de caribou blanchi marquent les endroits où les Indiens ont fait bonne chasse au fil des ans. Des crânes d'animaux au bout de longs bâtons regardent passer les canots de leurs yeux vides.

Des barrières impénétrables d'aulnes rugueux défendent les berges. Le tamarac, l'arbre le moins frileux de la planète, pousse dans les tourbières. Les petits trembles s'espacent et se rabougrissent. L'horizon est fermé partout par la même clôture d'épinettes noires. L'immense forêt boréale, qui fait tout le tour de la Terre, ne se compose finalement que de sept ou huit essences, répétées jusqu'à l'étourdissement.

De jolis prés verts s'ouvrent entre les îlots de conifères et invitent au repos. Dès qu'on y met le pied, le pré se transforme en une masse inextricable de broussailles, de thés du labrador et de kalmias qui vous arrive à mi-cuisse. Quand on trouve un terrain dénudé pour la tente, il est en pente. Il faut piétiner la végétation pour se faire un lit. Certaines nuits, ils ont le sentiment de dormir debout. Par contre, du bois de chauffe, il y en a partout. Les épinettes se momifient sur pied, patiemment séchées par le vent éternel. La nuit, les hommes allument de grands feux qui crachent des étincelles et font monter des nébuleuses inédites parmi les constellations.

La bonne humeur est revenue dans le groupe. Puisqu'ils bougent, puisqu'ils foncent, puisqu'ils n'ont pas le temps de se torturer avec des pourquoi et des à-quoi-bon, les hommes sont heureux. Le soir, ils rapiècent leurs vêtements, graissent et polissent leurs armes, fument et rient, supputent les chances d'attraper Corneau, les évaluent à cinquante-cinquante, ce qui met de la joie aux yeux. Il ne faudrait pas que ce soit trop facile, quand même. Matthew se dit que le secret du commandement est peut-être là : faire que la partie ne s'arrête pas, que le ballon reste en jeu, le score final toujours en suspens. Les hommes, se dit-il, ne tiennent pas tant que ça à savoir si l'objectif vers lequel ils tendent est juste, du moment qu'ils ont des chances de l'atteindre. Après ça, fixez-leur la destination que vous voudrez, bonne ou mauvaise. S'ils embarquent, ils embarquent.

Le pays s'aplanit encore, la rivière fait des méandres démentiels. Parfois, le même bosquet d'aulnes les accompagne pendant une heure, paraissant tourner autour des canots tandis que la rivière fait des virages en épingle dans des marais aux confins indéfinissables. Par moments, le guide n'est plus sûr d'être dans le chenal principal ; il se penche vers la surface, tente de repérer un courant, ordonne de revenir en arrière. Et puis le chemin d'eau se rétrécit, reprend figure de rivière, se permet des bouillons fumants entre des murailles de granit rose qui ne demandent qu'à broyer un canot. Les voyageurs, pas si bêtes, mettent le pied à l'eau, chargent les embarcations sur leurs épaules et contournent les rapides en suivant des pistes de portage plus ou moins entretenues. Quand ils perdent le sentier, ils s'aventurent sur un tapis grisâtre de mousse de caribou. Le lichen croule et craque sous les bottes quand il est sec. Mouillé, c'est glissant comme de la merde fraîche.

Les journées s'allongent. Un soir, Ross escalade une butte rocheuse, fait un tour sur lui-même, examine soigneusement le paysage, et déclare :

— On y est. Me semble…

— *Me semble !* ricane Suchenko, qui grimpe et souffle dans la pente. T'es tout un guide, toi. La prochaine fois, t'enverras ta grand-mère.

Ross installe une boulette de tabac entre la gencive et la joue. Suchenko allume une cigarette. Ils attendent que le caporal monte jusqu'à eux. C'est une médiocre hauteur d'une vingtaine de mètres. En arrivant sur la crête, Matthew ressent une secousse au ventre. Devant lui, les lacs et les marais s'enchaînent jusqu'à perte de vue. Il y a plus d'eau que de matière solide. À l'est, la rivière se perd dans le rose et le bleu bonbon du firmament. Du liquide et de l'air. Et de la brume mauve sur les confins. Callwood fait un tour sur lui-même et, dans tous les sens, c'est pareil. Le disque vieil or du soleil est le seul repère valable.

Le moyen de trouver un être humain là-dedans ? Si Corneau est ici, il peut se coucher tôt et dormir tard. Il est en sûreté.

Ross et Suchenko doivent se dire la même chose. Callwood promène un léger sourire d'autodérision sur le paysage. Donc, c'est l'échec. Ce n'est pas pour lui déplaire. Ça vaut mieux que de traîner un innocent vers l'échafaud. Mais c'est quand même la fin de sa carrière. *Oh, Pamela ! Comme tu vas être heureuse d'avoir épousé le grand pâlot. Il doit être général, à l'heure qu'il est.*

Depuis dix mille ans, depuis le retrait des glaciers, un gros caillou se tient en équilibre sur la crête. D'un coup de botte, Suchenko le précipite dans le vide.

— Bon, on fait quoi maintenant ?

— Il faut poster deux hommes ici, avec des jumelles, dit Ross. S'ils voient de la fumée, un feu, ça va nous mener à lui.

— Harvey ! Archie ! crie Suchenko. Débarquez vos affaires.

— Archie ne voit pas à dix pieds, fait remarquer Callwood.

— Justement, il voit mieux aux jumelles.

Suchenko se tourne vers Ross.

— Et nous, pendant ce temps ?

— On descend la rivière, on cherche une piste vers l'intérieur.

Ou un ruisseau avec un bon débit.

— Tu penses sérieusement que ça peut marcher ? demande Callwood.

Les deux autres s'arrêtent, le fixent du regard. Ross renifle :

— Je commence à me demander ce qu'on fait là.

— Moi itou, dit Suchenko.

Callwood se rembrunit. Il a commis une bévue. Un commandant ne doute pas. Il sort sa voix la plus mâle.

— On cherche un repris de justice, gronde-t-il. Voilà ce qu'on fait. Et, compte tenu de ce que j'ai devant les yeux, je veux connaître les chances de succès. Si ce n'est pas trop demander.

Ross crache un filet de salive brunâtre.

— Quand on chasse l'ours, on commence par trouver des traces.

— Très bien. Et les chances que ça réussisse ?

— Tout dépend de l'ours.

D'accord…

Harvey arrive sur la crête et pousse un sifflement.

— Oh, la belle vue ! Magnifique ! Remarquez, c'était déjà comme ça ce matin. Et hier. Et avant-hier. Tenez, j'ai mieux, regardez…

Il ouvre la main et leur montre un grain de bouillie tachetée de sang.

— Qu'est-ce que c'est ?

— Premier moustique de la saison. Et c'est moi qui l'ai tué, messieurs ! Eh oui !

Sa bonne humeur baisse d'un cran quand il apprend qu'il va passer deux ou trois jours sur ce rocher en compagnie d'Archie.

— Ah, non ! Avant, il était drôle, notre Arch'. Maintenant, il est muet comme une carpe. Ça lui a pas réussi de passer sous la glace.

— Il a vu la mort de près.

— Oui, bon… Quelqu'un veut de mon moustique ?

— Laisse, il y en aura pour tout le monde.

Les autres redescendent pour préparer la soupe. Callwood s'attarde sur la butte. De longs filaments d'oies, grosses comme des moucherons, se déroulent en altitude. Des escadrilles de canards passent plus bas, en sifflant des ailes. Au sol, des multitudes d'oiseaux font monter un seul jacassement aigu qui devient la voix de la Terre.

Tout à coup, une flamme s'allume au loin. Un point orangé, fulgurant, dansant, en bordure d'un lac noir. Un feu de camp. Callwood est tétanisé. Son cœur lui décoche un sale coup. Il se retourne vers les autres, s'apprête à les rappeler, se retient. Le feu baisse, s'éteint. Un reflet du couchant, finalement, comprimé entre les arbres. Callwood avale de l'air. Il s'étonne que son cœur cogne si fort. *Faudrait savoir ce que je veux, quand même.*

24

Deux semaines à rayer des mémoires et du rapport. Deux semaines à se débattre dans un dédale de marais et d'étangs, à chercher une piste, un coup de hachette sur un arbre, des débris de camp, un piège oublié, une descente de canot, n'importe quoi qui eût indiqué le passage d'un être humain. Il n'y a rien. Et ça ne veut rien dire. On passerait à un jet de pierre du camp de Corneau qu'on ne le verrait pas.

Les lacs sont disposés en étages, les uns au-dessus des autres, sans ordre apparent. Les ruisseaux d'amenée et de sortie coulent parfois dans le même sens, parfois en sens opposés. Pour passer d'un lac à l'autre, ils halent les canots dans des ruisseaux obstrués de branches qu'ils sectionnent à la hache et à la scie. Il pleut tous les jours ou presque. Les nuages bas descendent jusqu'à l'eau et effacent les repères. Il fait encore froid, et pourtant il y a des orages. À croire que l'air se réchauffe en altitude. Par moments, la foudre claque de part et d'autre des canots. Les vêtements sont trempés en permanence. Les chaussettes sentent l'algue et collent à la peau. Les orteils sont blancs comme craie. Des sangsues se glissent sous les jambes de pantalon. Et toujours aucun signe de vie humaine. Archie et Harvey n'ont rien repéré depuis leur butte de granit et l'ont désertée après quatre jours. Des nuées de moustiques émergent des eaux mortes. Les taons et les brûlots vont suivre. Les hommes s'enduisent d'huile au créosol, mais les résultats sont faibles. Ils n'ont de répit que la nuit, sous les moustiquaires, ou quand la température baisse près de zéro. Seule consolation, ils mangent de la viande fraîche et du poisson trois fois par jour. Deux petites heures de chasse suffisent à Ross pour les nourrir tous. Ils bâfrent des œufs de canard jusqu'à s'en écœurer.

À la fin de la deuxième semaine, ils trouvent une descente de canot, ce que les hommes appellent un quai indien : deux perches à demi submergées, reliées entre elles par des rameaux de conifère formant un coussin protecteur pour le canot qui accoste. En haut, sur la berge, un foyer en cercle de pierres. Mais il est clair que tout cela est en place depuis un an, sinon deux. Ça ne peut pas être Corneau.

Ils décident de revenir à la rivière aux Esprits, de chercher plus en aval. Mais plus personne n'y croit vraiment. Pourquoi là, pourquoi pas ailleurs ? Les jours passent. Les nuits se réchauffent. Les moustiques violonent jusqu'aux petites heures. Callwood se dit qu'ils auront bientôt du mal à trouver un rond d'épiderme intact entre les milliers de bosses qu'ils lui ont déjà faites à la nuque et au front. Il a les oreilles pleines de croûtes. Les insectes ne lui ont épargné que le nez : ils se réservent peut-être ce morceau pour la fin. Il transporte un filet de tête dans son sac, mais ça ressemble trop à une voilette de dame, il n'ose le revêtir devant les autres. Le soir, les hommes allument des boucans et restent assis dans l'âcre fumée, tassés sur eux-mêmes et comme abêtis, en attendant de s'allonger pour quelques heures. Callwood souffle sur les insectes ébouillantés dans son thé. Harvey gratte les croûtes de sang qui lui plaquent le visage et les mains. Les mouches et moustiques ont un faible pour lui. « C'est ma jolie peau de blonde », dit-il en dévoilant ses chevilles boursouflées avec les minauderies d'une fille de saloon. Suchenko grille cigarette sur cigarette au milieu de la fumée du boucan. Un miracle qu'il ne soit pas asphyxié. Ross suce sa chique et se délivre de longs jets brunâtres qui grésillent dans le feu. Une drôle de léthargie s'est emparée du groupe. Comme s'ils n'étaient là que pour pagayer et pagayer encore, pour enfiler les ruisseaux, fendre des marais, égrener le rosaire de lacs sans but et sans fin. Corneau est oublié. Corneau est une fiction. Même Callwood a l'air drôlement détaché. Comme si tout cela ne l'intéressait plus vraiment. Il a ses petits rites, le chef. Tous les soirs, il ouvre son carnet, mouille la mine de son crayon, et inscrit… quoi, au juste ? Les autres s'en fichent. Le caporal est encore plus perdu qu'eux.

Vers la fin de la soirée, Callwood consulte le cadran au radium de sa belle montre-bracelet.

— C'est l'heure, déclare-t-il.

— Bonne chance, les gars…, murmure Harvey.

Callwood leur a appris que les soldats, en France, se tiennent prêts au combat avant l'aube parce que c'est là qu'on attaque et qu'on est attaqué.

— Ils montent aux parapets, dit-il.

Et Harvey de souffler, les yeux dans le vide :

— Ceux-là, du moins, ils s'embêtent pas.

Suchenko crache :

— C'est pas possible ce que vous êtes cons, tous les deux.

— Mais pourquoi ? proteste Harvey.

— T'as pas reçu assez de baffes, quand t'étais p'tit ? Ton bonhomme te battait comme une carpette. Et tu veux aller prendre des coups en Europe ?

— Mais c'est pas la même chose ! rit Harvey avec sa foi de converti. C'est pour l'Empire. Pour le roi !

Suchenko secoue la tête entre ses mains.

— Il est con, il est con…

Et pointant Callwood du doigt, il lance :

— C'est toi qui lui mets ces idées dans la tête !

Callwood hausse les épaules.

— Le pays est bien en guerre, non ?

— Faux ! Ce sont les gros pleins de soupe qui sont en guerre. Et ce sont les pouilleux comme Harvey qui se font casser la gueule. Parce qu'ils sont trop bêtes pour faire autrement.

— Qu'est-ce que ça veut dire ? se désole Harvey. Tu viendras pas à la guerre avec nous ?

On dirait un enfant à qui on apprend que Noël n'aura pas lieu. Suchenko le vise un moment de ses yeux noirs, puis il explose.

— Non mais t'es pas bien ? Tu veux mourir pour ces foutus *Brits* ? Vraiment ? T'es prêt à te sacrifier pour un morveux à pedigree ? Pour un *lordship* qui te pense tout juste bon à vider son pot de chambre ? Gruber ! Ça t'arrive de raisonner un peu ?

— Moi, j'irais.

C'est Archie qui a parlé. Tous les yeux se tournent vers lui. Pendant un moment, on n'entend que les grenouilles et les oiseaux de nuit.

— Toi ! souffle Suchenko. Eh ben là, c'est un comble. On vous enlève tout, vos terres, votre langue, vos femmes, et toi : « À votre service, messires ! Permettez que je crève à votre place… » Tu peux m'expliquer ?

Archie hausse les épaules.

— J'sais pas. Ce serait autre chose.

— Pour être autre chose… Remarque, avec les yeux que t'as là, on risque pas de te sonner.

Archie se renfrogne et rentre dans son mutisme. Après un moment, Harvey soupire :

— Dommage. Je m'étais dit que si on trouvait Corneau, le QG nous permettrait peut-être de passer en France.

— T'as une tête à écrire des romans, toi, fait Suchenko.

— Ç'aurait pu !

— Faut voir les choses en face, dit Suchenko en jetant un énième mégot au feu, Corneau, on le trouvera pas.

— Non, fait tranquillement Callwood. On ne l'aura pas.

Les autres le regardent, moyennement surpris.

— Ç'a pas l'air de te désoler, dit Suchenko.

Callwood hausse les épaules.

— On a eu une chance inouïe, l'an dernier. Ça ne risquait pas de se répéter. On s'est laissé emporter par l'optimisme.

— C'est comme au poker, ajoute Harvey. Tu reçois deux belles mains de suite, et t'es prêt à parier ta sœur qu'il en viendra une troisième.

— À peu près ça, fait Callwood.

— Quand même, renchérit Suchenko, tu baisses vite les bras. Mais c'est comme ça depuis le début. On dirait que tu tiens pas vraiment à mettre la main sur ce pervers.

— Pourquoi pervers ?

— Il a tué son bébé. Une femme, à la limite, on peut comprendre. Mais un bébé…

— Justement, je ne crois pas qu'il les ait tués.

Un silence étonné se fait dans le groupe.

— Qu'est-ce que tu racontes ? demande Suchenko.

Callwood en a assez des faux-semblants. Autant que tout le monde se comprenne.

— Je ne peux pas l'affirmer formellement, mais je soupçonne qu'il y a eu erreur judiciaire.

Suchenko se gratte la tête, arrache une tique, l'examine, la jette au feu.

— Une erreur ? Mais sa femme ? Et le bébé ? Ils sont bien morts. Où est l'erreur ?

Callwood soupire profondément, puis envoie le dernier morceau, conscient de commettre une faute, mais au point où il en est…

— Elle était atteinte de folie. Elle a jeté le bébé dans le puits avant de se tirer une balle dans la tête.

— Les femmes se suicident jamais au fusil, proteste Harvey.

— Elle était folle, je te le précise. En pleine démence.

Suchenko joint les mains devant son visage et souffle dans ses joues.

— Mais alors, qu'est-ce que tu fais du rapport du coroner ?

Callwood lève les yeux.

— Il y avait un coroner ?

— Non. Oui… Un arracheur de dents du coin. Mais il était capable de repérer l'orifice d'entrée d'une balle.

— Je n'ai jamais vu de rapport !

— C'est pas grand-chose. On l'a fait venir à la Division.

— T'aurais pu me le dire ! s'irrite Callwood.

— Je pouvais pas savoir que t'avais des doutes !

— Bon. Qu'est-ce qu'il dit, l'arracheur de dents ? Elle a bien reçu une balle dans la tête ?

— Exact.

— Alors, qu'est-ce que ça change ?

Suchenko fait la moue, hausse les épaules.

— Ben, si elle s'est suicidée, c'était une sacrée contorsionniste. La balle est entrée par l'arrière du crâne.

25

Suchenko regrette presque d'avoir parlé. Oh, il a eu du plaisir à boucher un coin à Son Excellence. Ça, oui ! La tête qu'il a faite, Callwood ! Houlà ! C'était bon comme un petit verre de fort ! Mais il faut le dire, Suchenko paie cher son plaisir. Callwood est devenu comme enragé. Pour le coup, il s'est mis à commander, et pas rien qu'un peu. Il aboie du matin jusqu'au soir. On a beau être en mai et tout près du 55e parallèle, les journées ne sont jamais assez longues pour monseigneur. Les pauses, jamais assez brèves. Les coups d'aviron, jamais assez vigoureux. Les hommes vivent dans leurs foutus canots des étoiles aux étoiles.

Le caporal Callwood a établi un plan de campagne. On dresse un camp semi-permanent où vivent Archie et Ross, l'arme au pied. Les quatre autres sillonnent les lacs et les marais avoisinants. Parfois, ils poussent si loin les explorations qu'ils ne peuvent revenir le soir. Ils soupent d'une rondelle graisseuse de pemmican et d'un peu de purée de pois en saucisson ; ils dorment la tête et les épaules sous les canots renversés, le bas du corps exposé aux moustiques.

D'ailleurs, on ne peut plus dormir tranquille. Callwood a institué des tours de garde. Dans les canots, les cartouches des fusils sont chambrées en permanence. Des menottes pendent au barrot central. Le caporal a été très clair : si on voit Corneau, on lui fait une seule semonce verbale, et s'il n'obtempère pas, feu à volonté. L'appareil photo est prêt.

Encore faut-il le trouver, Corneau. Autant les chances de succès lui semblaient minces, autant Callwood est persuadé, à présent, que sa colère le mènera tout droit à sa proie. Chaque fois que le canot double une pointe, débouche d'un ruisseau, émerge d'un écran de quenouilles, le jeune policier se lève sur les genoux, le regard avide, persuadé de trouver son ennemi devant lui. Il a faim d'en découdre.

Il n'en revient pas d'avoir été berné. Il n'en revient pas d'avoir gobé les mensonges de Corneau.

D'ailleurs, il n'a pas pu s'y résoudre tout de suite. Il a voulu croire encore à son innocence. Alors ils ont tenté de reconstituer un suicide qui porterait le coup à l'arrière de la tête. En supposant qu'Amélie Corneau n'ait pas voulu se défigurer, comment s'y serait-elle prise avec une carabine ? Ils ont essayé, Harvey dans le rôle de la jeune femme. En posant la crosse du Martini-Henry au sol, en tournant le dos à l'arme, en s'asseyant sur un seau faisant office de tabouret – ou plutôt, sans tabouret –, à genoux, non accroupi, en penchant la tête vers l'arrière pour coincer la gueule du canon sous le cervelet, on pouvait, l'espace d'une seconde ou deux, garder le fusil en position.

Suchenko suivait la manœuvre d'un œil narquois.

— Ridicule.

— Pourquoi ridicule ? a protesté Harvey.

— Elle faisait six pieds deux, comme toi ?

Harvey s'est abaissé de vingt centimètres.

— Regarde ! a-t-il dit, la tête renversée sur le canon. J'y arrive encore !

— J'espère que t'as déchargé ce fusil.

— Ben oui ! Qu'est-ce que tu crois ?

— À supposer que tu voudrais te flinguer, tu le ferais de cette manière ? Vraiment ?

— Ben… c'est faisable.

— On l'a trouvée couchée sur le lit, en position fœtale.

— T'aurais pas pu le dire ?

— Et alors ? a fait Callwood. Qu'est-ce que ça prouve ? Corneau rentre chez lui, trouve sa femme morte au sol, la dépose sur le lit. C'est ce que ferait tout homme normal.

— Faux. Un homme normal allongerait la morte sur le dos, les mains jointes sur la poitrine. Pas en position fœtale.

Alors Harvey a essayé à nouveau, couché sur le flanc comme dans son lit, le fusil derrière lui, en se trémoussant des hanches pour atteindre la détente à la hauteur des fesses. Les autres, médusés, l'observaient de tous leurs yeux. Suchenko secouait la tête en soufflant de la fumée.

— Si tu te voyais…

— Qu'est-ce qu'il y a, encore ?

— Une femme ferait ça ? Il lui faudrait des bras d'orang-outan.

— T'as une meilleure idée ?

— Deux ou trois. On oublie la thèse du suicide. Le coroner a pas trouvé de résidus de tir dans les cheveux.

— Un coroner de brousse, a rappelé Callwood, un arracheur de dents, tu l'as dit toi-même. Dieu sait ce qu'il avait comme formation.

— Il faut un diplôme pour détecter de la poudre ?

Pour en avoir le cœur net, ils ont tiré un coup de fusil à bout portant dans les restes du castor qui leur avait servi de souper. Callwood a passé les doigts sur le poil. Pas très probant… La victime avait les cheveux bruns ou blonds ? On ne savait pas. Et la balle est sortie où ?

— Pas d'orifice de sortie, a répondu Suchenko.

La confiance de Callwood se désagrégeait à grands pans.

— Elle est restée dans le crâne ?

— Alors c'est bon, t'as compris ?

Il a compris. Une balle de .22, tirée à quelque distance, sur une femme qui dort, le projectile étant entré à l'endroit précis où la colonne touche au crâne. La technique préférée des chasseurs d'élite.

Callwood s'est rendu à l'évidence.

Corneau est un meurtrier. Et je suis un imbécile.

Un seul détail le titille encore. L'histoire du cimetière. Corneau a dit que le curé avait menacé d'exhumer le corps de sa femme. Que c'est une belle-tante qui l'avait amené à tout prendre sur lui, de peur que la morte ne soit privée de sépulture chrétienne.

Un mensonge, clairement. Mais c'est joliment trouvé. Un illettré du fin fond des bois inventerait une histoire pareille ? Pour quoi faire ? Bref, tout n'est pas clair dans cette affaire. Mais l'essentiel, c'est qu'Amélie Corneau n'est pas morte de sa main. Que lui, Callwood, s'est fait avoir. Et que la nouvelle va se répandre comme une traînée de poudre. Ses hommes n'ont aucune raison de se taire.

Alors il pagaie du matin jusqu'au soir, Callwood, la rage au cœur. Et Suchenko regrette malgré tout – un tout petit peu – d'avoir ouvert sa grande gueule.

26

Ils sont revenus vers la grande rivière. Il fait étonnamment chaud. Le monde tout entier sent le poisson et l'épinette chauffée. L'obsédant appel du bruant à gorge blanche les accompagne de l'aube à la tombée du jour. Les frappe-à-bord sont à la fête, de grosses mouches velues qui vous enlèvent un peu d'épiderme à chaque morsure. Leurs corps mous roulent sous la main quand on les écrase. Parfois, ils tombent au sol et s'envolent à nouveau. On en vient à aimer les moustiques. De temps en temps, en tournant une pointe, les hommes surprennent une orignale et son petit, plongés dans l'eau jusqu'aux naseaux pour échapper aux insectes. Personne ne tire. On n'a rien à faire de toute cette viande, et Callwood ne veut pas prendre le temps d'en fumer. Ils mangent de la truite, de la sauvagine et des œufs tous les jours. Les réserves de nourriture qu'ils ont apportées baissent à peine, et les hommes se disent qu'à ce rythme, Son Excellence pourra les tenir en campagne jusqu'aux premières neiges.

Et puis un matin, en entendant gronder un rapide, ils hument de la fumée de bois. Le rideau d'épinettes, à bâbord, se sépare d'un coup. Apparaît une tente carrée en toile crasseuse dressée au fond d'une petite anse. Un chasseur assis près du feu se lève, alarmé. On sent qu'il veut fuir. Il esquisse même quelques pas vers la forêt. Puis il revient. Sa femme et ses enfants sont là : va-t-il les abandonner ? Il reste figé entre la tente et le feu, éperdu. Un chien descend vers la berge en jappant à fendre l'air. Harvey, dans l'autre canot, se penche pour attraper la carabine.

— Laisse, dit Callwood, ce n'est pas Corneau.

— C'est pour le chien.

— Regarde bien le chien.

Les embarcations grattent le gros sable devant le camp. Un rocher, à droite, surplombe le rapide. Les deux policiers mettent le pied à l'eau. Callwood se retourne vers les canots ; il lui faut un interprète.

— Archie, avec nous !

Ils montent la grève vers la tente. Le chien leur casse les oreilles.

— T'as vu ? demande Callwood.

— J'ai vu, fait Harvey.

Le chasseur qui les attend devant son feu est maigre. Étique presque. Début cinquantaine. Chapeau cabossé et vêtements informes. Il semble tétanisé par l'arrivée des visiteurs. Sa femme, derrière lui, rassemble les enfants avec des cris perçants.

Callwood se compose une figure amène.

— *Simakanis*, fait-il en tendant la main vers l'homme, sans succès.

Se tournant vers Archie, il ajoute :

— Dis-lui qui nous sommes. Qu'il n'a rien à craindre.

— C'est vrai, ça ?

— Dis-le.

Archie s'exécute, mais le chasseur paraît inquiet en voyant Suchenko qui monte vers eux.

— Qui vous a vendu ce chien ? demande Callwood.

L'autre fait mine de ne pas comprendre.

— Cet animal a été volé à la police, l'hiver dernier.

Le chasseur ouvre de grands yeux.

— Je cherche l'homme qui a volé ce chien. C'est un Blanc. *Pakhwésan.* Un mangeur de pain, précise Callwood en employant l'expression d'usage pour désigner le Canadien français. Il s'appelle Moïse Corneau. Où est-il ?

L'homme jure qu'il ne connaît personne de ce nom. Il n'a pas vu de Blanc durant l'hiver. Le chien ? Ils l'ont trouvé au printemps sur la glace. L'animal crevait de faim. Réchappé de justesse.

Tout en parlant, le chasseur ne quitte pas des yeux Suchenko, qui se promène dans le camp comme s'il était chez lui. Ce policier a des poings massifs. La chevelure noire fait une pointe sur le front et rappelle vaguement une trogne d'ours. Suchenko met le nez dans la marmite fumante et ricane.

— Du rat d'eau, dit-il.

Puis il fronce le nez comme s'il flairait quelque chose de plus intéressant. Il frôle la femme et les enfants pelotonnés devant la tente et pénètre dans leur demeure. Le chasseur pousse une faible objection, vite étouffée.

Callwood est frustré. Il croyait tenir une piste, elle tourne court. Que Corneau ait abandonné le chien est tout à fait vraisemblable. Qu'est-ce qu'il en aurait fait durant l'été ? À quoi bon le nourrir ? Surtout s'il avait l'intention de quitter la région par la baie. Le policier soupire d'agacement. Que faire maintenant ? Il demande à tout hasard :

— Où avez-vous passé l'hiver ?

Le chasseur n'a pas le temps de répondre. Un premier ballot enveloppé de toile est projeté hors de la tente. Puis un deuxième. Un troisième. Suchenko sort, deux autres ballots au bout des bras.

— Ça fait beaucoup de fourrures pour un seul homme, trouvez pas ?

Il déplie son canif et sectionne les cordes du premier paquet. L'homme gémit, lève la main. Callwood lui-même ressent un malaise. Il faudrait un mandat de perquisition. Mais il laisse faire. Qui le saura ? Harvey se joint à Suchenko et, ensemble, ils se mettent à trier les peaux. Conciliabule à voix basse. Le jeune blond se retourne en arborant une fourrure barrée d'une raie orange.

— Carcajou, dit-il. Trois.

Callwood cherche à croiser le regard du chasseur.

— Regardez-moi. Non, moi ! Les yeux, ici !

Archie traduit.

— D'où tenez-vous ces fourrures ?

— Il dit qu'il les a piégées lui-même. Qu'une moitié appartient à son frère, qu'il les porte…

Callwood n'a pas eu le temps d'intervenir. Le petit chasseur se jette vers l'arrière, terrifié. Une masse brune s'abat sur lui. Les grosses mains de Suchenko ont attrapé sa veste élimée. Il lui postillonne au visage :

— T'as pas fini de te foutre de notre gueule, animal ?

L'homme effrayé jette un regard vers Callwood, mais déjà Suchenko le traîne vers la rivière en lui imprimant des secousses à décrocher la colonne. La femme et les enfants hurlent d'épouvante. Suchenko tient le chasseur près du vide, au-dessus du rapide, lui envoie une baffe qui fait voler le chapeau.

— Sale menteur, tu vas nous dire la vérité ou je vous fous à l'eau, toi, tes fourrures, ta bonne femme et tes ratons ! Archie, traduis !

Pas la peine. L'homme a pigé. Il a tout de suite compris que la face d'ours n'est pas comme les deux autres *pattes jaunes*. Celui-ci est dangereux.

— Suchenko, fait Callwood, du calme ! Tu n'as pas le droit…

— Pas le droit ? Mais voyons, il est d'accord, le mangeur de rats. Hein ? Pas vrai, qu'on s'entend, mon noiraud ?

Nouvelle baffe, en plein visage. L'homme ne se défend plus. Ses genoux fléchissent. Il saigne de l'arcade. Callwood devrait intervenir. Tout cela est illégal. Mais lui aussi est excédé. Depuis le printemps, c'est la première piste valable qu'ils tiennent ; le petit homme n'a qu'à coopérer. Il en a plus qu'assez, Callwood. Il a des démangeaisons sur tout le corps. Les pieds moussus. Les fesses en sang. Il dégage des odeurs qui le surprennent lui-même. Il a servi de viande fraîche à tous les insectes de la forêt boréale. En ce moment, des taons gras comme des voleurs lui sifflent aux oreilles. Alors leur homme n'a qu'à parler. Suchenko rapproche son visage de celui de sa victime et, sans crier gare, lui donne un violent coup de front. L'autre tombe à la renverse, le nez pissant le sang.

— Ça suffit, fait Callwood.

Il se penche vers le chasseur, l'aide à s'asseoir. Il a le bas du visage inondé de sang. Il plisse les yeux de douleur.

— Mon collègue, dit Callwood, est un homme emporté. Personne ne peut le retenir. Vous feriez mieux de parler.

L'homme écoute la traduction. Il semble écœuré. Qu'a-t-il à faire de ces histoires de Blancs ? Il parle.

Oui, un *pakhwésan* lui a confié ses fourrures. Non, il ne connaît pas son nom.

— Il a une femme cri, deux enfants ? demande Callwood.

Pas vu de femme ni d'enfants. Par contre, il avait ce chien. Pouvait pas savoir qu'il était volé.

— Vous êtes convenus d'un arrangement ?

Le chasseur a accepté de porter les pelleteries au poste de traite et de rapporter des provisions. Moyennant quoi il gardait le tiers du produit.

— Quelles provisions ?

L'homme fourrage douloureusement dans sa veste, repêche une liste écrite au crayon sur un emballage à sucre qui, à présent, est partiellement imbibé de sang. Callwood y jette un coup d'œil rapide. Écriture féminine, enfantine. Au bas de la liste, il voit : *2 rouleaux toile canot.* Ce qui annonce un long voyage.

— Et votre point de rendez-vous ?

Ici même, dans vingt jours.

Callwood lève le regard sur la forêt environnante.

— Il nous observe en ce moment ?

Non, fait l'homme, il n'est pas là. Il est en amont.

— Où l'avez-vous rencontré ?

Nouvelle hésitation. Apparemment, le chasseur répugne à trahir le *pakhwésan*. Par amitié ? Ou en a-t-il peur ?

— Bien, dit Callwood en faisant mine de se lever. Je vous laisse aux bons soins de mon ami.

L'homme le retient par la manche. Callwood lui présente son calepin et un crayon qu'il a sortis de sa poche.

— Faites-moi un dessin. Montrez-moi où il est. Ne mentez pas, parce que je vais vous retrouver.

Après cinq minutes, l'autre lui remet un croquis tacheté de sang où figurent des ruisseaux, des collines, un enchaînement de lacs et des hachures qui représentent un brûlis.

— Combien de jours ? demande le policier.

Le chasseur lève un seul doigt. Callwood referme le carnet en glissant un mouchoir entre les pages pour absorber le sang et empêcher que le dessin ne s'efface. Il est mal à l'aise. Il confie à l'homme :

— Vous savez, ce *pakhwésan*, si on le cherche, ce n'est pas à cause du chien. C'est un meurtrier. Il a tué sa première femme et son bébé. Je vous remercie de nous aider. Vous avez fait votre devoir de citoyen. C'est tout à votre honneur.

Impossible de savoir ce qu'il y a dans le regard du chasseur ensanglanté. Sa femme, par contre, se remonte de minute en minute. Elle leur crie des injures depuis l'ouverture de la tente.

— Tu veux que je traduise ? fait Archie avec amertume.

— Non, ça va. Je crois que j'ai l'essentiel.

— On a fini d'embêter ces gens ?

Callwood prend à plein le regard de son interprète cri, qui doit se dire qu'il a choisi le mauvais camp. Le policier n'est pas loin de lui donner raison. Il est sur le point de se détourner quand il entend le chasseur marmonner quelque chose.

— Il veut savoir, explique Archie, ce qu'il doit faire des fourrures.

— Ça ne me regarde pas.

Il a hâte de partir. Il est heureux d'avoir obtenu ce dessin. Mais il a honte. Il pense à Fran, qui le jugerait sévèrement pour ce qu'il vient de faire. Manquait plus que ça.

Suchenko et Harvey remballent les fourrures en riant.

— Laissez, dit Callwood.

Harvey s'indigne.

— On peut les confisquer, ces peaux ! Y a une belle somme, là.

Callwood le fixe dans les yeux.

— Tu vois, c'est ce qui est curieux. On peut tabasser un Indien et on ne risque rien. Mais la traite des fourrures nous est formellement interdite. Circulaire du QG national. Laissez. C'est un ordre.

Suchenko se relève, s'essuie les genoux. Il dit lentement :

— Sans moi, t'aurais rien obtenu de ce type.

— Possible.

— Sûr.

Se tournant vers les autres, Callwood déclare :

— À partir de ce moment, on n'arrête plus. Corneau est à une journée de marche. On lui règle son cas et on fout le camp.

— Amen, mes frères !

Ils remettent les canots à flot. La femme en colère est descendue jusqu'à la grève et les abreuve d'injures. Elle pousse au cul Suchenko, qui laisse faire en rigolant. Archie a pris place dans le canot devant Callwood. Il se retourne et traduit.

— Elle dit qu'on pourrait taper sur elle aussi, vu qu'on est si braves…

— Embarquez !

Ils remontent le courant à grands coups d'aviron, talonnés par les vociférations de la femme. Le caporal Callwood ferme l'oreille et enfonce la pagaie avec fureur dans la peau limpide de la rivière. Il rêve de combats clairs, nets, honorables. D'assauts à l'arme blanche qui vous laissent l'âme propre, propre, propre. Il envie comme jamais ceux qui sont en France.

Le petit homme n'a pas menti. Les lacs, rivières et portages se succèdent dans l'ordre que suggère le plan. Par contre, il a peut-être sous-estimé la distance à parcourir. La nuit tombée, quand la muraille de la forêt se referme comme un rideau sombre, quand les entrées de portages s'évanouissent jusqu'à l'aube comme dans une forêt enchantée, les hommes sont bien obligés de s'arrêter. Ils campent sans feu, n'osant pas allumer de boucan, se risquant à peine à parler, barricadés dans la tente pour échapper aux insectes.

Callwood est allongé entre Harvey et Ross. Leurs épaules se touchent. Laframboise est étendu à ses pieds. Matthew cherche en vain le sommeil. Une pierre ou une racine lui creuse les reins. Il ne peut pas refaire son lit sans déranger les autres. Harvey dort du sommeil du juste et lui a déjà envoyé le coude dans la figure. Suchenko ronfle de la gorge, Ross du nez. De l'autre côté de la toile tourbillonnent les insectes affamés. Combien vont trouver du sang à boire cette nuit, combien vont mourir de faim ? La nature s'en fout. Qu'il en crève cent mille pour une seule femelle qui pique et qui ponde, et le but est atteint. C'est le pays de la faim, ici. Tout a faim. Les moustiques, les loups, les brochets, les ours ; tous à lorgner le voisin et à gargouiller des tripes.

Matthew n'a jamais pris de somnifère de sa vie, mais à l'heure qu'il est, s'il pouvait mettre la main sur de l'éther ou de l'opium, ou les deux à la fois, il ne s'en priverait pas. Quand il ferme les yeux, les cris de la femme du chasseur lui reviennent dans les oreilles. Le poing de Suchenko projeté contre le crâne du petit mari. Le coup de tête qui lui fait éclater le nez. Injuste. Brutal. Et terriblement efficace. Suchenko a raison. Sans lui, l'homme n'aurait pas parlé. Mais ce n'est pas possible que tout cela reste impuni. Ils ont tabassé un homme devant sa famille. Les petits hurlaient de frayeur. Que vont-ils retenir ? Que les policiers blancs sont des brutes ? Ou que leur père est un faible ?

Ça pianote contre la toile, mais ce ne sont pas encore les frappe-à-bord. De la pluie. Une forte pluie. Pour ajouter à l'agrément. Callwood consulte sa montre : 1 heure. Cette nuit-là ne finira donc jamais ? Aujourd'hui, pense-t-il, aujourd'hui on passe les menottes à Corneau. Ou on le tue. Et ensuite ce sera fini. À moins que je ne meure moi-même. C'est peut-être ma dernière journée qui commence.

Le ciel pâlit. La pluie cesse, les frappe-à-bord remplacent les gouttes contre la toile. Callwood s'assoit, crevé, secoue les corps à ses côtés.

— Lève, les hommes !

Il sort aussitôt faire ses besoins. Un épais brouillard recouvre le lac. Il s'y mêle une odeur de fumée.

— C'est pas un feu de camp, dit Ross en humant l'air. La forêt brûle.

— À quelle distance ?

Ross secoue les épaules. Ça peut être très, très loin. Il ajoute :

— Attendons que ça se claire.

— Non. Embarquez, et en silence !

Les canots fendent la brume. De loin, la buée forme une masse opaque. De près, on la découvre habitée de revenants difformes qui filent de part et d'autre des canots.

— Trop vite ! siffle Ross.

Callwood n'en a cure. La brume rafraîchit le visage, humecte la nuque et calme les démangeaisons des piqûres. Une bénédiction ! Pas une seule mouche ne se promène dans la boucaille. Le caporal se penche sur le croquis du chasseur, ouvert devant lui sur un sac. Du coin de l'œil, il voit passer une masse brune dans l'eau…

Un bruit de tombereau qui verse. Le canot qui suit chavire brutalement. Archie, à la proue, claque la pale contre l'eau pour redresser l'embarcation. Harvey, derrière lui, est moins expérimenté. Il se sent jeté hors de l'embarcation. Panique. En voulant agripper le platbord, il fait entrer un paquet d'eau. Le canot sombre. Il met le pied à l'extérieur, pensant trouver le fond, et disparaît sous l'eau. Quand il revient à la surface, il a le visage cramoisi, les veines du cou gonflées et de grandes dents de cheval effrayé.

— Bordel de meeeerde !

— Harvey, ta gueule !

Mais l'autre vocifère comme un maniaque, les mains blanches cramponnées au plat-bord.

— Je hais l'eau, m'entendez-vous ? Quand est-ce que vous allez le comprendre ? Je hais l'eau ! Je hais le Nord. J'en ai plein le cul de ces canots, m'entendez-vous ?

— Oui, c'est bon, je crois que tout le monde t'a entendu…

Archie attrape le regard de Callwood.

— Pas vu la pierre. Désolé.

— C'est ma faute à moi. Je regardais le plan.

— J'ai peur que la coque soit endommagée. J'ai l'impression qu'on coule, là…

Et comme de fait, la pince arrière est sur le point de passer sous l'eau.

— Harvey ! Boucle-la, maintenant. Et lâche ce canot ! Tu ne peux donc pas nager ?

Pour toute réponse, il retrousse les lèvres d'un air dégoûté et lève un bras drapé de plantes visqueuses. C'en est trop pour Suchenko, qui éclate de rire à pleine gorge. Callwood l'apostrophe. Peine perdue. Le fou rire a gagné tout le groupe. On dirait des écoliers.

— À terre, tous !

— Ah, c'est si bon, soupire Suchenko en hoquetant et en s'essuyant les yeux. Si bon… Ouf !

Il se calme. Mais en voyant Harvey sortir de l'eau, les bras écartés et en traînant des filaments verts aux chevilles, Suchenko s'écroule dans le sable et repart d'un fou rire à la limite de la souffrance. Harvey montre les crocs et lui sert un violent coup de pied dans les fesses. Les autres se tordent. Au fond, se dit Matthew, c'est une bonne chose qu'il y ait de la brume. Il n'aimerait pas que Corneau les voie aussi nuls.

Le canot est réparé. Mais comme le brouillard persiste, ils décident de manger sur place. Durant le repas, Ross s'approche de Callwood et lui marmonne à l'oreille :

— Laframboise n'a rien avalé depuis hier midi.

Il tend le menton vers le jeune Métis qui est assis plus loin, en retrait du feu. C'est un colosse, Laframboise, vaillant, souriant, toujours d'attaque, mais à peu près muet. On le perd vite de vue. Le garçon tient un biscuit à peine entamé dans une main, une tasse de thé dans l'autre, et semble se concentrer sur un point invisible entre ses genoux. Callwood se rend jusqu'à lui.

— Ça ne va pas, Laframboise ?

Le jeune lève un regard contrit. Il pose sa tasse et fait tourner la main à plat sur son ventre.

— Quétchose de vilain là-dedans, dit-il.

— As-tu bu de l'eau sans en faire du thé ? Non ? T'as la chiasse ? Mal au cœur ?

— Mal au tchœur.

Callwood lui plaque la main sur le front tout en se sentant ridicule de faire la nounou. Le colosse lève vers lui un regard de gamin confiant. Mais c'est qu'il a vraiment l'air d'un gosse ! Des joues lisses comme celles d'une poupée, des cils de fille, à peine quelques poils sur la lèvre supérieure. Callwood se retourne vers Suchenko.

— Est-ce qu'on a un thermomètre avec nous ?

— J'en sais rien. La pharmacie est dans une poche au fond du seize-pieds. Vraiment, tu penses que ça vaut la peine ?

— Tu peux continuer ? demande le caporal au malade.

Le garçon fait oui. On sent qu'il a hâte d'être oublié à nouveau. Callwood est pris d'un doute.

— T'as quel âge, au juste ?

— *Niya ?* Quatorze ans.

Callwood se redresse sec, pivote sur ses talons.

— Suchenko ! Tu savais que c'est un enfant ?

— Enfant, enfant, t'as pas vu ses épaules ? C'est un homme fait.

— Qua-torze ans ! Tu as embauché un enfant de 14 ans !

Le visage de Suchenko se noircit d'un coup.

— À 14 ans, monseigneur était encore à la nursery, c'est ça ?

— Prends garde, Suchenko !

— Il a un peu mal au ventre. Ç'arrive à tout le monde. Pas vrai que t'es en forme, mon gars ?

Et Laframboise de hocher violemment la tête.

— Ça se claire, renifle Ross en humant l'air.

— Embarquez ! ordonne Suchenko.

— Tu permets ? fait Callwood.

— Oh ! Mais je t'en prie…

Harvey a repris place dans le canot rapiécé. Ses vêtements humides lui collent au corps.

— Ça sent la grenouille ici, fait Suchenko en passant devant lui.

Il esquive de justesse un coup d'aviron aux côtes avant de se retourner, un index menaçant pointé vers Harvey.

— Ho, le jeune, je te rappelle que tu m'as botté le cul et que je t'ai pas défoncé le crâne. C'est un privilège. Abuse pas.

Harvey acquiesce de la tête, baisse son aviron.

— Lancez !

Les pagaies entrent dans l'eau. Callwood se retourne vers Laframboise. Le garçon est blême, le regard rentré. Mais il donne de solides coups d'aviron. Ça devrait aller.

Ils ont enveloppé les hampes d'avirons de chiffons pour étouffer les chocs contre les bordages. On dirait des tambours assourdis comme à des obsèques nationales. La brume se dissipe. Un soleil rouge sang, déjà haut, apparaît dans le ciel enfumé. Une lumière de fin du monde. Au printemps, la forêt boréale brûle. Le sous-sol est encore gelé, les racines ne peuvent faire monter l'eau dans les branches et les aiguilles. Un éclair, et les résineux s'embrasent comme des torches. En ce moment même, les canots longent un grand brûlis, vieux de plusieurs années. De jeunes épinettes poussent serrées au pied de leurs géniteurs carbonisés.

Ils arrivent au bout du plan dessiné par le chasseur. Callwood fait signe de garder le silence. Un dernier lac méandreux en forme de rivière. Une tache de sang, au bout du croquis, où doit se trouver le camp de Corneau. Callwood lève l'aviron. Tous s'arrêtent. Ils laissent dériver les embarcations et scrutent les berges. Rien : ni maison, ni tente, ni cahute. Corneau n'est pas là. Les trois canots se rejoignent près de la rive pour un conciliabule à voix basse.

— Le chasseur nous aurait menti ? demande Harvey.

Suchenko fait non de la tête. Les informations qu'il obtient à coups de poing sont fiables.

— Chut ! Vous avez entendu ?

— Non. Quoi ?

Trois d'entre eux ont le sentiment d'avoir entendu un cri très bref, très aigu, provenant de la forêt.

— Un aigle.

— Un lièvre qui se fait croquer.

— Ou un enfant, fait Callwood.

Deux coups d'aviron les mènent à la berge. Callwood lance ses ordres en chuchotant.

— Gruber, Suchenko, les fusils ! Les civils restent près des canots.

Les policiers s'enfoncent dans le brûlis presque impénétrable. C'est ce que les bûcherons appellent du saint-michel : sans doute parce qu'il faudrait une intervention de l'archange pour s'en tirer. Les jeunes épinettes poussent dru comme des cheveux et arrivent à la poitrine des hommes qui pestent à voix basse. Ils se prennent les pieds dans les fourrés, battent en retraite devant les touffes trop denses. Les tiges élastiques veulent leur arracher les fusils des mains. La pente est traversée de ravins invisibles qui serpentent sous les arbrisseaux. Des pierres moussues, glissantes, roulent sous les bottes. Des moignons de branches épointées, durcies par le feu, se tapissent sous les arbres.

— Attention ! chuchote Suchenko. Ces trucs-là vous traversent une jambe comme une baïonnette.

Encombrés par leurs armes, les hommes titubent et vacillent. Les mouches et les moustiques se réveillent d'un coup et se lancent à l'assaut des visages et des mains. Harvey aspire un brûlot ; l'animal se loge dans une fosse nasale. Le policier s'affole, crache, éternue, tousse à pleins poumons. Pour l'effet de surprise, on repassera. Suchenko jure sans discontinuer.

Ils poussent jusqu'à une modeste crête, surmontée d'arbres noircis. Ils arrivent en haut baignés de sueur, les visages rayés d'égratignures, les barbes beurrées de sang et de purée d'insectes. Harvey a le pantalon plaqué de glu brune : il a glissé sur du lichen.

— T'es tombé dans de la bouse d'ours ? demande Suchenko.

— La ferme, veux-tu ?

— Ça sent le cochon.

Ils font un tour d'horizon. Rien. Un coup de feu retentit près du lac. Un claquement d'arme légère.

— C'est Ross. Il a trouvé quelque chose.

En redescendant vers l'eau, Callwood glisse dans une rigole, invisible sous la masse de verdure. Ses bottes dérapent. Les jeunes arbres lui sautent au visage. Il tombe si durement sur le cul qu'il en claque des dents. Aussitôt, son pantalon et sa botte se remplissent d'eau glacée. Une douleur intense le foudroie à la cheville droite. Il veut se relever, mais n'arrive pas à mettre les mains au sol tant il s'empêtre dans les jeunes épinettes. Si j'avais dix ans de moins, se dit-il, je braillerais comme un gamin !

Il arrive à la berge en boitant et en grimaçant, s'appuyant au fusil, crosse contre terre.

— Dangereux, ça, fait Suchenko.

— M'en fous.

— La piste est derrière, dit Ross en montrant un grand roc en bordure du lac.

Ils sont passés devant le rocher une heure plus tôt.

— Comment tu as fait pour trouver ? demande Callwood.

— En vous voyant dans le saint-michel, j'ai bien compris que c'était pas par là.

— Bon. On y va ! fait Callwood.

— Prends dix minutes pour te faire un pansement, dit Suchenko. Sinon, demain, tu pourras plus marcher.

— On y va !

Callwood s'est muni d'un aviron sur lequel il s'appuie, côté droit. Dans la main gauche se balance son lourd fusil. Suchenko y a jeté un coup d'œil et a choisi, sagement, de passer derrière. Ils touchent au but. Corneau est là, devant eux. Callwood voudrait sentir un peu d'exaltation. Mais ce sont surtout des vagues de nausée qui lui passent sur le cœur. Il prie pour que sa cheville ne soit pas cassée.

— Les civils, en arrière ! crie-t-il en entendant Ross emprunter la piste derrière lui.

— Crois pas qu'on le surprenne…

— En arrière !

Dix minutes plus tard, ils arrivent devant l'abri de Corneau. C'est une grande tente sale sur un plancher de perches équarries. Cette fois, ça ne paie pas de mine. Il a peut-être égaré ses outils, l'artiste. En tout cas, il a filé. Mais il est foutu. Il traîne une femme et deux enfants. Il n'a plus d'abri, il est à court de vivres et il sait à présent que les policiers ont intercepté l'homme qui devait l'approvisionner. Il ne peut ni descendre à la baie ni retourner vers la Mission. Il est à bout de ressources. Il a perdu.

Callwood s'assoit douloureusement sur un bouleau couché qui a servi de canapé à Corneau. Les cendres du feu sont encore chaudes. Il a envie de vomir tant sa cheville lui fait mal. Mais il s'en fiche. Il est presque heureux, le caporal.

T'es cuit, Corneau. Sale menteur, t'es fait à l'os. Cette nuit, je vais dormir dans ta tente. Toi, tu peux rester dans la brousse et regarder mourir tes enfants. Ou alors, tu te rends. S'il faut que je t'attende ici jusqu'à Noël, je vais le faire. Il fera –30 et je serai encore là, menteur ! Et plus jamais tu ne m'en feras accroire !

Un peu plus tôt, en tombant dans le saint-michel, Matthew a eu une fulgurante intuition. Une illumination. Il a compris que son seul vrai talent est l'acharnement.

27

— Votre fils, *my lord.*

Le premier clerc, un homme vieillissant aux manières de sacristain, fait pénétrer Matthew dans une grande pièce sombre, peuplée de reflets d'acajou et de reliures dorées. Une haute silhouette se déplace devant les hautes fenêtres.

— Merci, Harding. Veillez à ce qu'on ne nous dérange pas, voulez-vous ?

— Bien, *my lord.*

Matthew reste debout près de la porte. Son père lui tourne le dos, à contre-jour devant les croisées. Le parfum de lavande et de genièvre qu'il fait venir de Londres imprègne toute la pièce. S'y ajoute une note de menthe écossaise, que le juge Callwood prend pour sa digestion.

— Il y avait du grabuge sur le parvis, tout à l'heure, dit l'homme de loi en écartant le rideau de mousseline. As-tu vu ce qui s'est passé ?

— J'ai vu deux vieux qui se tiraient par le collet à la sortie du tribunal.

Le juge sourit de ses lèvres minces.

— Sykes contre Jacobs. Ça dure depuis des mois. Deux imbéciles qui vont se ruiner plutôt que de s'entendre. Des Juifs, naturellement.

Il laisse tomber le rideau.

— Entre, je t'en prie…

C'est un homme grand, fort, au front dégarni. Le nez long. Un regard à vous faire faner sur pied. On dit qu'il sait lire la culpabilité dans les yeux des prévenus. Quand le détenu s'obstine à proclamer son innocence, le juge lève des prunelles pâles au-dessus de ses demi-lunes, l'air de dire : « Voyons, n'avez-vous pas d'orgueil ? » Personne ne l'a jamais berné parce que, fondamentalement, il ne croit pas à l'innocence.

Matthew est déjà venu dans ce bureau, mais c'est la première fois qu'il y est convoqué. C'est Harding, le premier clerc, qui a téléphoné à la maison pour l'informer que *His Lordship* souhaitait voir le jeune maître. Matthew a mis un moment à comprendre qu'il s'agissait de son père et de lui.

— Assieds-toi…

Sur la table devant Matthew est posé un volume rouge grenat. Une feuille strictement pliée émerge de la tranche supérieure du livre.

— Connais-tu la vie de Scipion l'Africain ? demande le juge.

Matthew connaît le goût de son père pour les embuscades. Avec lui, on ne biaise pas. C'est oui ou c'est non.

— Non. Mais j'ai croisé ce nom dans des versions latines. Un général, je crois.

Un autre père aurait rétorqué : « Tu *crois* ? C'était bien la peine de t'offrir le collège privé ! » Mais le juge n'est pas comme les autres pères. Il ne dit rien. Il s'approche de la table. De ses longs doigts, il ouvre le livre et le glisse sous les yeux de son fils.

— *Publius Cornelius Scipio Africanus.* Un général, comme tu dis. Romain. Il a défait Hannibal à la fin de la deuxième guerre punique.

— Hannibal, c'est l'homme aux éléphants.

— Compliments. Scipion est issu d'une famille patricienne. Son père et son oncle meurent au combat. Scipion rallie les troupes, les empêche de déserter. Il obtient le commandement des légions et reconquiert l'Espagne. Il a 20 ans.

Matthew observe le juge, ne voyant pas où il veut en venir. Mais il va l'apprendre.

— Scipion ne participait pas lui-même aux combats. Il restait en retrait, derrière la troupe, et gardait une vue d'ensemble sur le champ de bataille. Très moderne. Un jour, un chef barbare l'a provoqué en duel. Il a répondu : « Ma mère m'a mis au monde pour être général, pas soldat. »

Le juge laisse porter. Avant de tirer la leçon.

— Scipion est resté à sa place. Il a joué le rôle que lui dictait sa naissance. Il a écrasé l'ennemi. Il a accompli son destin.

Voilà. Matthew est fixé. Le père s'assoit face à lui, se recule dans sa chaise, braque sur lui ses yeux clairs. Le fils ne bronche pas. Il a l'habitude.

— Ta mère, poursuit-il, m'apprend que tu as abandonné le droit. Que tu veux t'enrôler dans la police.

Quand il est très agacé, le juge fait entendre un petit clic glottal avant d'aspirer par le nez. C'est tout ; le reste est dominé. Il demande :

— Sais-tu au moins ce qu'est cette Police du Nord-Ouest ? Est-ce que tu t'es renseigné ? Un ramassis d'ivrognes. Des illettrés, des ratés, des immigrants. Que vas-tu faire là-dedans ?

— Maintenir le droit. Faire régner l'ordre.

— Au profit de qui ? Des Indiens, des trappeurs, des ours noirs ?

Le fils se tait.

— As-tu seulement demandé ce que gagne un policier ? Évidemment que non. Tu n'as jamais eu à te soucier d'argent. Je crois que la réponse va t'étonner.

— Je me contenterai de ma solde.

— Alors tu vas apprendre qu'un policier n'est pas grand-chose. Tu peux me croire, j'en vois tous les jours. Un policier, Matthew, c'est un bandit manqué qui court après de vrais bandits. C'est le rôle que tu veux jouer dans la société ? C'est le mieux que tu puisses nous offrir ? Vraiment ? Je t'invite à reconsidérer la chose.

— C'est trop tard, père. J'ai signé mes papiers d'engagement.

Nouveau clic glottal. Un silence. Le juge fixe son garçon, qui ne se laisse pas démonter.

— C'est à propos de cette fille de vendeur, n'est-ce pas ?

Matthew rougit. Le juge pose le bout de ses doigts sur la surface laquée de la table et articule de sa belle voix de basse :

— Aucune femme, Matthew, ne mérite qu'on lui sacrifie son destin. Aucune.

— Vous diriez ça de maman ?

— Ne sois pas impertinent. Ta mère, pas plus que moi, ne voulait te voir entrer dans cette famille de parvenus.

Le visage du fils se referme. Le juge parle lentement, détache chaque syllabe comme il le fait pour les jurés un peu simples.

— Qu'est-ce qu'elle a, cette demoiselle, que tu ne trouveras pas dans dix autres filles de bonne famille, mis à part la prétention ?

Matthew serre les mâchoires de colère. Le juge n'en a cure.

— Ses parents l'ont poussée à l'orgueil. Le père s'est entiché de sa fille. Il paraît qu'il a commandé un tableau où elle pose en princesse royale. C'est vrai ? Toute la ville en rit.

— Je ne permettrai pas…

Matthew s'est levé d'un coup, les joues en feu, le regard luisant. Le juge ouvre ses grandes mains sur la table.

— Bon, bon… Tu la défends. C'est bien. C'est tout à ton honneur.

Et après un moment :

— Avoue, cependant, qu'elle t'a laissé tomber assez facilement.

Le garçon suffoque. Le juge le dissèque du regard. Il ajoute :

— Penses-tu avoir perdu un trésor sans pareil ? Elles ont toutes la même éducation. Les mêmes manières, les mêmes expressions, les mêmes coiffures. Toutes plus ou moins jolies pour un temps. Et toutes aussi incapables d'apporter de véritables satisfactions à un homme. Ce n'est pas leur rôle. Tu en attends trop.

Le garçon fait mine de partir. Le père lève un doigt, le fils s'immobilise.

— Tu ne voudras pas me croire, Matthew. Pas aujourd'hui. Mais note bien ce que je te dis. Dans quelques semaines, quelques mois, tu vas te rendre compte que cette jeune femme ne te manque pas autant que tu l'aurais voulu. Alors tu te demanderas quelles sont les véritables raisons qui t'ont poussé à partir.

— Est-ce que je peux disposer ?

— Bien sûr. Ce n'est pas la police, ici.

Le juge glisse le livre vers lui.

— Un cadeau. Tu le liras quand tu seras… Où est-ce qu'on t'envoie, au juste ?

— Au centre d'entraînement de la police, à Regina.

— Ah. La Saskatchewan…

Matthew a déjà la main sur le bouton cuivré de la porte quand il entend derrière lui la voix satisfaite d'un homme qui se remet à ses dossiers.

— Quand pars-tu ?

— Après-demain.

— Tu rendras visite à ta grand-mère avant de partir.

— Oui, père.

— Une dernière chose, Matthew… Je connais le ministre de la Justice. Quand tu en auras assez de jouer aux cowboys et aux Indiens, tu me feras signe. J'obtiendrai ton congé. Mais ne tarde pas trop. À ton âge, on s'imagine qu'on peut toujours rattraper le temps perdu. C'est faux.

En allongeant le bras vers l'encrier, le juge conclut :

— En sortant, tu m'enverras Harding, veux-tu ?

28

— Callwood ! Viens voir !

Depuis vingt-quatre heures, ils sont cloués sur place. Un orage a déboulé de l'ouest. Des embrasements roses et mauves éclataient au-dessus de leurs têtes. La tente de Corneau se débattait comme une enragée, les montants voulaient s'arracher de terre. Les hommes, à l'intérieur, voyaient s'allumer et s'éteindre les visages phosphorescents de leurs voisins. Il est sous la tempête avec ses enfants, se disait Matthew. Il n'aura pas eu le temps d'ériger un abri. Au lever du jour, la température avait baissé de vingt degrés. Des feuilles arrachées tapissaient le sol comme à l'automne. À 16 heures, le vent mourait. À 18 heures, la neige recouvrait le sol.

— Eh ben, a fait Harvey, ça va calmer les mouches.

— Foutu pays, a répondu Suchenko.

Il est 3 heures du matin.

Matthew écarte le rabat de l'entrée et sort. Le temps est calme. Le ciel faiblement étoilé verdit tout juste à l'est. Ça ne sent plus la fumée. La pluie et la neige ont éteint les feux.

— Lève, les hommes. Préparez-vous à partir !

Corneau ne peut être loin. Il n'a pas pu se déplacer durant la tempête. Avec des enfants, impossible. C'est le moment de le cueillir. Matthew s'emploie à rallumer le feu quand Suchenko le rappelle dans la tente.

— Callwood ! Viens voir !

— Qu'est-ce que c'est encore ?

Pour toute réponse, il montre une forme allongée dans le fond de la tente obscure. Le jeune Laframboise est couché sur le dos, les jambes repliées et écartées comme une femme en travail. Il se roule de droite à gauche dans ses couvertures, les mains sur le ventre.

Callwood prend acte du désastre et laisse aller son souffle d'un coup exaspéré.

— Nous avons un thermomètre, oui ou non ?

— T'as qu'à le toucher, il est brûlant…

— Va me chercher ce foutu thermomètre !

— Oh ! Mais tout de suite, monseigneur !

Callwood a du mal à se contenir. Il allume un fanal, met le genou à terre, à côté du malade. Il pose la main sur le front du garçon qui claque des dents.

— Tu as mal au ventre ?

L'autre ne répond pas, tout concentré sur sa douleur. Une flaque de vomissure se fige sur les touffes d'épinette qui lui servent d'oreiller. Ça étincelle joliment dans la lumière du fanal. Dehors, Suchenko fait tinter les flacons de la pharmacie. Il n'arrive pas à lire les étiquettes.

— Harvey ! De la lumière !

C'est long. Après un moment, Suchenko rentre dans la tente et annonce :

— Finalement, y en a pas.

Callwood penche la tête et soupire du nez, excédé. Suchenko sent qu'on va lui faire des reproches. Il hausse les épaules.

— Il a la fièvre, et après ? Un jour ou deux, et il sera sur pied.

— Il n'a pas la fièvre, dit Callwood avec amertume, il a l'appendicite. C'est ce qui arrive quand on emmène des enfants en expédition.

— L'appendicite, tiens, tiens ! T'es médecin, toi ?

— Ça crève les yeux. Sauf quand on est de mauvaise foi.

Suchenko inspire sec. Un sang noir lui monte au cou. Il montre des dents jaunies par le tabac et tonne :

— Si t'avais voulu faire l'embauche, Callwood, t'avais qu'à rester au poste plutôt que d'aller te promener sur le lac comme une grande dame. Tu m'as refilé le boulot. Alors, tes reproches, tu peux te les mettre où je pense !

Un souffle mauvais s'empare de Matthew. Il se redresse d'un coup de reins, fait deux pas vers Suchenko. Ils sont nez à nez. Le caporal plus grand que le second. Mais le second bâti comme un ours. Suchenko esquisse un rictus :

— Vas-y, ma fiotte, tape si t'es capable…

Matthew se surprend à trembler de rage. Il tasse son adversaire d'un coup d'épaule et sort de la tente. Il s'éloigne de dix pas, reprend péniblement ses esprits. Il est conscient du grand silence derrière lui. Les hommes ont entendu : ils attendent la suite. Après un moment, d'une voix épaisse, mais presque ferme, Callwood déclare :

— Ross, Archie, ramassez vos affaires. Vous retournez à la Mission avec Laframboise. Prenez un dix-neuf-pieds et tout juste ce qu'il faut de provisions.

Le blond visage de Harvey apparaît dans son champ de vision.

— Attends… Tu renvoies nos guides ?

— Pas le choix, le jeune va mourir. On ne peut pas le soigner ici.

— Oui, mais… On pourrait rentrer avec eux.

— Pas question. Corneau est à deux pas. Façonne un brancard. Il faut porter Laframboise jusqu'au lac.

Suchenko sort de la tente le visage cramoisi, mais un peu calmé.

— C'est une erreur, lance-t-il.

— Alors ce sera mon erreur.

— T'y connais rien.

— Je connais l'insubordination. Et ce que ça entraîne comme peine.

— Tu veux m'arrêter ? fait Suchenko en tendant les poignets. Vas-y, mets-moi les bracelets. Moi, je veux bien. Quand je passerai en disciplinaire, j'en aurai plein à dire sur l'incompétence des fils à papa.

Changement étonnant chez le caporal. Tous les hommes le remarquent. Callwood se calme tout à fait. Il parle lentement, détache chaque syllabe.

— Ross, Archie, je vais vous faire un papier pour qu'on vous paie en plein. Dépêchez-vous. Vous partez à l'instant. Harvey, tu me fabriques un brancard, et tout de suite !

Ils refont à l'inverse le chemin de l'avant-veille, transportant le canot, les vivres et le malade sur son lit de toile et de branches. Matthew observe les narines pincées du garçon et prie pour qu'il ne meure pas en route. *Quand ils apprendront que j'ai entraîné un enfant de 14 ans vers la mort...* Chose certaine, il ne pourra faire porter la faute à Suchenko. Et celui-ci le sait. Sauf qu'il paraît bien assagi. Son coup de sang passé, il a dû se dire qu'un conseil de guerre n'était peut-être pas très divertissant. La geôle du QG national passe pour un haut lieu de l'inconfort.

Vers 7 heures, le malade est couché dans le canot, sous les barrots. Matthew lui passe son filet de tête, ajuste un bout de toile au-dessus de ses yeux pour lui faire un parasol. On embarque les vivres qu'on range de chaque côté du gisant. Matthew tend un flacon à Archie.

— C'est de l'aspirine. Honnêtement, je ne sais pas si c'est utile. En cas de besoin absolu, seulement.

Archie empoche la bouteille, puis emmène Matthew à deux pas et murmure :

— S'il meurt, on fait quoi ?

— Vous l'inhumez en chemin. Mais assurez-vous de protéger le corps contre les animaux. Et notez bien l'emplacement de la tombe. Ses parents voudront peut-être le rapatrier.

Archie lui lance un regard sceptique. Depuis quand les pauvres font-ils balader les morts ?

— Enfin... Faites ce que vous pouvez.

Matthew lui remet une note arrachée à son calepin.

— C'est une reconnaissance de la paie qui vous est due. Si je ne reviens pas, vous la présenterez à Fond-du-Lac. Je demande aussi qu'on te délivre de nouvelles lunettes, vu que tu as perdu les tiennes en service commandé.

Archie fait oui et prend la note. Il s'éloigne vers le canot, puis ralentit, hésite, et revient sur ses pas.

— J'ai pas été entièrement honnête avec toi, dit-il.

— Je m'en doute.

— Tu connais Monclair ?

— De nom.

— C'est son alcool que t'as brûlé l'automne dernier. Les bouteilles chères, c'était sa réserve personnelle. Il a pas apprécié.

— J'imagine.

— Non. C'est du sérieux. Méfie-toi de lui. Ici, t'es en sécurité. Mais quand tu retourneras à la Mission, surveille tes arrières.

— Il est dangereux à ce point ?

— Un peu plus que ça.

Callwood se permet un sourire en coin.

— Soyons optimistes. C'est peut-être Corneau qui aura ma peau.

— À ta place, je préférerais.

— Bien. Alors tu files sur New York ? Les bagnoles, les gratte-ciel, les *chorus girls*…

— C'est quoi ?

— Des danseuses aux jambes nues. Paraît que c'est bien.

Archie hausse les épaules, le regard distrait. Après un moment, il dit :

— Tu sais, quand je suis tombé à l'eau ce printemps, j'ai vu les blocs de glace se refermer au-dessus de ma tête. J'ai cru que j'allais y rester.

— Moi aussi.

— J'ai compris que j'avais mené une vie d'insignifiant.

— Alors oublie les *chorus girls*. Elles ne te seront d'aucun secours. Comment dit-on « bonne chance » en cri ?

— Ça se dit pas.

— Rude pays…

Callwood tend la main à Ross qui fait semblant de ne pas voir, mais qui lui lance au passage :

— L'eau baisse dans les rivières.

— C'est noté.

Ross s'arrête, penche la tête, l'air agacé au-delà de ce qui est endurable.

— Non, t'écoutes pas, dit-il en regardant Callwood. T'écoutes jamais. T'es moins fort que tu crois. Traîne pas dans le coin. Sors d'ici au plus sacrant. Et reste pas seul. Autrement, tu vas te perdre et tu vas crever.

C'est le plus long discours qu'il ait jamais prononcé devant Callwood, qui répond par un hochement de tête.

Archie est déjà assis à l'arrière du canot. Il se retourne une dernière fois.

— Prends soin de toi, petit *Wachusk*. Le monde est plein de grands méchants loups.

— *Wachusk* fera ce qu'il peut.

Callwood regarde s'éloigner le canot-ambulance en souhaitant qu'il ne se transforme pas en corbillard. Et en se disant que, décidément, personne ne croit à ses vertus guerrières.

29

Il ne s'est pas méfié du premier coup de feu. Il aurait dû. Suchenko était à sa droite, à plat ventre derrière un arbre, la chemise et les bretelles imbibées d'eau noire. Quand il a tiré, Matthew ne s'est pas protégé l'oreille. La détonation lui a vrillé le tympan. Une douleur physique, aiguë. Il a mis le doigt à l'oreille pour voir s'il y avait du sang. Pour ne rien arranger, la douille avait fait un arc en sortant de l'éjecteur et l'avait brûlé à la joue. Harvey faisait feu à son tour. Leurs Martini-Henry tiraient d'énormes cartouches désuètes à poudre noire. Une âcre fumée leur voilait la vue et leur donnait le haut-le-cœur. On entendait les balles lourdes fracasser les roches derrière Corneau. Enfin, on supposait.

Deux longues semaines pour le coincer. Corneau les avait baladés à travers une galaxie de marais, de lacs et de rivières aux confins invérifiables. Les policiers avaient laissé derrière eux un chapelet de balises dans les arbres, comme le Petit Poucet semant ses boulettes de pain. Malgré tout, Matthew n'était pas sûr de retrouver son chemin. Raison de plus pour mettre la main sur Corneau : lui seul pouvait les ramener à la maison. Il les avait entraînés à sa suite en allumant des feux de camp bidon, en accrochant des bouts de froc aux ronces, en ne brouillant pas le sillon de son canot dans la vase. Suchenko s'insurgeait :

— Bon sang, Callwood, tu vois bien qu'il nous fait marcher !

— Marchons plus vite.

Un jour, ils avaient perdu sa trace sur un lac un peu plus grand que la moyenne. Ils allaient faire demi-tour, revenir au dernier repère, quand une étoile éblouissante s'était allumée dans la forêt à l'autre bout du lac. Suchenko s'était mis à cracher et à hurler :

— Enfant de garce ! Il nous fait signe au miroir, maintenant !

Mais comment ne pas suivre ? Ils marchaient et pagayaient de l'aube jusqu'à la brunante[1]. Matthew s'étonnait de trouver de nouveaux traits à ses compagnons, des têtes mieux définies, plus osseuses, avant de se rendre compte qu'ils avaient maigri, que les visages devenaient ravinés, tirés. Même le corpulent Suchenko fondait et vieillissait. Et Matthew se disait que si c'était vrai pour eux, ça devait l'être aussi pour lui. Il ne se déshabillait plus, mais quand il baissait le pantalon pour se soulager, il admirait la netteté anatomique de ses hanches. Par moments, quand ils halaient le canot dans des rivières où il y avait plus de cailloux que d'eau, les têtes entourées d'un tourbillon de mouches, il lui arrivait de se demander ce qu'ils faisaient tous là, à quoi rimait cette souffrance. Puis il se rappelait que c'est lui

1. Crépuscule. *(N.d.É.)*

qui les avait entraînés dans cette aventure et il essayait de se souvenir pourquoi. L'image de Pamela lui revenait à l'esprit, allégée de tout désir ; d'ailleurs, il n'avait plus de pulsions sexuelles. Il pensait à la guerre, à son père, mais tout cela se désunissait, se dématérialisait, comme Corneau lui-même, qui redevenait un mythe, une présence légendaire enfouie dans la forêt, quelque part devant eux où brillaient des feux et des miroirs qui ne menaient à rien.

Le soir, ils se privaient de repas chaud, pour ne pas trahir leur position. Ils allumaient seulement quelques brindilles à l'aube pour préparer le thé, qu'ils versaient dans leurs bidons et buvaient froid, le soir venu. La nuit, ils montaient la garde à tour de rôle, le doigt sur la détente. Quand ils fumaient, ils mettaient les mains en cornet pour cacher le bout embrasé de leurs cigarettes. Beaucoup de précautions pour rien. Corneau ne daignait pas les attaquer. Tous les soirs, la même discussion reprenait dans la tente sombre et suintante d'humidité.

— Il a planqué sa famille quelque part, disait Suchenko, de plus en plus amer. Il ne pourrait pas se promener comme ça avec une femme et deux enfants.

— Corneau va nous mener jusqu'au pôle Nord, disait Harvey.

Matthew consultait ses notes.

— Je ne crois pas, non. Il nous fait faire une boucle. Un de ces jours, on va revenir sur nos balises.

— Il joue à quoi ?

— C'est évident, non ? grognait Suchenko. Il va nous balader jusqu'à l'automne. Puis il va disparaître. Et nous, on va crever de faim.

Ça n'avait rien de fantaisiste. Un explorateur américain était mort de famine et d'épuisement quelques années plus tôt, de l'autre côté de la baie. Rien de plus banal au pays de la faim. Le monstre-cannibale est l'esprit tutélaire du Nord.

— Si tu me manges, disait Suchenko à Harvey, je t'interdis de toucher à mes amourettes. Mais si tu veux quelques bonnes escalopes de fesse, tu te sers, mon vieux, sans manières…

Les yeux de Harvey s'ouvraient tout grand d'horreur et Matthew se sentait obligé d'intervenir.

— Tais-toi, Suchenko, tu délires.

Pas tant que ça. L'eau baissait dans les cours d'eau. Traîner le canot était épuisant. Les pieds dérapaient, se coinçaient entre les cailloux. Matthew claudiquait comme un vieux cheval. Sa cheville blessée était à la torture. Il n'osait retirer sa botte, de peur de ne plus pouvoir la remettre. De toute manière, il ne tenait pas à voir son pied, qui devait être d'une couleur époustouflante.

L'eau baissait, baissait, les innombrables barrages de castor devenaient tous les jours un peu plus difficiles à franchir. Même s'ils faisaient demi-tour maintenant, même s'ils mettaient le cap sur la grande rivière, il n'était pas dit qu'ils y arriveraient vivants. On se perd vite dans un dédale de marais et d'étangs. Une fois égaré, on s'épuise, le cerveau se détraque, les erreurs s'accumulent. Matthew numérotait les entailles-balises faites aux arbres, notait leur emplacement dans son carnet, dessinait au mieux les plans d'eau avoisinants. Puis il rangeait le calepin et le crayon dans sa poche de poitrine gauche, en refermant soigneusement le rabat à bouton. Plusieurs fois par jour, il portait la main au cœur pour s'assurer d'avoir toujours le précieux carnet qui allait les ramener vers la vie. Le soir, il consignait la consommation de vivres faite ce jour-là et calculait le temps qu'il leur restait avant de passer aux demi-rations.

Les soirées devenaient fraîches, les moustiques les abandonnaient de plus en plus tôt. Matthew faisait des rêves très brefs, mais intenses. Une nuit, il poussa la porte d'une chambre et trouva son père au lit avec Pamela. La jeune femme était nue. Le père portait son frac d'avocat. Il leva les yeux sur Matthew et dit : « Qu'est-ce que c'est ? » Le fils se réveilla en sursaut, lança tout haut un « Ridicule ! » et se rendormit aussitôt. Le sommeil le reprenait comme un narcotique. Les trois policiers se levaient crevés, courbaturés. Corneau aussi doit être fatigué, se disait Matthew. Il n'est pas un surhomme. Un jour, il va commettre une erreur, forcément.

Ils y sont. Ce jour est venu.

Ils l'ont surpris à la pointe du jour, au fond d'une pessière[1] inondée. La cachette était bien choisie. Terrain spongieux, bourbeux, rempli de flaques d'eau noirâtre. Épinettes mortes drapées de longs lichens blêmes, à peu près opaques. Pourtant, Corneau s'était laissé surprendre. Malade ? Épuisé ? Il aura dormi trop longtemps, peut-être ? Suchenko a repéré un carré de toile tendu entre les arbres, tout près du sol et, par signes,

1. Forêt d'épicéas, ou épinettes. *(N.d.É.)*

l'a fait voir aux autres. Au même moment, une balle a miaulé au-dessus de leurs têtes : Corneau venait de se réveiller.

Les trois policiers sont à plat ventre. Suchenko s'est jeté dans une flaque – on ne choisit pas toujours. Matthew a atterri dans de la mousse imbibée d'eau. Il se tord violemment pour garder au sec le calepin contenu dans sa poche de chemise. Sans ses notes, ils sont foutus. Surtout si Corneau est tué et qu'il n'est plus là pour leur montrer le chemin du retour. Matthew farfouille dans sa poche, attrape le carnet, se le fourre entre les dents et, seulement alors, se permet de viser.

Ils mitraillent le carré de toile qui sert d'abri à Corneau. Les fusils se chargent par la culasse, une balle à la fois. À l'école de police, ils ont appris à tirer toutes les six secondes. À eux trois, en moins d'une minute, cela fait trente balles massives qui transpercent l'abri de Corneau. Une nuée de poussière de roche s'élève derrière la cible. Matthew reprend son calepin d'entre ses dents et ordonne :

— Cessez le feu !

La fumée des fusils se dissipe. Devant eux, c'est le silence. Dans l'oreille droite de Matthew, ça bourdonne en diable.

— Vous tiriez à ras le sol ?

— Affirmatif.

— S'il est là, il est mort.

Matthew transfère son carnet dans la poche arrière du pantalon. Il chambre une nouvelle cartouche, remonte le levier qui ferme la culasse.

— Couvrez-moi !

Il rampe dans la mousse et la tourbe mouillées, la crosse du fusil dans la saignée du coude, progressant lentement à travers la pessière. Il s'écorche le ventre sur des racines et des pierres, mais ne quitte pas des yeux le carré de toile entre les arbres. Au premier signe de vie, il s'arrête et il tire. Un coup de feu retentit. Il se fourre le visage dans la tourbe.

— Désolé, lance Harvey. J'ai cru…

Matthew reprend sa progression de reptile, le cœur cognant. Il se trouve nez à nez avec une jolie tortue peinte qui n'a pas l'air autrement étonnée. Il se lève, pique un sprint jusqu'à une pierre moussue. Lève le nez au-dessus de l'arête, voit l'abri où Corneau s'est couché. Personne.

Il fait un rapide examen des lieux. Derrière l'abri, une paroi rocheuse, fendue d'une sorte de passage étroit. Donc il n'était pas coincé. Évidemment, il n'est pas si bête. Corneau a dû escalader le rocher pour prendre une position de tir en surplomb. Matthew capte le regard des deux autres policiers, leur fait comprendre le danger. Suchenko fait oui. Matthew se redresse sur un genou, vise la crête. Ses compagnons arrivent au pas de charge, se plaquent au pied de la paroi. Rien. Matthew jette un œil sur le camp de Corneau. Une toile, une couverture, rien d'autre.

— T'as remarqué ? dit-il à Harvey qui est tout proche.

— Oui. Il doit avoir une couenne de porc pour dormir sans moustiquaire.

— Non, regarde. Il n'y a rien du tout. Son matériel est plus loin.

— C'est pas vrai ! gronde Suchenko en se ruant sur le passage dans le roc. Ça finira donc jamais, ce cauchemar ?

— Reste à couvert !

— Oh, t'inquiète ! Il nous a pas attendus...

Suchenko disparaît dans le défilé puis émerge tout en haut du rocher.

— Je vois de l'eau entre les arbres. Grouillez-vous !

Ils courent à toutes jambes, glissant et trébuchant sur les racines luisantes. Le plancher de la forêt s'incline vers l'eau. Des éclats de soleil constellent les sous-bois. Suchenko est loin devant eux. Il lance un cri désolé : « Il s'échappe ! » Il tombe sur un genou, met en joue et tire coup sur coup en éructant une bordée d'injures. Matthew s'arrête derrière lui, essoufflé, vanné, la cheville au supplice. Au loin, très loin, une forme sombre se glisse sur l'eau scintillante.

— Arrête. Arrête, je te dis ! Tu brûles des cartouches pour rien. Allons chercher le canot. Vite !

Suchenko pose la crosse par terre et, toujours sur un genou, met le front contre le bois du fusil. Il expire longuement en secouant la tête.

— J'en peux plus. C'est pas un homme, c'est le diable.

— C'est un homme. Et il doit être aussi crevé que nous. Bon. Trouve un rocher, une hauteur, suis-le du regard aussi longtemps que tu peux. Harvey et moi allons chercher le matériel.

— Non, grogne Suchenko en se levant, Harvey a une meilleure vue. Va, jeunot, grimpe dans l'arbre qui est là. Tâche de voir où il va. Et nous, pendant ce temps, on va jouer les bêtes de somme. Pour rien changer.

Matthew les attrape tous les deux par le bras.

— Écoutez-moi bien. C'est aujourd'hui ou jamais. Alors on ne s'arrête plus. *Go !*

Il leur faut une heure pour amener le canot et les vivres. Harvey vient les rencontrer à mi-parcours en bondissant comme une gazelle.

— J'ai fini par le perdre de vue, dit-il, mais il donnait vers l'est.

— T'as encore la force de courir, toi ? fait Suchenko. Tu me désespères, mon gars.

Une fois tous arrivés au bord du lac, Matthew dit :

— On laisse tout ici.

— Hein ?

— On prend le canot, les armes, trois boîtes de pemmican chacun. C'est tout. Et la pharmacie. Le reste nous attendra ici. Il est seul à pagayer, nous sommes trois. Il a quinze ans de plus au compteur. On le tient. Mais il faut aller plus vite que lui. Ne plus lui laisser de repos.

— Dans la pharmacie…, fait Suchenko.

— Quoi donc ?

— Y a du *Forced March.*

— Qu'est-ce que c'est ?

— Des cachets de cocaïne et de caféine. J'ai menti. C'est pas le chocolat qui a permis à Scott de se rendre au pôle Sud.

— Scott, c'est pas lui qui est mort gelé ? s'inquiète Harvey.

— T'as déjà essayé ce produit ? fait Matthew.

— Oui, c'est magnifique. Ça te transforme en machine.

— Mais il est mort, non ? insiste Harvey.

Ils déposent leur matériel au pied d'un arbre, le recouvrent de la tente, hissent les sacs à farine dans les branches. Suchenko jette un regard alentour. La forêt est belle, dégagée, le sol propre, sec, recouvert d'aiguilles odorantes.

— Pour une fois qu'on trouve un bon site…

— Allez. Dans vingt-quatre heures on est de retour, et tu pourras dormir tout ton soûl.

Matthew fait la distribution des comprimés blancs comme un prêtre à la communion.

— Pas plus de deux à la fois, dit Suchenko. Sinon, la patate explose.

Ils sont déjà embarqués quand Matthew se précipite hors du canot et remonte la berge en claudiquant.

— On oublie le Kodak !

Ils pagaient jusqu'à la nuit noire et, même alors, ne sentent pas le besoin de dormir. Il faut bien s'arrêter, pourtant, pour ne pas perdre la trace de Corneau. Ils restent en bordure d'un petit lac à traquer les astres, quelques heures à peine, jusqu'à ce que l'étoile du Berger se lève. Matthew se sent fébrile et puissant. Sa cheville est guérie. À tout le moins, il ne la sent plus. Suchenko grille des cigarettes à la chaîne. Harvey fait sauter des galets sur l'eau, heureux comme un gamin.

— Incroyables ces comprimés ! J'ai l'impression de voir dans le noir. On devrait nous en délivrer tout le temps !

— À la longue, ça doit user l'engin, tempère Suchenko.

— Est-ce qu'on va mourir gelés, comme Scott ?

— Peut-être. Mais ce sera le plus beau jour de ta vie.

— J'en doute pas ! Wow !

Un huard, au loin, lance un rire maboul. C'est le matin. Après une nouvelle distribution de comprimés, ils relancent le canot sur l'eau sombre. C'est vrai qu'ils ont la vue plus perçante. Ils repèrent une faible raie dans les roseaux. Corneau est passé par là.

— Eh ben mon salaud, grommelle Suchenko, essaie encore de nous faire des coucous avec ton miroir !

Matthew se dit que Corneau n'a plus d'abri, plus de couverture, plus rien. Il a dû se pelotonner au pied d'un arbre et dormir par bribes. Il n'a ni café ni cocaïne. Rien pour combattre la fatigue. C'est une question de temps.

Le pays est de plus en plus plat. Les crêtes rocheuses en forêt s'élèvent de quelques mètres seulement. Impossible de se faire une idée du territoire devant soi. Ils vont de mare en lac, de simples trous dans le granit, tous ceinturés des mêmes épinettes noires.

Le soleil tape. L'effet des comprimés s'atténue. Les têtes se détachent des épaules. Vers midi, Matthew compulse ses notes, consulte la boussole. Harvey et Suchenko avalent sans appétit leur rondelle de pemmican graisseux et ingurgitent de l'eau tiède avant d'allumer des cigarettes avec gourmandise. Ils ne comprennent pas que Matthew s'en prive : c'est le seul bon moment du repas. Le caporal se gratte la tête avec le bout taillé du crayon. Depuis quelques jours, il a des démangeaisons terribles sous la casquette.

— Pas sûr, dit-il, mais… J'ai l'impression qu'il revient sur ses pas.

— Comment fait-il pour se retrouver ? s'émerveille Harvey. Il a pas de carte.

— Tu cherches trop, répond Suchenko entre deux bouffées. Il va nulle part. Il tourne en rond pour nous faire perdre du temps.

— Faudra bien qu'il retrouve son chemin un jour !

— Il a grandi dans les bois. Il est chez lui comme toi dans le champ de betteraves de ton père.

— Je t'ai déjà raconté l'hiver où on a failli crever de faim ? fait Harvey. C'est les betteraves qui me font penser à ça. Ah oui, toute une histoire ç'a été…

Matthew interrompt le verbiage de drogué.

— Le chasseur cri qu'on a rencontré à la rivière…

— Celui que Suchenko a tapé, complète Harvey aimablement.

Matthew fait la grimace.

— Celui-là. Il a dit qu'il avait rendez-vous avec Corneau dans vingt jours. On en est au quinzième.

— Il s'en retourne là-bas ?

— Je me demande si sa femme et ses enfants n'y sont pas déjà.

— C'est pas bête, dit Harvey. C'est même brillant. Je peux avoir un cachet ? Je me sens un peu fané, là.

La journée avance. Après avoir franchi un isthme rocheux, ils descendent vers une minuscule plage de gravier, chacun gesticulant contre sa fidèle escorte d'insectes.

— À terre ! chuchote Suchenko.

Ils se jettent à plat ventre dans la broussaille, le canot entre eux.

— J'ai cru voir un mouvement de l'autre côté du lac.

Matthew arrache sa casquette, sort les jumelles et ajuste la berge lointaine tandis que les mouches se ruent sur sa chevelure graisseuse.

— Tu vois quelque chose ? demande Suchenko. Peut-être un ours, finalement…

— C'est lui !

Dans le tunnel noir que forment les jumelles, Moïse Corneau vient d'émerger d'un écran d'épinettes. Cela fait six mois que Matthew ne l'a vu, mais c'est bien lui. La barbe plus fournie, les cheveux à l'épaule, mais c'est lui. Le policier s'étonne de ressentir du plaisir en le voyant, presque un élan d'amitié. La cocaïne, sans doute… Corneau descend jusqu'à l'eau, jette un regard vers eux, à travers le lac. Matthew se fige. Le soleil se reflète-t-il sur les verres des jumelles ? Ouf ! Ça va. Corneau se détourne, se penche sur son canot, attache l'aviron aux barrots. Matthew respire. L'homme au fond du tunnel agit avec une belle nonchalance, pas du tout pressé. Il n'a pas l'air particulièrement fatigué non plus. Il se plie, ramasse le canot dans les grandes herbes, le hisse sur ses épaules avec une facilité déconcertante et disparaît dans la forêt, une main sur son embarcation, l'autre emportant un sac.

— C'est bien lui ! confirme le caporal en rangeant les jumelles.

— Qui veux-tu que ce soit ?

Matthew rampe à reculons.

— Suchenko, tu viens ? Qu'est-ce que tu fous ?

Couché dans les kalmias, il fixe toujours la berge opposée.

— Pourquoi il se laisse voir, tout à coup ?

Et se retournant vers les autres, il lance :

— Je crois qu'il nous a vus.

— Moi aussi, renchérit Harvey.

— Non, non, j'avais son visage plein les jumelles. Il ne se doute de rien.

Suchenko rampe vers eux, la mine exaspérée.

— C'est un guet-apens, je te dis ! Il va nous canarder pendant qu'on traverse le lac.

— C'est vrai, ça ! couine Harvey, le regard fébrile, les pupilles dilatées. On ne pourra même pas se défendre ! *Paf ! Paf ! Paf !* Comme trois perdrix sur une branche !

— T'en as pris combien, de ces comprimés ?

— Il est défoncé, mais il a raison, dit Suchenko. Qu'est-ce qu'il a comme arme, Corneau ? On en sait rien. Supposons que ce soit un Winchester ?

— C'est vrai, ça ! On sera comme des poissons dans un baril ! *Paf ! Paf ! Paf !*

Matthew sent la chaleur lui monter au cou. Il se gratte furieusement la tête. Il cherche sa casquette. Des mouches s'agglutinent à la commissure des yeux. Il les chasse rageusement, se prend la chevelure à pleines mains.

— Attendez, attendez ! On ne raisonne plus comme il faut. Cette foutue drogue… Pourquoi un chasseur aurait-il une arme à répétition ? Ça ne tient pas debout.

Suchenko est rouge de colère.

— Très bien. Monseigneur veut une attaque de front. À la baïonnette et clairon en tête, pourquoi pas ? Ben allons-y. Crevons glorieusement. Mais tu porteras la responsabilité de nos morts.

Harvey s'affole.

— Mais j'en ai rien à foutre qu'il soit responsable et glorieux. Je serai mort !

— Qu'est-ce que tu proposes, Suchenko ?

— On fait le tour du lac à pied. On le prend à revers.

— S'il est encore là.

— Peu importe. Il est bien obligé de dormir de temps à autre. On peut supposer qu'il n'a pas de *Forced March*, lui.

— On peut supposer qu'on en a trop, nous...

Tout, plutôt que de rester à ne rien faire. C'est l'inconvénient de cette drogue. Les jambes marchent d'elles-mêmes. Ils chargent leurs fusils et s'enfoncent dans la forêt. Bête ! Bête ! Bête ! pense Matthew à chaque foulée. Plus jamais je ne toucherai à cette saloperie. Corneau est déjà sur le prochain lac, c'est sûr. On ne l'aura jamais, ce démon. Harvey, loin devant eux, bondit comme un chevreuil.

Ils traversent des ravins bourbeux, des pessières sombres, s'empêtrent dans des chablis, glissent sur de la mousse de caribou. C'est Noël pour les moustiques et les tiques : trois imbéciles tout chauds à vider de leur sang. Matthew ruisselle de sueur sous sa chemise de serge. Il s'arrête pour s'essuyer les yeux. Au même moment, loin devant, il entend une espèce de *Raoûûû* et un coup de feu.

Harvey vient de passer à l'assaut.

— Enfant de pute ! hurle Suchenko. Harvey ! Attends-nous, p'tit con !

Coups de feu à répétition. Aux cinq ou six secondes. Cadence régimentaire. Toujours la même arme lourde.

Puis un seul claquement de carabine. Et c'est le silence.

Matthew a le sang qui se glace. Il court de toutes ses forces. Se prend les pieds dans une branche, s'affale de tout son long dans la tourbe détrempée, se relève, court, court, court, une boule dans la gorge. Il aperçoit Harvey, assis dans la fange, qui porte une main ensanglantée à son front. Le jeune homme lui jette un regard d'enfant égaré. Suchenko est déjà là.

— Qu'est-ce qu'il a ?

— Rien, fait Suchenko. Un éclat de roche. Une entaille au cuir chevelu. Beaucoup de sang, mais c'est rien.

— Et Corneau ?

— Je l'ai vu déguerpir vers la crête, là-bas. Bon, il est temps d'en finir, fait Suchenko en vérifiant l'indicateur de charge. T'es prêt ? Parfait. Je contourne par la droite. Toi, Callwood, par la gauche. Mais écoute-moi bien…

Il regarde son supérieur dans le fond des yeux.

— Pas de sommation. Pas de tir en l'air. Pas de parlote. Tu le vois, tu le descends. Compris ? Vise en plein corps. Il est temps qu'on lui règle son compte à cet animal. Harvey, tu bouges d'ici, et je te tue moi-même.

Les deux policiers s'allongent près de leur arme, se consultent des yeux.

— On y va !

Matthew se rue vers une bosse de granit clair. Suchenko lui a fait la partie belle. À peine quelques mètres à découvert. Il plonge dans une barre lumineuse entre un arbre et le roc. Aussitôt, une balle explose contre le granit. La poudre de pierre lui brûle la main. Matthew en a le souffle coupé. Il s'écrase sous la paroi, regarde sa blessure. Ce n'est rien, mais il est ébranlé. La rapidité avec laquelle Corneau a visé et tiré est hallucinante. *Jamais je ne pourrais faire ça !* Nouveau claquement, pour garder Suchenko à distance, sans doute. Matthew escalade le rocher. Coup de feu d'arme lourde. Suchenko. Claquement. Corneau. *J'arrive en haut, et il me tue. Après, je fais quoi ?* Il grimpe, voilà ce qu'il fait. Il atteint tout juste la crête quand résonne un dernier claquement. Et puis un long, terrible cri de douleur.

— Suchenko ! crie Matthew. Suchenko ! Qu'est-ce qui se passe ?

Il se jette de tout son long sur le granit, le fusil pointant droit devant. Personne. Il balaie le rocher du regard. Rien. Puis lui parvient le hurlement perçant de Harvey.

— Callwood ! Callwood ! Suchenko est touché !

Le cri le plus désolé qu'il ait jamais entendu. On dirait un gosse pleurant sa maman.

— Viens ! Viens vite ! Il est mourant !

Matthew rampe vers l'arrière, se laisse tomber du rocher, fonce à travers la forêt. Il est rempli de rage et de peur. Surtout de peur. Comment soigner Suchenko dans un endroit pareil ? Il maudit Corneau de toute son âme. Se maudit lui-même de les avoir entraînés jusqu'ici.

Il voit deux formes sur une corniche rocheuse. Harvey est penché sur Suchenko qui est couché sur le dos, la tête rejetée en arrière, les traits convulsés par la douleur.

— Où as-tu été touché ? crie Matthew.

Suchenko a la boule écarlate. Il se lève sur ses coudes, cherche à voir le bas de son corps. Il halète et laisse aller sa respiration par déflagrations.

— Au ventre ? T'es touché au ventre ?

Suchenko pousse un rugissement de colère.

— J'suis pas touché. J'suis tombé ! Comme un morveux ! Cette mousse de merde… Ma jambe…

Quelque chose fait saillie sous le tissu du pantalon, juste au-dessus du genou. Comme une grosse écharde qui soulève le drap et dont la pointe forme une tache. Une sueur froide inonde Matthew. La tête se met à lui tourner. Harvey souffle :

— Est-ce que c'est… ?

Il va s'évanouir. Matthew le saisit par l'épaule et le secoue violemment.

— Écoute-moi bien, Harvey. Tu vas retourner chercher le canot. Tu m'entends ? Tu fais le tour du lac jusqu'au canot, tu traverses et tu m'apportes la pharmacie. C'est clair ? Répète !

Harvey répète. Il ajoute :

— Et Corneau, pendant ce temps ?

— Dépêche-toi !

Harvey déguerpit et, après quelques instants, on entend le bruit d'un corps qui se jette à l'eau.

— Qu'est-ce qu'il fait encore ? demande le blessé en haletant.

Matthew tend le cou.

— Il traverse le lac à la nage. Nu comme un ver.

— P'tit con ! Il sait à peine nager !

— T'inquiète. Avec ce qu'il a absorbé…

— Tu vas devoir m'ouvrir la jambe, dit Suchenko.

Matthew se sent blêmir.

— Non, je ne peux pas…

Des doigts de fer l'attrapent au collet tandis qu'il plonge vers le faciès grimaçant de Suchenko.

— Écoute-moi, fiotte ! grogne-t-il. Tu remets mon os à sa place, ou tu me scies la jambe. C'est l'un ou l'autre. Choisis !

— C'est bon, je vais trouver…

— Foutaise ! Tu vas suivre ce que je te dis.

— T'as déjà vu faire ?

— Non. Commence par fendre le pantalon.

— Attendons d'avoir le désinfectant… Je vais allumer un feu.

Suchenko laisse choir la tête contre le roc et, les yeux tournés vers le ciel, se délivre d'un feu roulant de jurons où il est question de Dieu – beaucoup –, de riches incompétents, de l'injustice fondamentale des choses et des femmes de mauvaise vie – presque autant que de Dieu. C'est tonitruant, inspiré, magistral, et ça n'a pas l'air de le soulager outre mesure.

Quand Harvey remonte la pente vers eux, apportant la pharmacie, il est toujours en costume d'Adam et entouré d'une nuée impressionnante de moustiques.

— Je fais quoi ? dit-il, essoufflé.

— Tu te rhabilles, dit Matthew. Sinon tu vas perdre tout ton sang.

— C'est drôle, je sens rien.

— Va chercher de l'eau. Mets-la à bouillir.

Quand il revient, vêtu de pied en cap, Harvey installe la bouilloire sur le feu, puis se poste à côté, un genou à terre, fusil en mains, les yeux levés vers la forêt en surplomb.

— Qu'est-ce que tu fais ? siffle Suchenko, qui tremble comme une feuille.

— Je monte la garde contre Corneau.

— Corneau, tu le verras plus, dit Suchenko. Il a gagné. Il a déguerpi.

Matthew fouille dans la pharmacie, en retire un flacon, montre l'étiquette à Suchenko.

— Des cristaux de Véronal, souffle-t-il. Je ne sais pas comment l'administrer.

— Envoie au pif, fait Suchenko. Plutôt trop que pas assez.

— Ça pourrait te tuer.

— J'aime mieux ça que la gangrène. Et autant dire que là, comme ça, c'est pas endurable…

Matthew a affûté les couteaux, qui trempent maintenant dans l'eau bouillante. Il s'entend expirer bruyamment, comme lorsqu'il était petit, à l'église, qu'il avait un haut-le-cœur et qu'il essayait par tous les moyens de ne pas vomir. Il fait semblant de consulter sa montre, mais ne se souvient plus de l'heure à laquelle il a mis les couteaux à l'eau. Il croise le regard de Suchenko, qui lui dit tranquillement :

— C'est bon. Je crois que tu peux y aller maintenant.

— Harvey ! fait Matthew, apprête-toi à tirer sur sa jambe.

Il fend la toile du pantalon. L'écharde d'os, crème et rouge, émerge de la peau déchirée. Il y a beaucoup de sang noirci. Harvey se retourne pour vomir. Matthew sent une chaleur terrible sous sa casquette.

— La brisure m'a l'air… plutôt… je n'en sais rien…

Il doit lutter pour ne pas tourner de l'œil. Suchenko dit en haletant :

— Tu dois agrandir la plaie de part et d'autre de l'os. Comme des rabats que tu ouvres de chaque côté, tu me suis ?

— Je crois, oui. Non.

— Et tu les fais grands. J'ai pas envie que tu recommences dix fois.

Il s'arque sur sa bonne jambe et crie :

— Putain que ça fait mal !

Matthew se sent vaciller. Cette fois, il est vraiment sur le point de perdre connaissance. Il se désinfecte les mains à l'alcool, nettoie la peau autour de l'écharde d'os pendant que Suchenko se tord de douleur, prend le couteau brûlant, pose la lame sur la peau. Le blessé grince des dents et crie :

— Coupe !

La main de Matthew se met à trembler violemment.

— Coupe, je te dis !

— Je ne peux pas !

— Coupe !

— Je n'y arrive pas.

Matthew penche la tête, blême, haletant. Il va sangloter comme un enfant. Puis il voit les yeux de Suchenko s'ouvrir tout grand. Est-ce qu'il se meurt ? C'est la fin ? Derrière lui, une voix d'homme dit :

— Ôte-toi de là, garçon.

Matthew pivote sur ses genoux. Moïse Corneau pose son fusil par terre, s'agenouille à ses côtés, dégaine un énorme couteau de chasse.

— Tasse-toi.

— Holà ! murmure Harvey. Qu'est-ce qu'il…

Matthew revient de son étonnement, assez pour bredouiller :

— Il faut désinfecter le couteau. Et les mains.

Corneau laisse faire. Il plonge le regard dans celui de Suchenko.

— T'es prêt ?

Suchenko fait oui.

— Tenez-le bien.

La lame pénètre dans la jambe comme dans du lapin rôti. Suchenko pousse un cri monstrueux. Corneau n'en a cure. Il découpe la jambe comme il dépiauterait une bête, avec calme et précision. Il écarte la peau, expose l'os sous-jacent, dit à Harvey :

— Tire doucement.

Il replace l'os au mieux. Le bout de l'écharde disparaît sous le muscle.

— C'est tout ce que je peux faire, conclut Corneau. Vous avez une aiguille ? Du fil ?

Matthew farfouille dans la pharmacie. Ses tremblements ont diminué. Il passe une aiguille de suture recourbée à Corneau, qui la contemple avec étonnement.

— C'est bien pensé.

— Il y a des pinces, aussi, pour la sortir de la peau…

L'homme retourne l'outil dans sa main, admiratif. Puis il se met à recoudre les plaies. Chaque fois qu'il tire sur le fil, Suchenko cambre les reins et hurle entre ses dents serrées.

— Tenez-le. Mieux que ça. C'est bon. Toi, lance-t-il à Harvey, va fendre trois branches de saule. Un peu moins longues que la jambe.

Harvey bondit sur ses pieds, puis reste là, les bras ballants, le regard effaré.

— Qu'est-ce qu'on fait ? demande-t-il.

N'ayant pas de réponse, il plonge vers le sol, attrape son fusil et le braque sur Corneau. Le canon flotte à deux pieds de sa nuque. Harvey crie d'une voix de fausset :

— On l'arrête ? Je tire ? Qu'est-ce qu'on fait ?

Suchenko souffle d'une voix rauque :

— Tu fais ce qu'il te dit, imbécile !

Et là-dessus, il ferme les yeux et se met à ronfler. Moïse Corneau l'observe, médusé.

— Qu'est-ce que vous lui avez donné ?

— Du Véronal. J'ai peut-être forcé la dose.

Corneau hausse les sourcils sans rien dire. Matthew se tourne vers Harvey.

— Pose ton fusil. Va chercher les branches de saule.

Harvey s'éloigne de mauvaise grâce, mais en emportant son arme. Matthew débouche le flacon de teinture d'iode et en verse directement dans les plaies. En temps normal, la douleur serait insoutenable. Mais le Véronal tient bon, Suchenko roupille comme un nouveau-né. Matthew plaque une compresse aseptique sur la blessure, enroule la jambe de gaze. Corneau lui montre comment ajuster l'attelle en branches de saule. Sa science est étonnante pour un homme des bois. Mais un chasseur qui a passé toute sa vie à désarticuler des animaux et à fracasser des os à moelle doit acquérir des notions d'anatomie, à la longue. Un mammifère, c'est un mammifère…

— Il va conserver sa jambe ? demande Callwood.

— Peut-être, fait Corneau en essuyant le couteau contre son pantalon. Si l'infection ne le tue pas…

Harvey est assis un peu plus loin, la mine hargneuse, les cuisses écartées, le fusil au garde-à-vous devant le califourchon. Corneau lui jette un regard.

— Il va me tirer dessus ?

Matthew soupire.

— Harvey, range ton arme ! C'est un ordre.

— Comment ? Mais voyons, il est…

— Oui. Il est ça. Range ton arme. On n'a plus le choix. La vie de Suchenko en dépend.

Matthew se tourne ensuite vers Corneau :

— J'ai besoin de ton aide, lui dit-il. Sans toi, je retrouverai peut-être la rivière, mais ce sera trop long. La gangrène va s'y mettre.

L'homme acquiesce de la tête.

— C'est bon. Je vous raccompagne jusque-là. Mais après, vous me laissez tranquille.

— Entendu.

— Finie la traque.

— Oui.

— Je vais récupérer ma tente au passage.

Matthew baisse le nez.

— Je l'ai brûlée.

— Ah…

Corneau rumine un moment son amertume.

— C'était vraiment la peine de me faire toutes ces misères ? J'ai perdu ma maison. Ma tente. Je sais plus où est ma famille. Et mes fourrures, t'as mis la main dessus, je suppose ?

— Ça, non ! Mais… J'ignore où elles se trouvent.

— Et pourquoi tout ça ? T'avais qu'à regarder ailleurs et, à l'heure qu'il est, je serais aux États-Unis. Mes enfants seraient heureux. Au lieu de ça…

Ses yeux noirs fulminants cherchent ceux de Matthew.

— Qu'est-ce que je t'ai fait ? demande Corneau. Pourquoi cet entêtement ?

— Tu m'as menti.

— Et alors ? T'es qui, toi, Dieu le Père ? Personne a le droit de te mentir ? Si je t'avais tout dit, t'aurais pas compris.

— Qu'est-ce qu'il y a à comprendre ? Tu as tué ta femme !

— J'comprends rien, fait Harvey, qui ne maîtrise pas un traître mot de français. Je fais quoi, là, moi ?

Corneau lui répond dans un anglais passable :

— Toi, tu dresses la tente pour ton *chum*.

Harvey tombe des nues.

— Quoi, c'est lui qui commande maintenant ?

— Fais ce qu'il te dit.

Et, se tournant vers Corneau, Matthew ajoute :

— Tu m'as offert à souper, l'hiver dernier. Je te rendrais la politesse, mais on n'a plus rien.

Corneau soupire, prend son arme et s'éloigne vers le lac. Les policiers restent seuls.

— Tu vas m'expliquer ? demande Harvey, furibond.

— Non, fait Callwood. Je n'explique plus rien du tout.

Une demi-heure plus tard, ils entendent claquer une arme légère dans le crépuscule. Corneau revient en tenant un jeune castor par la queue. Posant la bête sur le dos, les quatre pattes en l'air, il dégaine son grand couteau, le même qui a servi à opérer Suchenko, et se met à charcuter sa prise. Bientôt, un délicieux fumet emplit la forêt, et Harvey, tout remué, se surprend à pencher pour le pardon. Il craque tout à fait quand il apprend que Moïse Corneau a un peu de sel dans ses poches.

30

Ils mettent trois jours à regagner la grande rivière. Matthew avait vu juste : Corneau les entraînait dans un grand crochet pour revenir vers sa famille. À présent, il pagaie devant eux, seul dans son canot. Les policiers suivent dans le leur. À demi couché, comme sur un divan, Suchenko flotte dans un brouillard barbiturique dont il ne sort que pour demander du Véronal. Quand il se réveille tout à fait, il est d'une humeur massacrante.

En arrivant dans son ancien camp, Corneau s'attarde un moment devant sa tente incendiée. Il ne dit rien. D'ailleurs, il est à peu près muet. S'il entretient des relations plutôt correctes avec Matthew, il fuit les deux autres *pattes jaunes*, Suchenko en particulier. Les deux hommes se regardent comme chien et loup. Suchenko souffre de sa blessure et tient Corneau pour responsable.

— Il a sauvé ta jambe, lui fait valoir Matthew.

— C'est vite dit. T'as vu la couleur qu'elle a, ma jambe ?

— Pourtant, tu vas la conserver, je crois.

Matthew tâte délicatement la chair autour du pansement, soulève la bande de gaze sans la défaire. Appuyé sur ses coudes, Suchenko grince des dents et souffle dans ses joues. Pour se distraire de sa douleur, il suit du regard son ennemi qui fouille les broussailles en bordure du camp.

— Il est plus jeune que je l'imaginais, ton Corneau.

— Pourquoi *mon* Corneau ?

— Plus petit aussi. Qu'est-ce qu'il cherche ?

— Un signe. Sa femme a dû venir ici, après notre départ. Elle a peut-être laissé une indication pour qu'il sache de quel côté elle partait.

— Un code de sauvages, c'est ça ? Un truc invisible aux Blancs ?

— Il est blanc comme toi et moi. Mais oui, quelque chose dans le genre.

— On peut pas le laisser filer, tu sais.

— Je lui ai donné ma parole.

— Toi, oui. Pas moi. Aide-moi à m'asseoir.

Les fesses posées sur un tronc d'arbre, Suchenko se sent moins invalide, plus homme. Il pioche une cigarette dans la poche de sa veste, la première depuis l'accident.

— En plus du Véronal, tu crois que c'est sage ?

— On verra bien, répond Suchenko en faisant craquer l'allumette.

Il souffle la fumée avec bonheur. Puis il baisse la voix, revient à l'attaque.

— Comment vas-tu expliquer ça au QG, hein ? Y as-tu pensé ? Qu'est-ce que tu vas mettre dans ton rapport ? « Prie de vous informer qu'on a appréhendé le fugitif. Il a blessé un de mes hommes. Alors je l'ai libéré. Ça me paraissait plus élégant. »

Matthew lève sa main écorchée.

— Un : on ne l'a pas appréhendé. Deux : il ne t'a pas blessé, tu t'es esquinté tout seul. Trois : s'il avait voulu nous tuer, on serait là-bas à engraisser les corbeaux.

Suchenko secoue la tête. Il se fait implorant :

— Callwood, écoute-moi. C'est pas compliqué. Dans ce bas monde, y a des flics, et y a des voyous. Le rôle des flics, c'est de coffrer les voyous. Ou de les descendre. C'est simple. Tout le monde comprend ça. Un enfant comprendrait ça. Mais toi, avec tes hésitations et tes scrupules, tu nous as mis dans une telle bouillasse qu'on reconnaît plus son nez de son cul. On courait après un assassin, et v'là qu'on prend le déjeuner avec.

Il veut approcher son visage de celui de Callwood, mais sa jambe l'élance. Il grimace, soulève une fesse, grogne et poursuit l'offensive en chuchotant :

— Tu sais quelle serait la meilleure chose à faire ?

Il plonge le regard dans les yeux de Matthew, se veut amical, persuasif.

— On le flingue, on prend sa photo, et on rentre à la maison. Tout le reste, on l'oublie. On garde ça entre nous. J'en ai parlé à Harvey, il est d'accord…

— Tu l'abattrais comme un chien ?

— C'est pas un chien. C'est un tueur. Un pervers. Oui, je le flinguerais. Sans problème.

— Dans ce cas-là tu devrais me flinguer aussi.

Suchenko se redresse d'un coup sec. Il semble mastiquer du dégoût. Matthew répète d'une voix blanche :

— J'ai donné ma parole.

Suchenko le couvre d'un long regard d'incompréhension. Après un moment, il articule, la voix chargée de colère :

— Harvey et moi, on a pas l'intention d'être la risée du pays. M'entends-tu ? On veut pas être la honte de la police. T'as donné ta parole à un assassin. Mais ton devoir envers tes frères policiers, t'en fais quoi ? Hein ?

— Je prends tout sur moi. Je vous disculperai.

— Foutaise. Dans toute l'histoire de la police, y aura jamais eu un ratage pareil. On nous le pardonnera pas. Tu veux pas descendre ton ami Corneau ? Alors pense à quelque chose, et vite. Demain, après-demain, on est à la rivière. Et c'est pas vrai qu'il va s'évanouir dans la nature comme un moineau.

Ils remplacent le canot des policiers, très abîmé, par le seize-pieds qui est resté au camp, et ils repartent. Suchenko est assis presque droit, les mains sur les plats-bords. Il souffre, mais ne veut plus de Véronal. Il souhaite garder toute sa tête.

Il fait chaud. Vingt-cinq degrés, peut-être, mais ils n'ont plus l'habitude. Le chant interrogateur du bruant ne les quitte plus, comme si le même oiseau obstiné les cuisinait des heures durant : « Com-ment en es-tu ve-nu là ? » Matthew repasse l'expédition en mémoire, se demande où il s'est fourvoyé, à quel moment, à quel endroit. Où est sa faute ? Il ne voit pas. C'est peut-être lui, finalement. Le mauvais homme au mauvais poste. Son père avait raison. Le jeu des policiers et des bandits est brutal, mais simple. Il faut le réserver aux hommes simples. Suchenko aurait tué Corneau à la première occasion ou serait mort à sa place. Et tout serait dit. « Tu compliques toujours tout », disait Pamela.

Ils entendent gronder les rapides bien avant de découvrir la rivière. Les canots s'engagent dans un petit affluent à moitié étouffé d'aulnes où il fait une chaleur d'étuve. Ils croient entendre des mouettes, mais reconnaissent bientôt des cris d'enfants. En débouchant sur la grande rivière, ils surprennent des pêcheurs cris qui relèvent leur filet au pied des rapides. Les hommes se redressent aussitôt, muets. Tout en haut, les enfants ont cessé de jouer et se tiennent en rang sur un escarpement rocheux. Ils dévorent des yeux les étrangers. Des femmes surgissent aussitôt pour les ramener vers les tentes. Des garçons leur échappent et dévalent la pente caillouteuse vers les Blancs. Matthew ajuste sa casquette pour que l'écusson soit bien visible. Il descend du canot, approche les pêcheurs.

— *Simakanis*, dit-il.

Il a peur de voir parmi eux le chasseur que Suchenko a malmené deux semaines plus tôt. Il n'est pas là. Autour de lui, on prononce le mot *wachusk*, à voix basse parce que ce n'est pas tout à fait un compliment. Certains de ces hommes sont de la Mission. *Wachusk* n'a plus d'interprète, à part Corneau, et les explications faites en sa présence risquent d'être compliquées. Alors il se débrouille seul. Les Indiens sont en route vers la Mission, apprend-il. Ils y seront dans dix jours. Ils font escale aux rapides pour faire provision de poissons et d'airelles. Non, ils n'ont rencontré personne depuis une semaine.

Les hommes répondent de manière lapidaire à ses questions, mais ne quittent pas des yeux Moïse Corneau.

— Vous le connaissez ? demande le *simakanis*.

Ils font semblant de ne pas comprendre. Après un moment, un des pêcheurs jette un regard moqueur vers Suchenko, assis au fond de son canot comme un poupon monstrueux. Matthew montre sa propre jambe et fait semblant de rompre un bâton. Puis, de l'index, il mime un bout d'os qui dépasse. Les hommes plissent les yeux de douleur.

Corneau revient des tentes, le regard rentré, dévoré d'inquiétude. Sa famille n'y est pas. Personne n'a de nouvelles.

Les *pattes jaunes* dressent leur abri à cinquante pas des Cris. Corneau campe à l'écart, près des rapides, où les moustiques sont plus endurables. Un parfum de poisson grillé se répand sur la berge. Les policiers mangent leurs rondelles de graisse froide en silence. Après le souper, Suchenko et Harvey allument des cigarettes. De temps en temps, ils tournent le regard vers Corneau, près de la rivière, pour s'assurer qu'il y est toujours. En jetant un premier mégot au feu, Suchenko rompt le silence.

— Alors, Callwood ? Qu'est-ce que t'as décidé ? On fait quoi ?

— Je te l'ai dit : j'assume tout.

— Et je te le répète : ça marche pas. C'est trop gros comme bavure.

— Toi, tu t'en fous ! s'écrie Harvey. Toi, tu t'en retournes à ton yacht-club et à tes livres. Mais Suchenko et moi, t'as pensé à ce qui nous attend ? Hein ? T'as pensé à nous ?

— Ils vont nous faire disparaître, dit Suchenko. Ils vont nous expédier dans le poste le plus reculé du Yukon pour que plus personne entende parler de nous. On sera à 100 milles de la première paire de tétons. On en sortira pas avant d'être des débris.

Harvey semble sur le point de pleurer.

— Je veux une vie, moi ! J'ai pas envie de me branler comme un curé jusqu'à la fin de mes jours. Je veux une femme. Des gosses, un p'tit verre de temps en temps…

— Oublie ça, fait Suchenko. C'est monseigneur qui aura tout ça.

Harvey se lève, révolté.

— C'est pas juste ! C'est toi qui nous as mis dans cette merde, dit-il en fusillant Matthew du regard, alors fais quelque chose !

Un engoulevent, du haut d'une épinette, lance les trois premières notes de la nuit. Matthew se masse le front du bout des doigts.

— Mais que voulez-vous que je fasse, à la fin ?

— Commande ! dit Suchenko. Tu voulais être chef ? Alors commande ! On a plus le choix. Corneau, on l'arrête ou on le descend. Quels sont tes ordres ?

Du campement des Cris s'élèvent des rires d'enfants. Matthew lève les yeux vers la rivière et croise le regard de Corneau, qui les observe de loin.

— Il y a une troisième possibilité, dit-il à contrecœur.

— On t'écoute.

— Ce n'est pas parfait.

— Au point où on en est…

— On retourne à la Mission avec les Indiens. Dans mon rapport, je dirai qu'on a coincé Corneau, que tu t'es blessé en donnant l'assaut, qu'il s'est échappé, qu'on est revenus à la Mission pour soigner tes plaies. Voilà. Échec regrettable, mais honorable.

— Petit problème. Y a des gens de la Mission, ici. Ils ont vu Corneau.

— Ils *pensent* avoir vu Corneau. On dira que ce sont des légendes. Que les Indiens voient Corneau partout. De toute manière, qui va venir les interroger ?

Suchenko et Harvey se consultent du regard. Ils paraissent soulagés.

— Ouais, ça peut aller, dit Harvey.

— Mais t'es conscient, gronde Suchenko en pointant Matthew du doigt, que mentir dans un rapport c'est l'équivalent d'un parjure ? Si tu te dégonfles, Harvey et moi on te balance comme une vieille crotte.

— Je sais.

— Nous, on se méritera un congédiement. Mais toi, tu vas faire de la prison. Et un fils de juge, en taule...

— J'ai compris.

— Bien, dit Suchenko en se détendant, c'est d'accord. Pour tout dire, j'aime mieux ça. Il m'a quand même rafistolé la jambe, le bougre.

Harvey est heureux comme un jeune chien.

— Ouf, ça soulage, quand même ! Seulement... Pensez-y, les gars ! Quel chemin de croix on s'est tapé depuis le printemps. Et tout ça pour rien !

— Pas pour rien, dit Suchenko. T'auras une belle mention à ton dossier. Peut-être même une médaille !

— Reste qu'on en a bavé ! Toi surtout, avec ta jambe. Mais, attendez... Supposons que le QG nous relance sur ses traces ?

— Moi j'y serai pas, fait Suchenko en montrant son pansement rouge brique.

— Oui, mais nous ? Le divisionnaire pourrait nous ordonner de reprendre la traque !

— Eh ben la prochaine fois, dit Suchenko en allumant une cigarette, arrangez-vous pour pas le trouver. Ça devrait pas être compliqué.

Matthew descend jusqu'à la rivière où Corneau s'apprête à passer la nuit.

— Ta femme ? Des nouvelles ? s'enquiert le policier, élevant la voix pour couvrir le grondement des rapides.

Corneau secoue la tête. Il a les joues creuses, le front raviné, sale, qu'il frotte de ses paumes noircies. Il ne dort plus, ou presque. Derrière ses yeux battus doivent défiler en permanence les mille et une façons de mourir en forêt. Sa femme a-t-elle essayé de traverser un torrent en tenant la petite par la main, le poupon sur le dos ? Il suffit d'avoir de l'eau jusqu'aux mollets pour être emporté. A-t-elle voulu franchir une tourbière, a-t-elle mis le pied dans une flaque sans fond, emportant avec elle le bébé et laissant à la surface la petite Amélie, seule, à contempler le trou d'eau noire ?

Matthew cherche une parole encourageante. Mais il est mal placé pour jouer les consolateurs ; c'est lui qui est la cause de ces souffrances. Alors il dit simplement :

— Merci pour Suchenko. Pour sa jambe.

Et parce que ça lui semble plus convenable :

— J'espère que tu retrouveras ta famille.

Il lève les yeux et voit ses deux collègues, près de leur feu, qui les observent. Il ajoute :

— À ta place, je filerais avant l'aube.

Moïse Corneau lève vers lui un regard neutre, distrait, et acquiesce de la tête.

Au matin, il a disparu.

31

Les Cris acceptent d'écourter la pêche, contre rémunération. Dans huit jours, ils seront à la Mission. Ils dépêcheront leurs meilleurs canotiers vers Fond-du-Lac pour faire venir le petit vapeur du commissaire aux Affaires indiennes. Dans deux semaines, Suchenko va se glisser entre les draps d'un lit d'hôpital.

La veille du départ, Matthew prend son courage à deux mains et décide de changer le pansement qui est devenu jaune, ocre et noir. Hommes, femmes et enfants s'agglutinent autour du *simakanis* blessé et suivent l'opération avec délectation. Une vieillarde aux joues crevassées fend la foule et vient s'asseoir sur ses talons, à côté de Suchenko qui l'observe d'un œil méfiant.

— Qu'est-ce qu'elle fait, la mémé ?

— C'est une rebouteuse, je crois.

— Une sorcière, plutôt…

— Laisse. Elle ne te mangera pas.

Quand Matthew enlève la compresse souillée pour exposer la plaie violacée, couturée de fil noir, les enfants poussent des cris d'horreur, les mains plaquées sur la bouche, tandis que la vieillarde reste de marbre. Matthew éponge la plaie avec de l'eau bouillie. Des croûtes se détachent, du sang vermeil monte à la surface. La vieille baisse le nez jusqu'à la chair, hume, observe les sutures, puis lève les yeux vers Matthew et donne un coup de tête approbateur.

— Tu as réussi l'examen, dit Matthew. Je vais remettre de l'iode. Tu es prêt ?

— Y a pas une belle fille dans le groupe ? grince Suchenko. Je me comporte mieux devant une beauté.

Harvey fait signe à une grande adolescente, l'invite à tenir la main du blessé. Les fous rires et les quolibets fusent. Les joues de la jeune femme se teintent de rouge, elle est ravissante. Suchenko émet un bref grognement d'admiration, et crie :

— Allez, Callwood, sers-moi un p'tit coup !

Le liquide rougeâtre se répand sur la chair, l'homme s'arcboute contre sa jambe saine et avale ses lèvres pour ne pas chialer comme un môme. Dix minutes encore et le pansement est renouvelé, l'attelle en branches de saule remise en place. Matthew range les instruments dans la boîte à pharmacie. Suchenko se lève sur ses coudes, observe le résultat avec satisfaction.

— T'as raté ta vocation, mon gars.

— C'est ce que je me dis tous les jours.

Au matin, ils lancent leurs canots sous un ciel chargé. Il fait étonnamment froid pour un mois d'août. Par moments, les gouttelettes de bruine se mettent à virevolter de manière suspecte, devenues dures comme du sel. Un petit coucou de l'hiver qui guette le moment d'entrer en scène. Matthew s'applique à donner des coups d'aviron parfaits, sans éclaboussures, avec une régularité de métronome. N'importe quoi plutôt que de penser à ce qui l'attend. Il a mal partout, ce matin. Ce n'est pas de la fatigue, c'est de la sédition. Ses os, ses muscles, ses ligaments se laissent traîner comme un vieux chien qui ne veut plus avancer. Parfois, la pagaie reste suspendue au-dessus de l'eau, le temps d'un battement de cœur, comme si l'homme avait oublié le geste à poser. Je ne me rendrai pas à la Mission, pense Matthew. Je n'y arriverai pas.

Le temps se lève en soirée. Les étoiles s'allument entre les grandes épinettes. Harvey est allé jacasser avec la famille de la belle adolescente. Il a peu d'espoir : la maman porte un grand crucifix d'argent sur la poitrine. Cette parure est vendue deux dollars cinquante par les missionnaires catholiques, autant dire un prix de fou pour ces chasseurs-pêcheurs. Une femme qui est prête à ce sacrifice n'est pas du genre à fermer les yeux sur la bagatelle.

Matthew est resté près du feu avec Suchenko. Il casse des branches, alimente les flammes, remue les braises. Le blessé est assis sur le tronc d'un bouleau : en s'appuyant des deux mains contre l'écorce, il se déplace le bassin en grognant.

— Tu as mal ? demande Matthew.

— Moyennement.

— Tu auras une médaille, tu sais.

— Je veux bien. Je l'enverrai à ma mère.

— Qu'est-ce qu'elle fait, ta mère ?

— Elle encaisse les baffes du vieux.

Matthew lève les yeux. Suchenko précise, impassible :

— Il la bat à coups de poing. Sauf quand je suis de passage. Parce qu'il sait que je vais lui en flanquer une. Mais dès que je quitte la maison, il recommence et elle se laisse faire. Après, elle se met à genoux devant ses icônes.

Callwood revient à ses tisons. Sa branche prend feu, il la balance au milieu des braises.

— Tu frapperais ton père ?

— Chez nous, c'est presque un rite de passage.

Matthew réfléchit à la chose, puis avoue, presque honteux :

— Moi, on ne m'a jamais frappé.

— Je sais, dit Suchenko. Ça saute aux yeux. Tu croirais pas à toutes ces sottises sur le devoir et l'honneur si on t'avait massacré tous les jours, petit. Moi, chaque matin, je me réveillais en me demandant qui serait battu ce jour-là, mon frère ou moi. Quand c'était mon frère, j'étais content. On est comme ça.

— Il est où, ton frère ?

— Aucune idée. Crois-moi, y a qu'une seule règle qui vaille dans ce bas monde : la force. Tout le reste, c'est du blabla, des fables pour que les petits mangent des coups et la ferment.

— Corneau est un de ces petits ?

Suchenko lève l'épaule.

— Au fond, t'avais qu'à le laisser tranquille, Corneau. Il nous dérangeait plus. Et j'aurais pas la jambe en miettes à l'heure qu'il est.

— Il y a la loi, tout de même.

— Elle est à application variable, ta loi.

— Tu peux m'expliquer pourquoi tu n'as jamais coffré personne pour possession d'alcool ?

— Perte de temps. On empêchera pas les gens de boire. La vie serait pas endurable.

— Le QG ne te l'a jamais reproché ?

— Faut croire que non.

— Je ne comprends pas.

— L'an dernier, quand t'as saisi cette cargaison d'esturgeons, le divisionnaire t'a félicité, pas vrai ?

— Oui. Mention honorable versée à mon dossier.

— Exact. J'étais au QG. Tout le monde en parlait. C'était la grosse affaire. Ensuite, quand t'as brûlé le dépôt d'alcool ?

— Rien.

— Toujours pas compris ?

— Non.

— En fait, tu comprends très bien.

— Tu veux dire que l'état-major se soucie davantage du gibier que des populations indigènes.

— T'as déjà rencontré un haut gradé qui était pas un chasseur ou un pêcheur enragé ?

— Pourtant, les circulaires...

— C'est le surintendant aux Affaires indiennes qui nous oblige à traquer l'alcool dans les réserves. Ça fait chier tout le monde, je peux te le dire. Mettre à l'amende des gens qui ont pas le sou est une perte de temps. Les Indiens vont disparaître de toute manière. Survie des plus forts. Qu'ils boivent un peu plus, un peu moins...

— Tu n'aimes pas les Indiens ?

— Rien contre. Mais ils ont perdu.

— Tu n'aimes pas les *Brits*. Tu n'aimes pas les Canadiens français. Tu n'aimes pas les Indiens... Les Juifs... Ça commence à faire du monde.

— Ils me le rendent bien.

— Tu trouves normal d'habiter un pays où tout le monde se déteste ?

— Tout à fait normal.

Passe une minute, puis deux, puis trois. Suchenko fait la grimace et se hisse sur une fesse pour déplacer sa jambe raide comme une planche.

— Dans douze jours, dit Matthew, tu seras dans un lit d'hôpital, entouré de belles infirmières.

— Les belles infirmières, j'y crois pas trop. La dernière fois, j'ai eu une nonne à lunettes. Penses-tu qu'ils vont me recasser la jambe ?

— Possible. Mais il y aura du chloroforme.

— Y a ça.

Et après un moment, Suchenko ajoute :

— Tu m'en dois une, on est d'accord ?

— Qu'est-ce qu'il y a encore ?

— J'ai un service à te demander. N'amène pas Harvey avec toi à la guerre. Il est assez con pour te suivre. Il va se faire mettre en pièces là-bas.

— Pourquoi lui, en particulier ?

— J'sais pas. Un pressentiment. Laisse-le avec Fran. Elle va l'élever.

Matthew fait la moue.

— Qu'est-ce qu'il y a ? demande Suchenko.

— Fran ne sera peut-être pas là longtemps.

— Où veux-tu qu'elle aille ?

Et, en ouvrant grand les yeux, Suchenko s'exclame :

— T'as pas l'intention de l'épouser quand même ?

— Non ! Enfin… non. Elle est un peu vieille…

— Pour pas dire autre chose.

— Non. Mais avant de partir, dit Matthew, j'ai écrit à mon père. Je lui ai demandé de me faire sortir de la police. J'aurai la réponse à mon retour. Si c'est oui, je laisse ma paie à Fran. Elle pourra se rendre dans ces îles dont elle rêve.

Suchenko le regarde, stupéfait. Puis il rit doucement en secouant la tête.

— Laisser sa paie à une pute. T'es vraiment un numéro, toi... Remarque, Harvey a fait la même chose, mais lui, au moins, il a eu droit au petit service.

— Quand on parle du loup...

Harvey revient vers eux en peignant sa belle moustache du doigt. Suchenko lui lance :

— Alors, *loverboy*, la belle t'a éconduit ?

— Plutôt sa maman, répond-il avec le sourire. Sans rire, les gars, je suis amoureux.

— Misère ! fait Suchenko en tendant les bras. Aidez-moi à me coucher. Il reste du Véronal dans ta boîte à miracles, Callwood ?

— C'est un addictif, tu sais.

— Tout ce qui est bon est addictif. D'ailleurs, tu ferais bien d'en prendre toi-même ; tu paies pas de mine, ces temps-ci.

À 4 heures du matin, Harvey se réveille, passe la nuque sous le bras de Suchenko et l'aide à sortir pour le pipi matinal. En émergeant de la tente, ils voient Callwood, au bord de la rivière, qui refait le chargement du seize-pieds.

— Qu'est-ce que tu fous ? lance Suchenko.

Le caporal se redresse et marche vers eux en boitant, un carré de papier à la main.

— Voilà, dit-il, ce sont vos ordres. Et mon rapport, que vous transmettrez au divisionnaire.

— Ça t'arrive de dormir ? Le rapport, tu l'enverras toi-même.

— Je m'en retourne trouver Corneau.

— Houlà ! fait Suchenko en portant sa main libre au front. C'est l'effet du Véronal. Je rêve encore.

— Je dois t'accompagner ? s'inquiète Harvey.

— Non, je te charge de l'évacuation de Suchenko. C'est dans le rapport. Tout est là.

Suchenko se met en colère.

— Mais t'as pas fini de nous emmerder ! C'est quoi cette nouvelle lubie ? Tu pars seul ? Seul ! Est-ce que tu t'es vu ? T'es un squelette ambulant ! Tu boites comme un vieux cheval. Tu passerais devant une morgue qu'on te courrait après ! Et quel espoir as-tu de retrouver Corneau maintenant ?

— Il s'en va à son rendez-vous avec le chasseur. Il espère rejoindre là-bas sa femme et ses enfants.

— Tu vas arriver trop tard !

— Après, il se dirigera vers la baie.

— Attends… T'as pas l'intention de te rendre jusqu'à la baie d'Hudson ?

— C'est insensé, souffle Harvey.

— Pas tant que ça, dit Callwood, très raisonnable. J'aurai le courant pour moi. Si je ne trouve pas Corneau, je prendrai le bateau de ravitaillement de la Compagnie vers le Québec.

Suchenko l'observe, bouche bée. Il adoucit sa voix :

— Callwood, écoute-moi, bon sang. Tout le monde ment. C'est pas la mer à boire.

— Je ne te suis pas, là…

— Foutaise. Tu m'entends très bien. On va rentrer à la Mission, nous trois. On va torcher un peu la réalité pour la rendre présentable, et tout le monde sera content. Je te le jure.

— Ce n'est pas possible.

— Pourquoi ? Le divisionnaire à qui tu transmets ton rapport, il a menti pour être là où il est. On est d'accord ? Les politiciens qui envoient les p'tits gars se faire tuer en France, ils mentent. Les journaux qui racontent notre histoire, ils mentent. Tout le monde ment. C'est normal.

— Je ne peux pas.

— Pourquoi ?

Callwood fait la grimace, lève l'épaule.

— Parce que je devrai raconter ce mensonge toute ma vie.

— Ouais, et après ?

— C'est long.

Suchenko regarde autour de lui, comme s'il cherchait un argument à faire entrer de force dans ce crâne épais. Il ne trouve rien. Alors il dit :

— Callwood, y a que les couillons qui meurent pour des idées.

— Je ne vais pas mourir.

— Détrompe-toi. Dans l'état où tu te trouves, t'en as pour deux semaines, à tout casser.

— Si Fran était ici, gronde Harvey, elle te sonnerait les cloches !

— D'ailleurs, si tu l'avais baisée comme tout le monde, on en serait pas là.

— Je ne vois pas le rapport, fait Matthew en tournant le dos.

— Moi non plus, avoue Harvey.

Suchenko devient cramoisi.

— C'est pas possible ce que t'es baveux[1] !

Il l'a crié si fort que le silence se fait dans tout le camp. Suchenko respire d'un air mauvais.

— Tu te prends pour qui ? Un foutu chevalier de l'ancien temps ?

Mais il ne peut plus continuer. Ses forces l'abandonnent.

— Harvey, dépose-moi ! Puisqu'il veut partir… Tu vas lui donner notre bouffe. Je peux plus avaler cette cochonnerie, de toute manière. Les Indiens nous feront manger. Apporte la hache. Des cordes. La pharmacie.

— Pas question, dit Callwood, la pharmacie c'est pour toi.

Suchenko montre un gros poing impuissant.

— Dieu m'est témoin, p'tit con, je suis sur le point de te tuer ! Tu vas prendre ce que je te donne ! Harvey, roule la tente !

— Pas de tente. J'ai le canot.

Suchenko n'a plus de mots. Cul par terre, le visage congestionné, rouge jusqu'à la racine des cheveux, la jambe débile, il sait qu'il ne fait plus le poids. Harvey court entre la tente et le canot. Quand le matériel est réuni, Suchenko attrape Matthew par le bas du pantalon.

— Je sais ce que t'as en tête, p'tit con. Tu te dis que si tu réussis un exploit hors du commun, si tu fais le tour de la baie James et que tu rentres sur les genoux,

1. Arrogant. *(N.d.É.)*

on te pardonnera de revenir sans Corneau. Et que si tu meurs, on va t'ériger une stèle.

— Ce serait mieux pour tout le monde, non ?

— Fran serait d'accord ?

Matthew lève les mains, impuissant à répondre.

— Tout est prêt, lance Harvey.

— Ton orgueil va te coûter la vie, imbécile.

— L'orgueil, c'est tout ce qui me reste, répond Matthew.

— Il sourit, le con ! C'est ça, fais le fiérot. T'as jamais eu faim, pas vrai ? Tu vas voir ce que c'est. Harvey, il a son fusil ?

— Oui.

— Des munitions ?

— Oui.

— Bien. Si tu survis, dit Suchenko en s'étranglant, je vais te retrouver, je vais te soigner, et je vais te défoncer la gueule à coups de poing.

— Ce sera un plaisir, fait Callwood en tendant la main. Harvey, porte-toi bien !

— Oui, caporal !

— Et méfie-toi de ta dulcinée. Elle a des frères.

— Oui, chef !

Matthew se penche, sort la pharmacie du canot, la pose dans le sable.

— Ça, c'est pour toi.

Ce qui explique les dernières paroles qu'il entend derrière lui :

— Chiant jusqu'au bout !

32

Les premiers jours sont charmants. Depuis des mois et des mois, il dort entre des hommes en sueur, il les entend pisser, ronfler, péter, il n'est jamais seul. Depuis des mois, il s'échine dans des canots exigus du matin jusqu'au soir en écoutant Harvey et Suchenko déblatérer comme des écoliers attardés. Depuis des mois, on lui laisse tout décider. Quitte à le blâmer ensuite. Il ne se rendait pas compte à quel point tout cela l'usait. À présent, il a l'impression d'être en vacances. Le vent est tiède, sec, et fleure bon la résine d'épinette. Le ciel paraît léger, incroyablement élevé. La rivière, radieuse. Les berges sont couvertes d'atocas, d'airelles et de bleuets ; il s'en gave à pleines poignées. Son premier bivouac l'enchante. Il replonge en enfance. Les étincelles qui fusent vers les étoiles. Le bruissement de l'eau. Le chuchotement des arbres. Le miaulement des castors, la nuit. Matthew plonge dans un sommeil de plomb et dort dix heures d'affilée. Au matin, le soleil est déjà haut quand il ouvre les yeux. Il prépare son déjeuner, prend tout son temps. Il a le sentiment d'avoir échappé à un étau terrible. Tout en sachant que ça ne durera pas. Peu importe. Aujourd'hui, il est libre. Il va gagner la côte, ne trouvera pas Corneau et, s'il a un peu de chance, arrivera vivant au premier poste de traite. Sinon, tant pis, il disparaîtra. C'est encore mieux que ce qui l'attendait à la Mission : le mensonge et le déshonneur à perpétuité.

En tisonnant son feu, en savourant l'immense silence qui l'entoure, il s'étonne à nouveau de son échec. Si fracassant. Si total. Comment l'expliquer ? Il s'imagine en conversation avec un ami à qui il voudrait expliquer sa mésaventure. Il cherche les mots pour démêler le fiasco et s'embrouille à tout coup. Il a beau repasser l'expédition en mémoire, en décortiquer toutes les étapes, il n'arrive toujours pas à mettre le doigt sur le point de dérapage. Faut croire que je ne suis pas fait pour ça, pense-t-il. Et cela le console. Si, par miracle, il arrive jusqu'à l'armée en France, il n'acceptera qu'un poste de subalterne, voire de brancardier. Il ne veut plus commander.

Le troisième jour, le ciel se bouche. Un grondement mauvais court au loin sur les mamelons de granit. Le vent arrive d'un coup comme une onde de choc, les arbres se courbent, la rivière se fripe. La foudre tape dans la roche tel un marteau sur une plaque d'acier. Des détonations qui se répercutent jusque dans l'estomac. Il faudrait mettre pied à terre. Mais les berges sont basses et nues. Il n'est pas dit qu'il y serait en sécurité. Alors, il poursuit sa route, pagayant de toutes ses forces du côté opposé au vent pour ne pas être poussé contre les roches. Une pluie grise, fine, cinglante lui remplit les yeux. Le vent veut lui arracher les oreilles. Une joie sombre s'empare de Matthew. Il ne veut pas que ça s'arrête. Il veut en découdre. Il hulule comme un cinglé, lance des défis à la tempête.

Il ne se rend pas compte que la rivière s'agite autour de lui, que le canot file de plus en plus vite, que des remous blancs se succèdent de chaque côté. Devant lui, la rivière se resserre entre deux parois rocheuses. Au-delà, il ne voit rien. Trop tard pour s'arrêter. Trop tard pour gagner la berge. Le canot se cabre comme un cheval sauvage. Une épaule rutilante sort de l'eau, soulève l'embarcation d'un coup et la précipite de l'avant comme un javelot lancé à toute force. « À nous deux ! » crie Matthew, en voyant des embruns s'élever entre des mâchoires de granit. Le canot s'élance dans les airs et fait un vol plané d'une seconde qui lui semble durer une éternité, avant de plonger dans un bouillonnement géant.

Il est arraché de sa place par un immense coup de poing au ventre, se retrouve cul par-dessus tête sous l'eau, brassé comme un rat dans la gueule d'un terrier, ne sachant plus où est la surface, recevant des coups de partout tandis que des masses sombres passent à toute allure dans une tourmente grise. Le revoilà sous la foudre et le ciel noir. Il pompe l'air comme une machine. Encore une chute. Nouveaux bouillons, nouvelles culbutes sous l'eau et, cette fois, une douleur cuisante à la tête accompagnée d'une intense nausée. Une main l'attrape à la ceinture, le retourne d'un coup sec avant de le lâcher. Puis c'est le calme. Il vomit sous l'eau. Des cailloux lui éraflent les genoux. Ses ongles grattent des gravillons. Il se hisse sur un banc de gravier et s'évanouit à demi, le visage dans une flaque d'eau vaseuse.

Un *miouff* interrogateur le réveille. Il lève le front, malgré la douleur. Un ours noir l'observe, à trois mètres, les pattes dans la rivière, la trogne basse et immobile. L'animal souffle par les naseaux, fait plisser l'eau entre ses griffes ; l'haleine arrive jusqu'à Matthew. Pas fameuse, l'odeur. Ne pas le regarder dans les yeux, se rappelle-t-il. Mais comment s'en empêcher ? Un pelage de charbon lustré. Un museau roux. Une tête massive. Des yeux étincelants. « Qu'est-ce que tu veux ? » susurre la loque humaine sur le sable. L'ours pousse un geignement étonné. Puis, d'un grand balancement d'épaules, il se détourne et s'en va, comme un homme dérangé au milieu d'un divertissement et qui ne trouve pas utile de protester.

Matthew reste un long moment sur son lit de gravier avant de se mettre à quatre pattes. Il régurgite un peu d'eau. Du sang lui dégoutte sur les mains à partir d'une entaille au-dessus de l'oreille droite. Il y porte la main, sent monter une nausée qui le tétanise. Il s'assoit, la tête entre les genoux, en attendant que passe le haut-le-cœur. La pluie et les embruns lui lavent la plaie. Il prend la mesure du désastre. Ni nourriture ni armes. Rien pour se mettre au sec. Il lève un regard plein d'amertume sur la rivière. « Tricheuse ! » siffle-t-il. Dans son esprit, elle devait le tuer ou le laisser passer.

Il se met sur pied, chancelle, suit la berge à pas incertains, retrouve une pagaie, puis le canot rempli d'eau, échoué sur un banc de sable. La coque est crevée, mais réparable. La corde de touage fixée à la pince est raguée, mais saine. Les menottes et entraves que Harvey a attachées au barrot avant y sont toujours. Ça peut servir. Par contre, le fusil et les vivres ont dû sombrer dans la première cuvette. Pire, il n'a plus de hache. Matthew visite ses poches, retrouve des allumettes cirées, un couteau, son calepin, un crayon, une boussole à miroir. Il a perdu son revolver, le cordon qui le retenait à la ceinture a été sectionné net. Une bulle couleur de vessie tournoie dans un contre-courant : c'est sa chemise de rechange qu'il avait mise à sécher sur son paquetage. Puis il reconnaît la boîte du Kodak et des pellicules. Il la repêche en rigolant. *Les beaux clichés que je vais faire... Ce sera mon testament.*

Un mal de tête à tout casser. Il rassemble son matériel sur la grève, se glisse sous le canot renversé, se met en boule entre deux barrots, les jambes restées dehors à la pluie, et perd connaissance. Ce serait bien d'avoir une couverture...

C'est le jour. Quel jour ?

Il glisse sa joue sur le sable râpeux, met le nez hors du canot renversé. Le gravier ondule sous les coups de masse du soleil. Pénible. Il consulte sa montre. Le verre « incassable » est étoilé, mais la trotteuse court encore. *Merci maman. Merci Mappin & Webb.* Neuf heures. Du matin ? Du soir ? Du matin, juge-t-il en émergeant de sous le canot. L'ours noir est revenu sur la berge et retourne des pierres dans les bas-fonds. L'animal jette un regard au bipède qui vient de sortir de sa coquille.

Curieux. Jamais vu ça. Matthew descend jusqu'à la rivière, met les mains en écuelle, aspire un peu d'eau. L'ours l'observe, esquisse un mouvement vers lui comme pour une charge d'esbroufe. Puis s'arrête. Un malaise se répand dans sa cervelle d'ursidé : cette bête qui boit dans ses pattes n'est pas comme les autres. Sent mauvais. Sent la maladie. Autant l'éviter. Il y a du petit fruit en abondance sur les collines avoisinantes. L'ours s'en va.

Matthew suit le courant. Lui aussi fouille les bas-fonds. Il trouve une boîte de pemmican. Puis deux. Une canne de fèves au lard. Miracle : un paquet de biscuits presque secs dans leur papier ciré. Et c'est tout. La rivière se considère déjà comme généreuse : arrange-toi pour le reste.

Il remonte jusqu'aux premières chutes, là où il a chaviré. Il façonne une boucle avec les menottes et les entraves de pied, la fixe au bout de la corde de touage. Il veut draguer le fond de la cuvette, récupérer la hache ou le fusil. Mais la corde est trop courte, la rivière fouettée par la pluie balaie sa drague dérisoire.

Alors il allume un grand feu de bois flotté et s'offre le meilleur repas de sa vie. Il a décidé de manger les fèves au lard en premier, parce que la boîte de métal lui servira de marmite. Il se découvre une faim de loup. Il aspire les haricots brûlants en geignant de plaisir, fourre les doigts jusqu'au fond du contenant pour recueillir chaque goutte de sauce, puis se les lèche.

Il visite les épinettes en haut de la berge et gratte au canif des boulettes de gomme, qui tombent dans sa boîte de métal. Il les fait fondre, répare au couteau la coque du canot. Ça manque d'élégance. Ça sent le lard fumé. Mais ça peut aller.

Il regrette sa casquette de policier. Il la cherche longtemps, en se disant qu'il a mieux à faire. Mais il y tient. Un soir, Fran a brodé son nom à l'aiguille dans la doublure de satinette : *Cst. Callwood*, en fil rouge.

— Pourquoi tu fais ça ? avait-il demandé.

— J'sais pas, avait répondu Fran. Ça peut servir…

— Quand veux-tu que ça serve ?

Elle avait haussé les épaules, sans se départir de ce demi-sourire qui était peut-être involontaire.

Le soleil commence à taper. Il ne trouvera pas sa casquette. Ça lui fait une boule à la gorge. C'était une des seules preuves de gentillesse qui lui restaient, avec la montre que lui a donnée sa mère. Finalement, ce sont les femmes qui ont enrichi sa vie. Les hommes ne lui ont donné que des ambitions stupides. Il se secoue.

Qu'est-ce qu'elle dirait, Fran, si elle te voyait ?

Il enroule sa chemise de rechange autour de sa tête, noue les manches sur sa nuque, comme les foulards de Berbères dans ses livres d'enfance.

Elle te dirait de te grouiller le cul. Voilà ce qu'elle dirait.

La main en visière, il regarde en amont. Plus question de descendre vers la baie. Sans armes et sans vivres, c'est la mort certaine. Il veut bien courir des risques, le caporal Callwood, mais le suicide heurte ce qu'il lui reste de convenances anglicanes. Donc il va remonter la rivière, gagner la Mission, ou crever en chemin.

« Eh bien, mon vieux, dit-il en s'adressant au canot, on n'est pas arrivés ! »

Avant de partir, il pose les menottes et entraves de pied à côté du feu. C'est sa lettre de démission. Le prochain voyageur qui s'arrêtera ici passera une belle soirée à inventer des scénarios.

En haut des chutes, la rivière a beaucoup baissé. Du matin jusqu'au soir, il marche dans l'eau en traînant le canot par la corde. Tous les trois pas, il met le pied sur un caillou morveux d'algues. Sa cheville lui fait souffrir le martyre. Quand il découvre un bout de rivière navigable, il embarque avec délice, comme si c'était la fin de son épreuve. Cent mètres plus loin, il doit à nouveau déplier jambes et chevilles, et c'est le supplice. Mais ce qui l'étonne surtout, c'est sa faiblesse. C'est tout juste s'il arrive à mettre un pied devant l'autre. Suchenko avait raison. « Je te donne deux semaines », a-t-il dit. Matthew a beau tenter le calcul dans sa tête, il n'arrive plus à savoir combien de jours cela lui donne encore. Il en discute avec son canot. « Pourquoi me suis-je si mal entendu avec Suchenko, le sais-tu, toi ? C'est un être exceptionnel. Borné et violent, je ne dis pas, mais pour survivre en ce monde, il n'a pas son pareil. Un commandant-né. Je ne l'ai pas apprécié à sa juste valeur. D'après toi, je suis passé à côté de combien de Suchenko ? » Et Matthew de se retourner vers le canot qui le suit docilement comme un chien en laisse. « Tu n'as pas d'avis ? Ou le sujet ne t'intéresse pas ? »

Ce soir-là, en mangeant un dernier biscuit, il entend des voix et des rires monter de la grève. Il étire le cou, et aperçoit Pamela et son mari qui déambulent au bord de l'eau en se donnant le bras. La jeune femme est très animée, radieuse et belle. Son mari l'écoute attentivement, les yeux baissés, grave et digne dans son uniforme. Matthew est ravi, il sourit de toutes ses dents. Il sait, pour avoir lu les récits d'explorateurs, que la solitude et l'épuisement provoquent des hallucinations. Ce n'est pas bon signe. Il se félicite toutefois de distinguer encore le vrai du faux. Cette nuit-là, il ne dormira pas. Sa cheville le fait souffrir, mais moins que la vision de Pamela. Il sent qu'il va mourir sans avoir jamais dormi à côté d'une femme aimante.

Le lendemain, en touant le canot dans un rapide presque sec, il voit filer un rabaska, cet énorme canot de transport, qui emporte ses anciens camarades de voile. Les gars lui lancent de grands *youhou !* en riant et en s'époumonant comme des enragés. Manley, le colosse roux, fait un roulement de tambour à mains nues sur la coque. Matthew rit aux éclats. « Embarque avec nous ! » crient ses amis, mais déjà le flot les entraîne au-delà du prochain tournant. Matthew agite la main, puis se retourne vers le canot et lui dit : « Inouï comme c'est vraisemblable, hein ? Le cerveau humain, quand même ! » Et après une pause : « J'aimerais voir papa. Tu crois que c'est possible ? »

Une fois ou deux, il a cru apercevoir Moïse Corneau caché derrière un rocher. Il a bien ri.

Il découvre les restes d'une truite qui noircit sur la grève. Une loutre ou un aigle a mangé les viscères, mais le poisson conserve la tête, la queue, une partie des flancs. Matthew fait rôtir la carcasse sur les braises. La chair a un goût très fort. Il fait froid, cette nuit-là. Étendu sous le canot qui lui renvoie la chaleur du feu, il se débat dans des rêves fiévreux, insignifiants. Sa cheville lui fait terriblement mal et il se demande avec le plus grand sérieux s'il ne vaudrait pas mieux s'amputer la jambe au genou. Est-ce que ça ne le soulagerait pas ? Quand les élancements le réveillent, la douleur est telle qu'il croit, pendant un moment, qu'il a effectivement procédé à l'amputation. Puis il vomit. Tripes et boyaux. Ce poisson…

C'est un petit saule. Un simple buisson. Il y en a partout. Mais celui-là, tout de suite, lui a paru amical. Il est d'un vert clair, joyeux, pimpant. Matthew a compris qu'il était arrivé à destination. Que sa vie s'arrêtait là. La rivière, à cet endroit, fait des méandres insensés à travers un immense marais qui ressemble à une prairie verte. À se demander si c'est encore la rivière, s'il ne s'est pas égaré. Peu importe. Ici ou ailleurs… Le saule occupe un monticule de terre moussue, entourée de grands joncs. Il est solitaire et n'a pas l'air de s'en désoler. Au contraire, on jurerait qu'il est heureux d'agiter ses frondes du matin jusqu'au soir et de chuchoter au vent. Matthew escalade la butte en traînant sa jambe malade et s'assoit sur un débris de cèdre qui reluit comme une vieille pièce d'argent. Il va contempler le petit saule. C'est tout ce qu'il lui reste à faire. Il a songé à libérer le canot, à le laisser partir à la dérive, mais l'autre lui a dit qu'il voulait rester, l'accompagner jusqu'au bout. Matthew est très ému. Il a deux bons amis : le canot et le petit saule. Il est comblé. Il n'a plus rien à manger. D'ailleurs, il ne peut plus digérer. Tout ce qu'il avale se transforme en vomi et en chiasse. Il a les fesses en sang. Autrefois, ça l'aurait humilié. À présent, il n'y voit qu'une raison de plus pour s'en aller. Le petit saule lui suggère d'allumer un feu avec du bois de cèdre parce qu'il va faire froid cette nuit et que les flammes sont jolies sous les étoiles. Alors Matthew arrache les moignons de branches du vieil arbre et se constitue une petite réserve. Après chaque effort, il doit s'asseoir et souffler.

Corbutt lui rend visite. Il a le visage couleur de tourbe mouillée, ses vêtements ont été déchiquetés par les mulots, mais c'est bien lui.

— Vous êtes mort, lui fait remarquer Matthew.

Le nobliau hausse à peine les épaules. Il s'agenouille devant le feu et se met à casser des branchettes avec avidité. Ses ongles sont extraordinairement longs et sales.

— J'ai vu votre momie, insiste Matthew. Vous ne pouvez pas être vivant.

Corbutt fait la grimace. Il dit :

— Laissez à d'autres ces concepts simplistes, voulez-vous ? Nous sommes au-dessus de ces enfantillages.

— Nous sommes donc semblables, vous et moi ?

— Vous l'avez pressenti dès le début. Je crois même que vous en avez été gêné.

— C’est vrai, reconnaît Matthew. Mais je ne comprends pas ce qui nous unit.

Corbutt gratte les braises, fait surgir les flammes. Ses cheveux emmêlés lui pendent dans la figure comme de vieilles cordes. Sa belle lavallière, effilochée, brunie, traîne dans les tisons sans prendre feu. Il se rassoit sur ses talons.

— Curieux, dit Matthew. Les mulots ont mangé vos bottes, mais n’ont pas touché à vos pieds.

— Je vous l’ai dit : l’univers est conscient.

— En quoi sommes-nous semblables, vous et moi ?

— Nous sommes des êtres d’un ordre supérieur. Il nous a été confié d’apporter un peu de lumière dans ce pays.

— Vous avez échoué. Vous êtes mort.

— Vous raisonnez en enfant. Je suis passé à un autre plan d’activité, c’est tout.

— C’est ce qui va m’arriver ?

— Si vous y consentez.

— J’ai un peu peur de la fin. Avez-vous beaucoup souffert ?

— Pas plus que vous en ce moment. Un homme d’esprit sait faire la part des choses.

— C’est la solitude qui me fait peur.

— Vous verrez, à la fin, il y a foule. On serait même envahi.

— C’est Dieu qui vous envoie ?

— Quel benêt vous faites. C’en est déprimant, à la longue.

— Désolé. Qu’est-ce qu’on attend de nous ?

— Que nous fassions notre devoir.

— Lequel ?

— Élever jusqu'à nous les habitants de ce pays enténébré.

— Vous parlez des Indiens ?

— Oh, ceux-là…

— Qu'est-il arrivé à votre femme et à vos enfants ?

— Comment voulez-vous que je le sache ? C'est vous qui les avez emmenés.

— C'est vrai. Mais j'ai cru que dans votre nouvel état…

— *Oh dear*, fait Corbutt d'un air déçu. Ce sont les contes de votre *nanny* qui vous reviennent ?

— Vous ne les aimiez pas, vos enfants ?

Corbutt a un mouvement d'impatience.

— Vous posez des questions bien sottes, mon cher. Vraiment, je me demande si vous êtes prêt à participer à notre œuvre.

— Je ne sais pas.

— Il faudrait savoir.

— Je ne veux plus être seul. Voilà tout.

Corbutt lui jette un regard critique.

— Eh bien… Alors, restez. Mais je vous préviens…

— Je ne peux pas rester. Je vais mourir.

— … ça ne servira pas à grand-chose.

— Pourquoi ?

Corbutt soupire d'exaspération.

— Parce que tout cela, fait-il en levant les yeux vers la lune et les étoiles, tout cela, c'est…

Quel rêve curieux, se dit Matthew en se réveillant. Comme c'était vivant ! On aurait juré qu'il était là. L'effet de la faim, sans doute.

Puis il voit l'empreinte des deux genoux, près du feu. Alors il comprend qu'il s'est dédoublé durant la nuit, qu'il a joué le rôle de Corbutt en plus du sien. Cette découverte, plus que la perspective de mourir, le remplit d'horreur. Pour la première fois, il pleure. Il veut bien trépasser. Il n'accepte pas de devenir fou.

Une grande journée de vent et de soleil. Il somnole, à demi couché contre le cèdre argenté qui lui sert de divan. Le petit saule, devant lui, danse et sifflote. Matthew a des crampes au ventre. Il voit des roseaux au loin : les tubercules se mangent, paraît-il. Mais le moyen de s'y rendre ? Et de les digérer ? À l'est, les nuages forment une cordillère enneigée, rosâtre, au-dessus d'une plaine mauve. Il s'y perd de ravissement.

La nuit arrive vite. C'est donc qu'il n'est plus tout à fait conscient ? Il n'allumera pas de feu. Il a déjà consumé les branches du cèdre. Reste le tronc, mais avec quoi le débiter ? Dormir, plutôt. Dormir et partir.

Un bruit le réveille au milieu de la nuit. Un bruissement de joncs. Un clapotement. Quelque chose fait remuer l'eau tout à côté. Une bête. Matthew se dresse sur un coude, le visage tordu par l'épouvante. Il crie : « Papa ! Papa ! » Le clapotement de l'eau s'arrête. Il entend une respiration. Puis rien. Il se laisse retomber. Ses dents claquent. Des secousses font tambouriner ses talons contre le sol. Quand il était petit et qu'il avait de la fièvre, les frissons avaient quelque chose de délicieux, parce qu'ils l'amenaient à s'enfourner jusqu'au menton sous les couvertures, sachant que la chaleur finirait par l'imprégner tout entier. Mais ce ne sont plus des frissons qui le traversent. Des spasmes plutôt, violents, douloureux. L'immense voûte étoilée sautille devant ses yeux. Et il n'a pas de doudou, rien entre lui et les confins de la galaxie. Le petit saule, qui fait une tache sombre contre la Voie lactée, est immobile et semble rêver. Vega la glacée l'observe avec indifférence.

— Es-tu là ? crie le jeune homme.

— Je suis là, répond le canot.

— Je ne veux pas revoir Corbutt !

— Il n'est pas là. Ne crains rien.

— Il a dit que je ne serais plus seul à la fin. Où sont les autres ?

— Ils arrivent.

— Vas-tu m'emporter, après ?

— Où veux-tu aller ?

— À la maison. Ramène-moi à la maison. Je n'ai rien à faire ici.

Quelqu'un se tient devant lui. Un homme. Un paysan noiraud, tout en muscles et en nerfs, le visage taillé au ciseau, le regard sévère et bienveillant. Matthew lève péniblement la tête.

— Grand-papa ?

Le père de sa mère. Un habitant qui a fait fortune dans le charroi et qui n'a jamais quitté ses frusques de laboureur. Cette fois, Matthew n'est pas sûr d'halluciner.

— Êtes-vous là pour m'emmener ?

Le paysan ferme le poing à la hauteur du cœur. Il dit :

— Accroche-toé, garçon. Tu vas te battre.

Rose. Rose orange. Orange. Sillon de feu dans un ciel gris. Une goutte de pluie chaude s'écrase à la commissure d'une paupière, inonde l'œil. Il fronce le nez, lève une main pour protester. Le vent a tourné. L'air est tiède. Il se roule sur le côté. C'est l'aube, pense-t-il. L'heure de l'assaut.

L'attaque est déclenchée. Un sec éclatement de roseaux suivi d'un bêlement désespéré. Un caribou – une petite femelle – fonce à travers la presqu'île, se jette dans la rivière. Les loups suivent comme des obus sombres. L'un d'eux passe en volant sur les jambes de Matthew, la langue entre les crocs. Dans les yeux jaunes, le bonheur de tuer. Les loups se lancent à l'eau. Le premier attrape sa proie par une patte arrière. Le second la happe aussitôt à la gorge. La petite femelle rue, tourne, veut entraîner les loups dans l'eau profonde, où ils perdront pied. Elle souffre. Les crocs terribles qui lui compriment l'œsophage lui font ouvrir grand les mâchoires. Ses dents carrées happent l'air, puis laissent passer un cri de terreur. Elle a mal ! Matthew s'est assis, horrifié. Deux autres loups ont atteint l'animal blessé, lui ravagent les flancs, arrachent des touffes de poil et des lambeaux de peau, veulent arriver jusqu'aux intestins. Ils mordent avec délectation. La femelle a les yeux révulsés. Il n'y a plus d'espoir. Les loups la ramènent vers la rive. Elle ne survivra pas. Elle lutte pourtant. Se cabre, veut s'arracher à sa peau qui se déchire. « Laisse-toi aller, supplie Matthew, ne résiste pas. Meurs. Meurs au plus vite. Va-t'en ! » Elle pousse un dernier bêlement qui ressemble à un coup de klaxon usé. En tremblant, elle fléchit les pattes avant. Les grognements des loups deviennent aigus, urgents, comme ceux d'un homme qui arrive à l'orgasme. C'est la mise à mort. C'est la fête du sang. C'est la défloration du ventre. Le caribou se couche. Ses pattes tremblent encore et, déjà, la louve alpha a la tête enfouie dans les viscères et dévore le foie à belles dents. La mourante tend le cou, sort la langue : un loup la lui arrache.

Matthew observe, abasourdi. C'est donc cette petite femelle qu'il a entendue durant la nuit. Elle devait se terrer à deux pas de lui. Se croyait-elle en sécurité près d'un être humain ? « Pardonne-moi », dit Matthew en pleurant. Il sanglote. Les loups lèvent le regard. Les museaux et les touffes teintés de sang s'immobilisent un moment. Les yeux jaunes observent sans ciller le bipède plus mort que vif qui fait de drôles de bruits. La pause ne dure qu'un moment. Un loup subalterne a fait un pas de trop, des regards haineux se croisent au-dessus de la carcasse, les pattes se bandent, les crocs se dénudent, et ce ne sont plus que grognements et claquements de dents tout autour de la morte. Le repas reprend avec de sourds avertissements de gorge de part et d'autre.

Pendant plusieurs heures, les loups arrachent, mastiquent, grugent, déglutissent. Dans la tourbière, les épinettes mortes s'ornent de geais gris et de corbeaux. Autant d'yeux noirs qui lorgnent la carcasse. Des urubus circulent en altitude, n'osant pas se poser. Ils attendent que les loups se soient empiffrés jusqu'à la gorge, jusqu'à devoir bâiller pour faire descendre la chair crue. Sur l'autre rive, un renard croisé, argent et noir, est posé sur son arrière-train et observe la boucherie.

Un premier loup se couche et se lèche les pattes. Une jeune femelle offre son ventre rebondi au soleil et ferme les yeux. Matthew ouvre les siens.

Voilà notre mère, pense-t-il. Voilà l'ordre naturel qui nous a créés. La domination des faibles par les forts. La cruauté sans états d'âme. La soif du sang. C'est nous. Tout craché. Pourquoi les hommes seraient-ils moins féroces que les loups ? Pourquoi plus justes ? On est pétris de la même matière, issus de la même évolution. De qui se moque-t-on ? C'est Suchenko qui a raison. Il n'y a qu'une seule loi qui vaille dans ce monde, et c'est la force. Mais on ne veut pas le voir. On ne veut pas se voir.

Y a-t-il une autre espèce sur Terre qui se fait des illusions sur elle-même ?

Il se lève, titube. La meute braque sur lui ses regards jaunes. Matthew déplie son canif et descend jusqu'à l'eau. Deux loups juvéniles encore à la carcasse s'éloignent en montrant les crocs. La louve mère, couchée plus loin, croise le regard de l'humain sans bouger. Callwood se penche sur le caribou, pose la lame sur la nuque, sectionne la peau, cherche le passage entre deux vertèbres. C'est du gros boulot, épuisant. Il tremble et sue. Du cartilage, des os, des muscles ; voici l'œsophage, la trachée, un organe blanc qu'il ne connaît pas, encore de la peau et du poil. Il se surprend à avoir faim, se relève enfin, tenant contre sa poitrine la tête étonnamment lourde du caribou. Le petit renard croisé, de l'autre côté de la rivière, le suit d'un regard amusé.

Il déchiquette le cèdre à coups de canif, allume un méchant feu, sectionne le mufle de la bête, met la chair gélatineuse aux braises. Il lui ouvre la gueule et sort ce qui reste de la langue. Une vraie bouillie, là-dedans. Il porte les premiers bouts de chair à ses lèvres et les aspire goulûment. C'est brûlant et cru à la fois. Il mâche et frissonne. Quand il a fini le mufle, il dévore la langue. Puis il se raisonne. S'il mange trop, il va tout rendre et le sacrifice du caribou n'aura servi à rien. Alors il se repose et patiente.

Pendant deux jours, il se nourrit des restes de la tête et du cou. Il reprend des forces. Le dernier matin, il descend à la rivière, éloigne les charognards, retourne la carcasse et, au milieu d'une nuée de mouches, prélève une section de muscle encore intacte à l'arrière de la cuisse, celle qui reposait dans la tourbe fraîche. Il note que les loups et les oiseaux mangent les organes en premier. Il aurait dû faire de même. Mais c'est trop tard. Le ventre béant sent fort et grouille d'asticots.

Il tranche la viande en longues et fines lanières qu'il met à sécher sur les barrots du canot. Tout de suite, les mouches s'y agglutinent et pondent leurs œufs. Il jette à la rivière la tête du caribou, là où elle a cherché le salut. Il saisit la charogne par une patte et la traîne vers l'eau. Elle s'enfonce dans les profondeurs couleur de pekoe, laissant en surface un tapis ondoyant d'asticots. Matthew charge le canot de ses rares effets et reprend la route.

Il a boucané la viande pour tuer les œufs de mouche. Quelques larves ont quand même réussi à naître ; il les extirpe à la pointe du couteau. Il a essayé de poignarder des brochets, sans succès. Il a cueilli des poignées et des poignées de baies qui commencent à se friper. Il a décortiqué des cœurs de quenouilles, fibreux et indigestes. C'est peut-être trop tard en saison. Il paraît que les racines peuvent se réduire en farine, mais cela demanderait plusieurs jours et un attirail qu'il n'a pas. Il s'abreuve de tisane d'épinette et de thé du Labrador. Il tend une embuscade aux castors et aux rats d'eau à la brunante, se postant au bord de leur sente, une grosse pierre à la main. Il entend des claquements de queue dans l'eau, plus loin. Sur la sente, rien. Les bêtes ont dû le flairer. C'est vrai qu'il pue. Terriblement. Alors il se dit que le plus simple serait d'user de ses dernières forces pour atteindre la Mission. Il n'en est plus qu'à quelques jours. Il a repéré l'épinette épluchée qui indique l'entrée du portage vers le grand lac. Il quitte enfin la rivière aux Esprits. C'est Fran qui va être étonnée. Il doit être laid à faire peur.

Une petite rivière à la courbe gracieuse comme une épaule de femme, sous un ciel en nacre d'huître. Une pellicule de glace noire avance depuis les rives. Des haies d'épinettes maigres se dressent de part et d'autre de la rivière. Un peu plus tôt, Callwood a reconnu les toboggans que ses hommes ont abandonnés au moment du dégel. La Mission doit être à portée de main.

Voici le petit lac, coquet, lisse comme un miroir, avec des feuilles dorées qui nagent entre deux eaux. De grandes algues sous-marines le saluent gravement à la veille de leur mort.

Une odeur de poisson grillé lui coupe le souffle. Il a peur de divaguer. Non, il y a des voix. Des canots renversés sur une grève. Il ne rêve pas. Il a envie de crier et de pleurer. Il met le pied à l'eau, court, titube, tombe à quatre pattes. En se relevant, il voit un homme grand et gros qui descend vers lui en s'essuyant la bouche du revers de la main. Matthew lui tend une main toute dégoulinante d'eau. Il sourit.

— Je suis le caporal Matthew…

L'homme l'attrape par la chevelure, l'attire à lui, et lui défonce les côtes d'un coup de genou.

33

Il est couché sur le ventre, de l'humus entre les dents, les mains ligotées dans le dos. Les cordes lui scient la chair. Il ne sent plus ses doigts. Sous le bras droit, la douleur s'est transformée en une masse opaque, pulsante, comme si on lui avait greffé là un organe malfaisant. Respirer est douloureux.

Il fait nuit. Il entend rire. Tout à l'heure, le gros homme l'a traîné par les cheveux jusqu'au feu où cuisait le poisson.

— Hé ! Regardez ce que j'ai trouvé !

Matthew tournoyait au bout de ses cheveux, cherchant à reprendre pied, s'éraflant les genoux, suffoqué, nauséeux.

— Un *patte jaune* !

Il l'a lancé dans la poussière comme un animal à dépiauter.

L'air refusait d'entrer dans ses poumons. Il était à quatre pattes, le cœur au bord des lèvres. De grosses bottes se promenaient autour de lui. Des éclats de voix et des rires. Combien d'hommes, au juste ? Il a relevé la tête, a voulu croiser un regard, les prévenir.

— Il faut que vous sachiez que je suis…

Coup de pied à la hanche. Un vrai coup de masse. Il a roulé dans la poussière, la bouche grande ouverte, en poussant un souffle rauque. Le gros homme, de tout son poids, s'est laissé tomber à genoux sur son dos. Matthew a hurlé. L'autre s'est penché jusqu'à son oreille.

— Je sais qui t'es, le pédant. Pas la peine de te présenter. Mais toi, me reconnais-tu ? Hein ? Monclair, ça te dit de quoi ? Ben réponds !

Une main de fer lui écrasait le visage contre le sol. Ses dents ployaient dans les gencives.

— C'est ma marchandise que t'as brûlée l'hiver dernier, petit frais chié. Tu t'en souviens, au moins ?

Tout le poids du gros homme, concentré dans un seul genou, pesait sur les côtes cassées.

— Y a longtemps que je t'attends, charogne. Depuis que Suchenko est passé.

Matthew a vu des cumulus noirs envahir son champ de vision avant de perdre connaissance.

À présent, il n'ose plus bouger. Il feint d'être inconscient. Il observe ses ravisseurs entre les cils. Ils sont quatre. Ils parlent français. Monclair est le plus grand. Chemise tendue sur un ventre musclé, moustache à la gauloise, cheveux bouclés, poignets de fier-à-bras. Les femmes doivent le trouver beau. Et inquiétant. Ses trois acolytes semblent en admiration devant lui. Leurs sourires étincellent en réfléchissant les flammes. Deux de ces hommes sont jeunes. Le dernier, quinquagénaire, pâle, maigre, au nez d'aigle, boit sec et ne souffle mot. Celui-là peut être n'importe quoi : un tendre tombé en mauvaise compagnie autant qu'un sadique capable de vous faire sauter les yeux à la cuiller comme à un cochon.

Ils finiront bien par dormir, pense Matthew, et alors je me déferai de mes liens.

Mais la douleur dans les côtes est insupportable. Prenant d'infinies précautions afin de ne pas être vu, il appuie d'une épaule pour soulever de quelques millimètres sa cage thoracique et soulager ses côtes cassées. Aussitôt, Monclair est sur pied.

— Ben il m'a l'air réveillé, le monseigneur !

Il met un genou au sol, saisit Matthew par les cheveux, lui tord le cou pour lui voir les yeux.

— T'aurais pas faim, *patte jaune* ? Pour ton dernier repas, tu voudrais quoi ? Un bon bifteck avec pudding Yorkshire ?

Près du feu, on rit. Impayable, le chef.

— Ah, charogne, fait Monclair en lui frottant le visage dans la terre, ça fait si longtemps que j'ai envie de te voir… On va s'amuser un peu avant que tu partes, hein ? Mais pour ça, je veux que tu sois en forme. As-tu faim ? As-tu soif ?

Un murmure indistinct traverse les lèvres boursouflées.

— Hein, c'est quoi ? Tu veux pisser ? Mais vas-y, monseigneur. Soulage-toi ! Tu peux faire dans ton froc. On est entre hommes ici. Non ? Tu veux pas ? Attends, je vais t'encourager…

Se relevant, Monclair ouvre sa braguette. Un jet d'urine chaude atteint Matthew au visage. Il se retourne violemment. Le liquide lui coule dans les cheveux et sur la nuque. Ça n'en finit plus. On dirait un cheval. Grande hilarité près du feu. Monclair retourne sa victime d'un nouveau coup de pied à la hanche.

— Comment, tu te retiens toujours ? C'est pas bon pour la santé, ça, monseigneur ! Attends, je vais t'aider.

Il attrape Matthew par la ceinture, sectionne le cuir d'un coup de couteau, puis retrousse le pantalon sur les cuisses.

— Houlà ! Ce pauvre petit fessier tout en sang ! Vous avez vu, les gars ? Il se gratte comme un chien, ce type. Si c'est pas pitié ! Ça vous tente ? Non ? Faut dire que c'est pas beau. Gervais, tu pourrais pas venir lui rafraîchir la croupe, non ?

Un homme s'avance en ouvrant sa braguette. Matthew se tord au sol, mais Monclair lui pèse sur la nuque des deux mains. L'autre homme lui pisse dans la raie. Les spectateurs ne se contiennent plus. Même le pâlot pousse des éclats de joie. Ils se tordent de rire.

— Lacerte ! crie Monclair. Ton tour !

Matthew étouffe, sanglote d'humiliation comme un enfant. Mais une partie de son cerveau vient de se détacher. Il a pris du recul. C'est comme s'il n'y était plus tout à fait. Un nouveau sentiment s'est insinué en lui. Quelque chose qu'il ne reconnaît pas d'abord. C'est noir. C'est froid. Ça brûle. Et ça traîne une promesse de jouissance extrême. Il revoit son père. Il commence à comprendre. Ces individus qui le torturent sont des sous-hommes. De race moindre. De la vermine. Qu'ils portent la main sur lui est un acte contre nature. Un scandale. Alors lui, Matthew Callwood, apprend qu'il les hait de toutes ses fibres, de toutes ses cellules. Qu'il les a toujours haïs, sans le savoir, et que son existence n'aura d'autre but que d'assouvir cette haine et de rétablir l'ordre naturel des choses. La salive et le sang lui inondent la bouche. Il les aura. D'une manière ou d'une autre, il les aura.

Ils se jouent de lui pendant une heure encore, lui faisant souffrir toutes les indignités. Le pâlot silencieux, soûl comme une botte, essaie de le violer avec une branche. La douleur est indescriptible. Mais toute bonne chose a une fin. Les tortionnaires ont sommeil. Ils ont beaucoup bu. Ce n'est pas tous les jours qu'on s'amuse dans la brousse. Monclair vérifie les liens du prisonnier, au-dessus des mains qui noircissent, puis pousse un grand soupir de satisfaction :

— Repose-toi, monseigneur. Faut être en forme, demain. Tu vas nager un bon coup.

Et le gros homme va s'étendre en grognant de plaisir.

Suchenko aussi l'appelait monseigneur. Ça ne peut pas être une coïncidence.

Allongé à côté des hommes qui dorment, Matthew est seul. Bien seul. Il n'est pas de la même espèce qu'eux. Et les siens l'ont trahi.

Il songe à défaire ses liens, mais les mains ne répondent plus aux commandes. Alors c'est ainsi que ça finit ? Il revoit sa mère et sent monter un sanglot en imaginant la douleur qu'elle ressentira. Il se contient. Il appelle le souvenir de son père. Haïr, c'est mieux.

Au petit matin, une brume grise, épaisse comme de la soupe, sort du lac, déborde la berge, se répand en forêt. Les arbres sont noirs comme des croix de chemin en novembre. Matthew pense voir une ombre se glisser dans le demi-jour. Un murmure rauque lui réchauffe l'oreille :

— Ta yeule !

La pointe d'un couteau se glisse entre la chair enflée des poignets et la corde de chanvre qui les retient. Ses liens sautent. Aussitôt, la douleur se jette dans ses doigts. Nouveau crissement de chanvre : ses chevilles sont libres. Il se retourne, ne reconnaît pas son libérateur dans l'obscurité. Mais il sait.

Ils restent en silence, l'un à côté de l'autre, pendant que Matthew se masse les poignets et les mains. Le picotement est effroyable. De longues minutes s'écoulent avant qu'il n'arrive à bouger un tant soit peu ses doigts.

Les hommes de Monclair cuvent leur gin. Ils ronflent comme des machines. Le soleil se lève, la brume s'éclaircit. Le premier à remuer est le pâlot. Forcément, c'est le plus vieux, le premier à devoir se vider la vessie. Il se redresse, voit, ouvre grand les yeux et crie :

— Monclair ! Monclair, réveille-toé, torieu !

Les quatre sont assis dans leurs couvertures. Le plus jeune, un Métis, se frotte les paupières comme un enfant. Monclair tend la main vers son arme : elle n'y est pas. Alors il porte un regard crâne sur le visiteur et lance :

— Tiens, tiens ! Moïse Corneau ! Ça fait un bout, mon homme ! Ça serait pas mon fusil que tu tiens là ?

Corneau ne dit rien, mais l'ajuste avec l'arme lourde. Le pâlot s'impatiente, hurle à son patron :

— Qu'est-ce qu'on fait ? Monclair, on fait quoi ?

Les deux autres hommes semblent plus médusés qu'inquiets. Leur chef hausse négligemment les épaules.

— J'sais pas, dit-il. C'est vrai, Corneau, qu'est-ce qu'on fait à c't'heure ?

— Tu vas te coucher devant moi, dit Corneau. Face contre terre. Les mains dans le dos.

Il passe le fusil à Matthew.

— Les trois autres, s'ils bougent, tu les descends. Y a pas à hésiter. C'est des chiens.

Monclair s'étend dans la poussière, un sourire goguenard aux lèvres.

— Ici ? fait-il plaisamment.

Corneau lui tombe sur le dos pour lui vider les poumons.

— Ayoye ! proteste Monclair. En v'là des manières !

Et, en entendant un cliquetis d'acier :

— Comment, t'as des menottes maintenant ?

— Je les ai trouvées.

— J'espère que t'as les clés.

Corneau lui met les fers aux pieds. Puis il ligote les trois autres, qui se prêtent au jeu en crevant de bonne volonté. Ils ont les yeux rivés sur le *patte jaune* qui les braque du fusil. Le jeune policier a le souffle saccadé, il tremble comme un fiévreux, se lèche nerveusement les lèvres et les couvre d'un regard de haine pure. Le doigt sur la détente se convulse. En offrant ses mains à ligoter, celui qui s'appelle Lacerte dit à Corneau :

— Tu peux demander au jeune de se calmer ? On s'amusait un peu, c'est tout… On allait le relâcher ce matin. Pas vrai, les gars ?

Les autres ne prononcent pas un mot, hypnotisés par la gueule de fusil qui les vise l'un après l'autre.

Monclair observe le tout avec un demi-sourire placide. Il s'assoit comme il peut, croise le regard de Matthew et dit :

— Ho, le jeune, tu nous ferais pas un peu de café ?

— Ferme-la, répond tranquillement Corneau.

Il récupère le fusil que Matthew tient entre ses mains ; il doit lui desserrer les doigts pour dégager l'arme. Puis il ouvre la boîte à vivres des trafiquants et se sert. Il prend du pain plat, une boîte de pemmican, et les donne au policier. Il rallume le feu, trouve le café, prépare deux tasses.

— Oh, c'est pas gentil, fait Monclair. Vous pourriez partager, les gars. Surtout que ça m'appartient...

De ses doigts sales, recourbés comme des serres d'aigle, Matthew enfourne du pain et de la viande en tremblant. Il ne sait plus très bien où il en est. Il pense à son père. Il pense aux loups qui l'ont nourri. La tête lui tourne.

Monclair contemple un moment les hommes qui engloutissent sa nourriture.

— Vous faites honneur, les gars. Ça fait plaisir !

Et comme personne ne répond à ses amabilités, il ajoute :

— Y a quelque chose que je comprends pas, Corneau. Comment vas-tu faire pour nous livrer à la police ? Y as-tu pensé ? Toi, l'assassin. T'es encore plus recherché que nous !

Moïse Corneau ne semble pas écouter. Il retourne chaque morceau de pain et de viande avant de le prendre en bouche. Quand il sirote son café, il porte les yeux au loin et ses paupières se resserrent de plaisir. Monclair cherche son regard.

— Qu'est-ce que tu crois qu'ils vont te dire, les *pattes jaunes* ? « Merci, monsieur Corneau. Quel beau service vous rendez à la nation ! Portez-vous bien et à la revoyure ! »

— Pourquoi je t'amènerais au poste ?

— Parce que l'autre là-bas, Croûtes-aux-Fesses, c'est un policier, et ça ne raisonne pas comme toi et moi. C'est une autre race. Ils ont des règles. Ils vont te coffrer, mon vieux. Moi, j'irai en taule. Mais toi, tu vas giguer au bout d'une corde. Parce que t'es un tueur. Un tueur de femmes et d'enfants.

— C'est toi le tueur, dit Moïse Corneau en posant sa tasse.

— Oh ! Tout de suite les gros mots.

— Y a dix ans, près du sault aux poissons.

Monclair secoue la tête. Il sourit, ou fait semblant. Corneau reprend :

— T'as tué un couple de chasseurs, un homme et une femme. Tu violais leur fille et ils ont essayé de t'arrêter.

— T'étais là, toi ? T'as vu ça de tes yeux ?

— Cette fille, je l'ai trouvée une semaine plus tard, en état de choc, en forêt.

— Oh, là...

— C'est ma femme.

Monclair se tait. Il baisse les yeux, pince les lèvres pour ne pas sourire.

— Eh ben, mon vieux, heureux qu'elle ait pu servir à nouveau ! Je t'ai ouvert le chemin, en somme...

Il n'a pas vu arriver le coup. À peine un reflet d'acier du coin de l'œil. Le méplat de la hache l'a attrapé à la tempe droite. Un geyser de salive a fait irruption de la bouche. La belle chevelure s'est portée brutalement d'un côté. La mâchoire s'est déportée à droite, comme décrochée. Monclair s'est étalé face contre terre. Aussitôt, une boursouflure énorme a poussé sur la tempe défoncée, comme un ballon chevelu se remplissant d'eau. Les mains tremblent dans les menottes. Les chaînes de pied tintent. Les bottes donnent des ruades dans l'humus.

Matthew fixe la hache qui lui est venue dans les mains il ne sait comment. Il jette un regard hébété à Moïse Corneau, qui s'est levé à demi, mais n'a pas eu le temps d'intervenir.

J'ai tué un détenu, pense Matthew. Je suis policier et j'ai tué un détenu.

Il fixe le grand corps qui s'apaise peu à peu. Un dernier spasme secoue les jambes. Matthew lève à nouveau les yeux vers Corneau.

— Il est mort ?

Corneau lui prend la hache des mains. Ils sont nez à nez, se touchant presque.

— Pourquoi je ne sens rien ? souffle Matthew d'une voix hachée.

L'adrénaline lui bourre les veines. Il tremble. Le cœur lui monte dans la gorge. Il vomit. Des vagues de nausée compriment ses intestins comme un piston. Quand il se relève, il aperçoit les trois hommes de Monclair qui l'observent, tétanisés. Moïse Corneau suit son regard, se retourne vers les captifs. Alors Corneau pose la hache et reprend le grand fusil.

— Hé ho ! crie le pâlot, qu'é que tu fais là ?

Corneau marche vers eux en armant le fusil.

— Arrête, batinsse !

Deux coups de feu, un seul cri de peur. Puis le silence à nouveau. Corneau parle à voix basse au jeune Métis, qui est blanc comme un drap. Sur un mouvement de tête, le garçon se lève d'un bond, ramasse ses affaires et détale.

Moïse Corneau examine les cadavres à ses pieds, abaisse le canon du fusil vers la tempe du pâlot, attend, puis se ravise. Il éjecte la dernière cartouche, se retourne vers Matthew et dit :

— Maintenant, moi aussi je suis un assassin.

34

C'est le deuxième soir. Moïse Corneau le soigne comme le ferait une infirmière. Il lui prodigue les soins les plus intimes avec naturel, sans fausse pudeur, de la même manière qu'on répare une machine abîmée. Il a adossé son patient à une épinette et lui borde les jambes sous une couverture. Il paraît vieilli, le trappeur, usé jusqu'à la corde. L'été a été trop dur. Matthew se dit que lui aussi doit avoir mauvaise mine.

Les corbeaux avaient commencé à se rassembler dans les arbres au-dessus du camp. Avant que les cadavres ne se raidissent, Corneau les a enveloppés dans leurs couvertures, les a hissés sur son épaule, à tour de rôle, et est allé les enfouir plus loin, dans la brousse. Quand il est revenu au camp, le teint blafard, il a dévissé un flacon, a soufflé trois grands coups et a englouti la moitié d'une bouteille de gin. Puis il l'a fracassée contre un rocher, comme pour en éloigner la tentation. À présent, il est assis sur un banc de granit au-dessus de l'eau, une tasse de café aux mains.

— J'aime ce petit lac, dit Corneau comme pour lui-même. Je bâtirais bien une maison, ici.

Matthew lève les yeux, scandalisé.

— Tu vivrais à côté de ces morts ?

L'autre hausse les épaules.

— Des morts, il y en a partout.

Matthew va répondre quand un élancement lui traverse la cage thoracique comme un coup de poinçon. Le souffle coupé, il cherche à changer de position sans relancer le mal. Après un moment, il couine :

— As-tu retrouvé ta femme et tes enfants ?

Corneau fait oui.

— Alors pourquoi m'as-tu suivi jusqu'ici ? Pour te venger ?

— Pour demander ton aide.

— Mon aide ? À moi ?

Corneau se frotte le front avec une main calleuse.

— J'ai plus rien, souffle-t-il. Ni maison ni argent, rien. Et j'ai plus la force d'autrefois.

Il se retourne, plonge le regard dans celui du policier.

— Mon Amélie va avoir 6 ans. Ou 7. Elle peut pas rester ici. Il faut qu'elle parte.

— Pourquoi je t'aiderais ? grince Matthew. Tu m'as menti.

— Et toi, tu m'as tout pris.

— Mais toi, tu m'as menti ! insiste Matthew. Ta première femme, c'est toi qui l'as tuée !

Corneau pose sa tasse sur la pierre à côté de lui.

— Non, dit-il tout bas. J'ai fait pire.

— Pire ? Qu'est-ce qu'il y a de pire que tuer sa femme ?

Corneau contemple longuement le lac, puis reprend le récit interrompu huit mois plus tôt.

— Elle était malade, je te l'ai dit. Elle entendait des voix. Ça la terrifiait. Elle aurait fait n'importe quoi pour les faire taire. Un matin, j'ai quitté la maison pour aller chercher une vieille Montagnaise qui avait la réputation de soigner les nouvelles mères. Amélie allait un peu mieux. Ou j'ai voulu le croire. La guérisseuse, je l'ai pas trouvée. Je me suis perdu en chemin. J'ai passé la nuit dans les champs. Au matin, en rentrant à la maison, j'ai trouvé ma femme dans notre lit. Mais ce n'était plus elle. Elle hurlait comme… Je sais pas à quoi comparer ça. Le berceau était vide. Je lui disais : « Amélie, où est le bébé, où est le bébé ? » Et chaque fois, elle criait de plus en plus fort en se roulant en boule, les mains sur le ventre comme si on lui arrachait les tripes. Tu peux pas savoir. On aurait dit un animal à la torture. Je me suis jeté dans la cour. Et j'ai trouvé le petit.

— Dans le puits.

— Dans les latrines. Ce sont les journalistes qui ont parlé de puits.

Le visage du père s'allonge et s'assombrit.

— Mets-toi à sa place. Elle se réveille au point du jour, elle cherche le petit, elle voit une forme blanche par le trou des chiottes, et elle comprend que c'est elle qui a fait ça… J'essayais de lui parler, de lui dire que c'était pas sa faute, que personne avait voulu nous aider. Mais elle était plus là. Ce qui restait dans le lit, je sais pas ce que c'était. Mais c'était pas elle. Ça criait à fendre l'air. Des fois, on aurait dit un homme. Des fois, un animal. Et d'autres fois…

Il ferme les yeux, se masse les paupières du bout des doigts.

— J'ai tenu jusqu'au soir. Puis la chose dans le lit s'est mise à rire. À rire ! L'épouvante m'a pris. Je peux pas t'expliquer. J'étais jeune. J'étais… un vrai sauvage. Je croyais à rien et à tout. Aujourd'hui, sans doute que je trouverais une solution. Mais à 18 ans…

— Alors tu l'as tuée.

— Je me suis enfui.

Corneau regarde ses mains si fortes, si lâches.

— J'ai pris mes jambes à mon cou. Voilà ce que j'ai fait.

Matthew l'observe, estomaqué.

— Tu l'as abandonnée ?

— J'ai passé la nuit à tourner dans les bois. Quand je suis rentré, au lever du jour, elle était encore en boule sur le lit… le canon dans la bouche. La balle était sortie par la calotte.

— Plutôt l'inverse, selon le coroner.

— Quand je te dis qu'on nous a laissés seuls, que personne a voulu nous aider…

Ses lèvres se tordent d'amertume.

— Après, il y en a plein qui s'intéressaient à nous.

Il lève les yeux sur le policier.

— Ton coroner, c'était un docteur de brousse, un ivrogne qu'on a fait venir des paroisses du Sud. Il a mis quatre jours à arriver. Le corps était resté sur la table de la cuisine. En plein été. Sous les mouches. T'imagines ? Quand il est entré, il s'est plaqué la main sur la bouche et a reculé contre la porte. Il tenait à peine debout. Soûl comme une botte. C'est le shérif qui l'a poussé vers la table. Mais il a pas voulu toucher au corps. À quoi bon ? On lui avait fait la leçon en chemin. La balle était entrée par l'arrière de la tête. C'était tout vu. Pas la peine de se salir les mains. Moi, je disais : « Ouvrez sa bouche, il y aura un trou dans le palais, ouvrez sa bouche ! » Le docteur me visait avec des yeux pleins de haine. Pour finir, il a sorti de sa poche une espèce de clou brillant, l'a glissé entre les dents de ma femme pour écarter les mâchoires. Puis il s'est vomi dessus. Au procès, j'ai demandé qu'on déterre le corps, qu'on l'examine à nouveau. C'est à ce moment-là qu'on m'a envoyé la tante de ma femme.

— Qui ça, *on* ?

— J'sais pas. Même mon avocat avait du mal à me rendre visite en prison. Mais pour elle, les portes s'ouvraient toutes grandes. Un vrai miracle. Elle m'a dit que si je faisais déterrer Amélie, s'il était prouvé qu'elle s'était suicidée, le curé la ferait expulser du cimetière. Et le bébé de même, parce qu'il était pas baptisé. Alors j'ai laissé tomber.

— Tu t'es sacrifié pour une morte. Comme c'est noble.

— Non. J'avais honte, autant que j'ai honte aujourd'hui.

— Et le fusil ? dit Matthew. Tu l'as laissé à côté du lit ? Tu as fait exprès ?

Corneau secoue la tête, les yeux tournés vers le passé.

— Ça fait vingt-quatre ans que je me pose la question.

— Et la réponse ?

— Je sais pas. C'est bien le pire. Je sais pas où j'ai laissé le fusil.

Il cherche le regard du jeune policier, qui l'évite.

— Tu me crois pas ? Au fond, je te comprends, dit Corneau. Le jour où tu vas me croire, tu vas devoir changer de religion.

Corneau laisse passer un long moment. Puis il conclut doucement :

— Tu sais tout, maintenant. Ou presque.

— Pourquoi dis-tu que ta fille ne peut pas rester au pays ?

— Parce que je suis pas son père. Il faut pas qu'elle l'apprenne.

— Son père, c'est Monclair. L'homme qui a violé sa mère.

Corneau confirme en silence.

— Monclair, que j'ai tué… Eh bien, nous faisons la paire, toi et moi. Deux tueurs.

— Alors, policier, aide-moi.

Le lendemain, au réveil, Matthew annonce qu'il veut partir, qu'il est temps de regagner la Mission. Sur place, il verra ce qu'il peut faire pour Corneau. Mais celui-ci lui demande de patienter encore. Presque aussitôt, ils entendent des pas dans la forêt. Un canot vient vers eux, porté sur des épaules d'hommes. Fran marche devant. La jeune femme entre au camp avec un air de méfiance extrême. En voyant le policier adossé à son arbre, elle fait un sourire éclatant et s'écrie :

— *Wachusk !* T'es vivant !

Elle vient vers lui à grandes enjambées, emportée par ses grosses bottes d'homme.

— J'étais pas sûre ! dit-elle en riant. Je pouvais pas croire.

Elle s'agenouille à ses côtés, lui met la main sur le bras. Ses yeux gris dérivent à quelques centimètres des siens, un regard moqueur, étincelant, entre deux rideaux de cheveux sombres sous un fichu de couleur.

À l'instant, Matthew se dit qu'il va épouser cette femme. Même si elle a dix ans de plus que lui. C'est sa femme. Il n'est bien qu'avec elle. Fran pose la main sur son flanc et, le voyant broncher, lui demande :

— Qui t'a fait ça, c'est Corneau ?

Il se réveille. Fran n'est pas là. Ce n'était qu'un rêve. Les peupliers au-dessus de sa tête lâchent leurs dernières feuilles. Sur le lac, un huard solitaire entonne sa chanson d'adieu. Une tristesse immense envahit Matthew. Un cap est franchi ; il ne reviendra plus en arrière. Il a tué un prisonnier menotté. Il est donc comme les autres. Apparemment, il l'a toujours été. Et cela change tout. Il s'aimait mieux avant.

Corneau est déjà debout. Il prépare le déjeuner sans un mot, en jetant de temps en temps un regard vers le policier. Il attend sa réponse.

— Est-ce que mon canot est toujours là ? s'enquiert Matthew.

— Oui.

— Et dans le canot, il y a une boîte vernie ?

— Oui.

— Bien.

Callwood serre les dents et donne un coup de reins pour s'asseoir. Un cri terrible lui échappe. Corneau l'observe, médusé. Le policier est assis, la main sur les côtes. Il respire un bon coup, ravale sa nausée. Il demande encore :

— Pendant ton emprisonnement, on t'a photographié ?

— Non. Y avait des artistes au procès. Mais personne a pris de photos.

Matthew s'est laissé chavirer à droite. Il est à quatre pattes. Il agrippe la première branche de l'épinette, se concentre, puis se hisse sur ses pieds en sacrant tout son soûl.

— C'est peut-être trop tôt…, murmure Corneau qui ne l'a jamais entendu jurer.

N'importe. Le *simakanis* est debout.

— Monclair, tu l'as enterré ?

— Façon de parler. Il est sous un tas de roches.

— Nous allons le photographier.

— Pourquoi ?

— Il va te remplacer. Je vais annoncer au monde entier que j'ai tué le monstre, Moïse Corneau. J'aurai même la photo du corps. Après, tu seras libre d'aller où tu veux.

Corneau secoue la tête.

— Ça marchera pas. Les gens d'ici vont reconnaître Monclair sur la photo.

— Les gens d'ici ne la verront jamais. La pellicule ira tout droit au QG. Et ce n'est pas le genre de cliché qu'on publie dans les journaux.

Corneau fait un signe d'assentiment. Mais il semble pensif. Il doit se dire qu'il saura prendre quelques mesures de son côté. Matthew aspire profondément. Il arrive au plus dur.

— Une dernière chose…

— Quoi donc ?

— Suchenko.

— C'est l'homme de Monclair.

— Et Fran ?

— Sa femme. En tout cas, elle l'a été.

Matthew incline la tête. Corneau ne le lâche plus des yeux.

— Tu y tenais, à cette fille ?

Le policier hausse les épaules, comme si cela n'avait aucune importance. Mais sa bouche prend un pli amer. Corneau soupire.

— Ton plan, dit-il, j'y crois pas. T'es pas assez menteur. On lit tout sur ta face. Tes *pattes jaunes* vont nous coffrer.

Callwood secoue la tête.

— Non. Plus personne ne s'intéresse à nous. La guerre en France tourne à la catastrophe.

— C'est si mauvais que ça ?

— Pire.

Corneau réfléchit.

— Les soldats, là-bas, ils sont payés ?

— Mal. Mais oui.

— Et s'ils se font tuer, qu'est-ce qui arrive à la paie ?

— Versée à la veuve, sous forme de pension.

— Dépêche-toi de manger. On part.

— Pour aller où ?

— On va s'enrôler.

— T'es trop vieux, ils ne te prendront pas.

— Ils vont me prendre, dit Corneau en ramassant son fusil. Parce que moi, garçon, je sais mentir.

Composition et mise en pages
Nord Compo à Villeneuve-d'Ascq

#lisez! engagé
www.lisez.com
Pour plus d'information :
Imprimé sur du papier issu de forêts gérées durablement.

Imprimé en France par CPI en janvier 2024
N° d'impression : 2075928